ZUI
Zestful Unique Ideal

最世文化
Shanghai ZUI co.,Ltd

献给无尽的守护者
桑迪

# 第5TH波入侵II

THE WAVE

〔美〕瑞克·扬西 著　枣泥 译

CNS PUBLISHING & MEDIA 湖南文艺出版社 HUNAN LITERATURE AND ART PUBLISHING HOUSE 博集天卷 CS-BOOKY

ZUI Alchemy
炼|金|文|库


上海最世文化发展有限公司
中南博集天卷文化传媒有限公司

# 目录
Contents

我的慷慨像海一样浩渺，
我的爱情也像海一样深沉；我给你的越多，
我自己也越是富有，因为这两者都是没有穷尽的。

——威廉·莎士比亚——

# 楔子

## ——麦田——

不会有人收麦子。

春雨唤醒了沉睡的种子，油油的绿苗从湿润的泥土里砰地冒出来，挺直了身子，好像是人在睡醒长长一觉之后伸了个懒腰。春天让位于夏天，油油的绿苗颜色深起来，变成了棕褐色，转成了金黄色。白日变得悠长且炙热。厚塔一样涌动的乌云带来了降雨，停驻于华盖之下的永恒暮色中，褐色的麦秆亮晶晶的。小麦直起腰，成熟的麦穗被拂过麦田的风吹低了头，一片麦海麦波荡漾、无边无尽、此起彼伏，直通天际。

到了收获时节，没有农夫将麦秆上的麦穗割下来，用粗糙的双手揉搓麦穗，将麸皮从麦粒上吹掉；也没有割麦人咀嚼麦粒或是细细品味麦粒精致的表面被牙齿碾碎的感觉。农夫死在了那场瘟疫里，仅存的家人逃去了最近的镇子，而他们在那里，也终究屈从于死神，给死于第三波的数十亿人又多添上几个。建于农夫祖父之手的这座老房子，此时如一座荒岛，被无尽的金色海洋环绕。白日渐短夜晚渐凉，麦田被冷冷的风吹得七零八落。

在冰雹和夏日暴风雨的闪电中幸存下来的麦田，好运却未能延续到冬日。待到那群难民来这座老房子里避难的时候，麦子已经全都死了，死在深秋霜冻的重拳下。

这五男两女，在万物生长最终季的前夕，彼此还都是陌生人，然而现在却全都心知肚明了一个不曾说出口的默契，那就是他们每个人单独行动要比所有人一起行动强很多。

几个男生轮番走到门廊上探查情况。万里无云的天空在白天的时候被擦得锃亮，蓝得耀眼，西斜的太阳垂落到天际，给暗淡无光的枯黄麦田涂抹上一层莹莹的金芒。夜晚并不是温良地走来，更像是气冲冲一下子猛地砸到大地上，星光将金棕色的麦田变成了一片闪闪的银白。

机械化的世界已经死了。地震和海啸涂抹掉海岸线。瘟疫吞噬了数十亿的人命。

现在站在门廊上的男生看着麦田，想着不知道接下来会发生什么。

一个刚刚开始的下午，负责观察情况的男人看见死气沉沉的麦海分开，他意识到有人正朝这边来，碾过麦田往这座旧农舍走来。他喊屋里的人，一个女人出来走到他身边，站在门廊上，他们两个一起看着高高的麦秆消失在棕黄色的海洋里，好像大地自己将它们吸走。从麦田表面看不到是什么人——或是什么东西。男人走下门廊。他举起来复枪瞄准麦田。他在院子里等着，那个女人站在门廊上等着，其他人在屋子里等着，他们的脸紧紧贴住玻璃窗，没有人讲话。他们等着麦帘被拨开的一刻。

那一刻真的到来，一个小孩显出身来，打破了等待时的沉默。女人跑下门廊，将来复枪的枪管一把拍掉。***他只不过是一个小宝宝。你要朝一个孩子开枪吗？***男人扭曲了脸孔，犹疑不决，露出他对这种轻信的愤怒。***我们怎么知道？***他向那个女人说。***我们还能再相信什么？***那个孩子跌跌撞撞地跑出麦田，摔倒在地上。女人朝他跑过去，将他抱起来，男孩脏兮兮的小脸紧紧贴着她的胸脯，拿枪的男人先一步拦在她面前。他一动不动。***我们必须把他抱进去。***男人觉得胸口好像堵了一块大石。他夹在过去的世道和现在的世道之间，夹在过去的自己和现在的自己之间，作为代价，那些不曾说出口的默契沉甸甸地压在他心头。***他只是个小宝宝。你要朝一个孩子开枪吗？***女人走过他身边，迈上台阶，上了门廊，进了屋，男人低下头好像在做祷告，然后又带着祈求抬起头。他等了几分钟，看麦田里还会不会有别人走出来，因为他很难相信一个蹒跚学步的毫无反抗之力的娃娃能独自一人走这么远，身边连个保护的人都没有。这种事情怎么可能呢？

当他走进旧农舍的客厅，看见那个女人将孩子抱在膝头。她已经找了条毯子裹住他，又给他拿来了水，小小的手指被杯子周围的冷气冻得通红。其他人都聚集在屋子里，没有人讲话，他们目瞪口呆，探究地盯着这个孩子。***怎么会这样呢？***孩子呜咽着说。他一张张脸看过去，想找到一张熟悉的，可是他们对他来说全都是陌生人，就好像在世界末日前他们对彼此都是陌生人一样。他哭哭啼地说自己冷，自己喉咙痛，自己嗓子发炎得很厉害。

女人抱着小宝宝，哄他张开嘴。她看见他的上膛有一块发炎的组织，但是没有看见在他的嗓子眼附近埋着一根细如发丝的电线。她没有看见那根电线，也没有看见那根电线另一头拴着的小小胶囊。她不知道，就在她弯腰要孩子把嘴巴再张大一点的时候，孩子体内校准过的装置探测到了她呼出的二氧化碳。

我们的呼气是扳机。

我们的孩子是武器。

爆炸瞬间将旧农舍人间蒸发。

麦田蒸发的时间要久一点。无论是农舍、院落，还是在过往每一年都会迎来硕果累累大丰收的这片土地，丁点不留。但是那些干枯、轻飘飘的麦秆被火烧光之后，化成了灰。日落时分，一阵凛冽的北风扫过这片田野，将灰吹到天上，带着它走了几百英里之后，灰飘飘悠悠地落下，一场灰黑色的雪，冷漠地在一片贫瘠的土地上落定。

# 第一部分

# ——第一章——

## 老鼠的问题

——1——

世界是一只即将停摆的钟。

我从手指刮着玻璃的声音中听见它。我从旧酒店发霉的地板和腐烂的墙纸上闻见它。我从睡梦中的茶杯起伏的胸口感觉到它。茶杯怦怦的心跳，有节奏的呼吸，都是冰冷空气中弥漫的温暖，那只钟越走越慢。

房间对面，凯西·苏里文靠着窗口监视外面的动静。月光从她身后窗帘的小窄缝里透过来，照亮了她嘴里呼出的一团团冷气。她年幼的弟弟躺在紧挨着她旁边的床上睡着，被子下隆起小小的一团。窗、床，再来一遍，她的头转来转去就像摇晃的钟摆。她头部的转动，她呼吸的节奏，和鸡块的一样，和茶杯的一样，和我的一样，标志着那只钟越走越慢。

我下了床。茶杯在梦中呓语几声，又往被子里缩了缩。虽然我只脱了靴子和大衣，从头到脚都依然裹得严严实实，然而冷气逼人，紧攥住我的胸口。我从床脚抓起靴子。苏里文看着我穿上鞋，然后看着我走到衣橱去拿帆布背包和来复枪。我走到窗边站在她面前。我觉得自己应该在走之前跟她说点什么。我俩很可能后会无期。

“这么说，要走了？”她说。她的汗毛在奶白色的月光下一闪一闪。脸上的小雀斑似乎从她鼻子和脸颊上飘起来。

我肩扛着来复枪，调整了一下。“要走了。”

“你知道，我能明白为什么叫小飞象。大耳朵嘛。还有鸡块，因为萨姆个儿小。茶杯也是。僵尸我不是特别明白——本不肯说——我猜磅蛋糕是跟他矮矮胖胖的身材有关。可你为什么叫杀手锏呢？”

我明白她为什么问。除了僵尸和她弟弟，她再也不会相信任何人。杀手锏这个名字又将她的偏执轻轻往前推了一把。“我是人类。”

“是啊。”她扒着窗帘缝，从二楼看着底下的停车场，下面一片冰晶。“之前也有人这么跟我说过，然后我就傻呵呵地相信了。”

“考虑到当时的情况，也不算特别傻。”

“别装了，杀手锏。”她厉声喊道，“我知道你根本不信我讲的伊万的事。”

“我相信你。不可信的是他的故事。”

我抢在她当着我的面泪如雨下之前，转头朝门口走去。在伊万·沃克这个问题上，你不能把凯西·苏里文逼得太紧。我不是要用这件事来针对她。伊万就是一根从峭壁上伸出来的小树枝，能让她紧紧抓住，事实上他走了会让她抓得更紧。

茶杯没有发出动静，但是我感觉得到她在盯着我。我知道她醒了。

我走回到床边。

“带上我一起。”她小声说。

我摇了摇头。这种对话我们已经进行了几百次。“我又不去很久。就几天。”

“你保证？”

没门儿，茶杯。保证是我们仅剩的一点钱，必须花到聪明的地方。她的下嘴唇微颤，眼睛蒙上水雾。“嘿。”我柔声说，“我是怎么跟你说的来着，士兵？”我克制住去碰她的冲动，“第一要务是什么？”

“不许往坏处想。”她尽职尽责地回答。

“因为往坏处想会怎么样？”

“让我们变得软弱。”

“如果我们变得软弱会怎么样？”

“会死。”

“我们想死吗？”

她摇了摇头：“还不想。”

我摸了摸她的脸。脸冰凉，泪温热。还不想。人类的时钟上已经没有时间，这个小女孩可能已经人到中年。我和苏里文，我们都老了。僵尸呢？已经是人瑞了。

他在大堂等我，里面穿着一件明黄色的帽衫，外面套了一件滑雪服，全都是我们从留在酒店的东西里翻出来的。僵尸从避恶营逃出来的时候，只穿了一件不经磨的病号服。因为发烧他的脸红通通的，胡子也很邋遢。从避恶营逃出来的路上，他的伤口撕裂了，因为我给他的那一枪造成的伤口。给他处理伤口的是我们那个十二岁的队医，所以肯定会感染。他靠在前台，一只手按着肋下，试图让一切看起来都很酷。

“我刚刚还以为你改主意了。”僵尸以为这是他的调侃。他的黑眼睛泛着水光，虽然这很可能是因为发烧。

我摇了摇头：“是茶杯。”

“她会好的。”为了安慰我，虽然对现在的他来说有点艰难，但他还是笑了。僵尸应该还不觉得保证是多么重要的事，不然他不会这么随便就向我保证茶杯会好的。

“我担心的不是茶杯。僵尸，你看起来糟糕透了。”

“怪老天，它毁了我的皮肤。”僵尸又因为自己的笑话笑了。他往前凑过来，希望我也能报以微笑。“总有一天，寡言少语的杀手锏，你会被我说的话逗笑，世界也将裂成两半。”

“我可不准备背这个锅。”

他哈哈大笑，或许我还听见他胸腔深处传出的一阵咯咯响。“拿着。”他又递给我一本《洞窟群导览手册》。

“我有一本了。”我对他说。

“那也拿着，万一丢了呢。”

“不会的，僵尸。”

“我派磅蛋糕跟你一起去。”他说。

“不，用不着。”

“我是队长，我说了算。”

“磅蛋糕留在这儿比跟我去外面用处大。”

他点点头。他知道我会拒绝，却还是控制不住想要做最后一次努力。“或许我们应该中止行动。”他说，“我是说，这里还不赖。虽然有将近一千只臭虫，几百只老鼠，还有几十具死尸，但风景还是蛮迷人的嘛……”还在开玩笑，还想逗我笑。他翻着自己的手册。二十三摄氏度，全年无休！

“然后等到老天下雪，或者温度重新降下来吗？这种情况不能再继续了，僵尸。我们已经待太久了。”

真搞不懂。这件事我们已经说死了，现在他却想把死了的再抽活过来。有时候，我很想知道僵尸到底在想什么。

“我们必须去探一探情况，而你知道我们不可能两眼摸黑地过去。”我继续说，“现在的情况是其他的幸存者都藏在那些洞里，他们可能还没有准备好扔掉摆在门口的蹭脚垫，特别是如果他们遇见苏里文口中某个消音者的话。”

“也可能是像我们这样的新兵。”他补充说。

“所以我去侦察一下情况，几天就回来。”

“我把你的话当成是对我的保证。”

“并不是。”

好像没什么好说的了，又好像还有无数想说的。这或许是我们最后一次见面，他可能也这么想，因为他说：“谢谢你救了我。”

“我给你的肋骨送了一颗子弹，现在你可能会死。”

他摇了摇头。他的眼睛因为发烧闪着光芒，他的嘴唇是灰白色的。为什么他们一定要给他起僵尸这么个名字？这就好像是一个预言。我第一次见到他时，他正在操场握拳做俯卧撑，脸上混合着愤怒和痛苦，他拳头下面的沥青地上积了一摊血。这哥们儿是谁？我问。他叫僵尸。他们告诉我，他和瘟疫做斗争还赢了，我根本不信他们的话。没有人能够战胜瘟疫。瘟疫是一个死亡句号。教官雷兹尼克中士弯下腰，声嘶力竭地尖叫时，僵尸穿着脏兮兮的蓝色连体衣，逼着自己越过那个再多撑起来一下都不可能的极限。我不知道当他命令我开枪打他，好完成自己不可能完成的保证，去救鸡块的时候，自己为什么会惊讶。当你和死神互相瞪眼，死神没忍住先眨了一下的时候，似乎没有什么是不可能的。

甚至连读心术也行。“我知道你在想什么。”他说。

“不，你不知道。”

“你正在考虑要不要和我吻别。”

“为什么那么做？”我问，“调戏我。”

他耸耸肩。坏坏地笑。斜倚在前台上。

“因为这像普通人。你不怀念普通人的日子吗？”他问。他的目光在我的目光深处探究，好像总想找出点什么，具体是什么我不知道。“你知道，就是周六晚上开车去汽车餐厅和电影院，然后吃着冰激凌三明治刷着推特那种？”

我摇了摇头：“我不玩推特。”

“脸书？”

我有点生气。我真想不出来僵尸怎么能扯这么远。我们对已经失去的东西的渴望，和对从未拥有过的东西的期冀情况是一样的。这两条都是令人绝望的死胡同。“这不重要。”我说，“全都没有意义。”

僵尸的笑声从腹部深处冒出来，咕嘟咕嘟地冒出表面，好像是炎热温泉上方烫人的蒸汽，我的气全消了。我知道他是在证明自己，而且多少也清楚他过往那些事迹根本无法抹杀他的魅力。这也是僵尸让我觉得有点不安的另一个原因。

“有意思。”他说，“我们却觉得这一切很有意义。你知道真正有意义的是什么吗？”他等着我回答。我觉得他可能是在下套，准备说下一个笑话，于是什么都没说。“是上课铃。”

现在他把我逼到了角落里。我知道他是有意将对话引导向这里，但我无法阻止。“上课铃？”

“上课铃是世界上最普通的声音。等到这一切结束，上课铃又会响起。”他干脆把话挑明了，可能是怕我不明白。“好好想想！等到上课铃再次响起，那么普通的日子也就回来了。孩子们冲进课堂，坐在里面百无聊赖，等着下课铃响起，然后在心里盘算晚上做什么、周末做什么、未来的五十年做什么。他们和我们之前一样，学习自然灾害、疾病和世界大战。就是那种‘外星人降临之后，死了七十亿人’。然后下课铃一响，所有人都跑去吃午饭，抱怨小土豆没有烤熟。比如说：‘哇，七十亿人，真不少。太惨了。你要把这些土豆全都吃光吗？’这就是普通人的日子。这就是意义。”

所以这不是个笑话。“没烤熟的小土豆？”

“行，好吧。这些都没有意义。我就是个傻子。”

他微微笑着，露出雪白的牙齿，嘴唇四周的胡子邋邋遢遢，而此刻，因为他刚才提议来着，我开始想着如果我跟他吻别的话，他嘴唇上边的胡楂儿会不会弄得人很痒痒。

我将这个念头抛开。保证是无价的，亲吻也是一种保证。

## ——2——

熠熠的星光穿透黑夜，将高速公路笼罩在一片珍珠白的光里。干枯的草闪耀；光秃的树发光。除了横扫这片死地的风，世界陷进冬天的寂寥。

我蹲在一辆停着的 SUV 旁边，看酒店最后一眼。一栋无法名状的两层白方块，置身于其他一片无法名状的白色方块中间。离曾经是避恶营的那个大洞只有四英里，我们给这家酒店起了个爱称叫“沃克酒店”，以此来纪念那个大洞的缔造者。苏里文跟我们说，这家酒店是她和伊万事先约定好的会合地点。我觉得这里离犯罪现场太近，很难防守，再者说，伊万•沃克已经死了。我提醒僵尸，要想会合首先得有两路人马。我的话遭到了反驳。如果沃克真是他们中的一个，他或许已经找到活下来的办法。

“怎么活？”我问道。

“有逃生舱。”苏里文说。

“所以呢？”

她的眉毛拧到一起，深吸一口气：“所以……他可能坐上一个逃了出来。”

我看着她。她看着我。我们俩谁都没说话。僵尸这时说：“哦，我们必须要找个地方藏身，杀手锏。”他当时还没有发现那些洞窟群的导览手册，“在那个问题上我们应该相信他。”

“哪个问题？”我问。

“相信他说的自己的身份。”僵尸看着苏里文，她依然瞪着我，“相信他会信守诺言。”

“他保证过会找到我。”她进一步说明。

“我看见那架大货机了。”我说，“但是没有看见逃生舱。”

在那片雀斑之下，苏里文的脸通红：“不能因为你没看见……”

我转头对僵尸说：“这根本说不通。一个比我们先进一千多年的生物，掉过头来对付自己人——图什么？”

“我可不是十万个为什么。”僵尸回答。

“他的整个说法就很奇怪。”我说，“纯粹的意识占领人类的躯体——可如果他们不需要躯体的话，根本就不需要再占领一个星球。”

“或许他们想要这个星球是有其他用途。”僵尸很努力。

“什么用途？放牧？度假？”困扰我的不止这一点，一个小小的、啃啮着我的声音如是说，还有另外说不通的地方。但是我没法放慢速度去细想究竟是什么。每次我追着这个思路走，总是被它躲过。

“我根本没时间理清所有的细节。”苏里文厉声说，“当时我一心都在想怎么把我弟弟从死亡集中营里救出来。”

我放过了她。她的头好像就快要爆炸了。

我看最后一眼的时候，也同时在脑海里描绘出那个脑袋，它躲在酒店二楼的窗户后面，这很糟糕，实在是太糟了：她很容易成为狙击手的目标。苏里文遇上的第二个消音者，恐怕不会像第一个那样爱上她。

我蹲在路边一排防风树后面。被冰冻得僵硬的秋天，在我脚下碾碎。树叶卷起来像拳头一样，垃圾和人骨被食腐动物叼得到处都是。寒风带来微弱的烟味。这个世界还会再燃烧一百年。大火将吞噬我们用木头、塑料、橡胶和布料做成的一切，然后水、风和时间会将石头和钢铁嚼成灰。多奇怪呀，我们想象城市是被外星人的炸弹和死亡射线焚烧殆尽，而其实它们需要的只是大自然母亲和时间。

还有人类的躯体——苏里文是这么说的，可事实是，他们根本不需要实体——这也是苏里文说的。

虚拟的存在根本不需要实体星球。

当我第一次这么说的时候，苏里文根本不听，而僵尸也表现出这根本无所谓的样子。无论原因是什么，他说，最终的结果就是他们希望杀光我们所有人。其他都是杂音。

或许。可我并不这么想。

因为那些老鼠。

我忘了跟僵尸说那些老鼠。

## ——3——

太阳升起的时候，我已经赶到厄巴纳城南的郊区。离目的地还有一半路程，完全按计划行事。

云从北边滚过来。太阳在苍穹之上升起，将盖于腹下的一切涂成了一座发光的孤岛。我准备藏在树林里，等到夜幕降临，然后冲进城西开阔的旷野，祈祷云彩多停留一会儿，至少等我上了高速公路翻去另一边再飘走。在厄巴纳外面绕要多走几英里，可是唯一比在大白天去调查一座城更危险的事，就是在晚上去。

重点就在于冒险。

雾从冰冻的大地上升起。巨冷无比。它压迫着我的脸颊，让我每喘一口气胸口都疼得慌。我感觉到一种久远的呼唤，希望在我的基因深处能埋着一团火。火的使用是我们人类的第一个巨大进步：火能保护我们，让我们暖和，令我们的大脑从吃坚果和浆果进化到吃富含蛋白质的肉类。现在，火是我们敌军的又一大武器。随着冬日既深，我们被夹在两种无法接受的危险中间挣扎：要么是被冻死，要么是被敌人发现我们的位置。

我背靠一棵大树坐着，掏出手册。俄亥俄最多姿多彩的洞窟群！僵尸说得对。没有藏身处，我们没法撑到春天，而洞窟群就是我们最佳——或许是唯一的藏身地。它们可能已经被敌人占领或摧毁。也可能被一些幸存者占据，只要看见陌生人就打。我们每在酒店多待一天，危险就成十倍地往上翻。

如果洞窟群不能用，我们也没有备选之地。无处可逃，无处可躲，出去跟人打更是荒唐可笑。那只钟即将停摆。

当我对僵尸指明这一点的时候，他跟我说是我想太多。他本来在笑，后来就不笑了，说：“不要让这些钻进你的脑袋。”就好像这是一场橄榄球比赛，我需要一半的时间来给自己打气，而无视五十六比零的比分。为骄傲而战！每当这种时候我都有扇他耳光的冲动，不是为了让他头脑清醒点，而是为了让自己舒服点。

风停了。静寂如期弥漫在空中，这是暴风雪来临之前的宁静。如果真下雪，我们就全都被困死了。我被困在这个树林里，僵尸被困在酒店里。我离洞窟群还有二十多英里——我是要冒险在大白天穿过旷野，还是要冒着被雪困在这里的风险坚持等到晚上呢？

话说回到“冒险”这件事上面。关键就在于冒险。不单单是我们。他们也一样：先派自己人潜伏在人类的身体里，建立死亡集中营，训练孩子完成灭种计划，全都是疯狂的冒险，愚蠢的冒险。就像伊万•沃克一样，不合群、没逻辑，还特别奇怪。他们的公开进攻高效地扫光了我们百分之九十八的人，就连第四波的做法也将就着能圆得过去：如果你们互不信任，很难合成一股有效抗争力。可是在那之后，他们聪慧的战略就开始变得不像话。一万年前就开始谋划将人类从地球上彻底消灭，而这就是他们最后想出来的最佳办法？这个问题我一遍又一遍不停地在心里问自己，一直都想不明白，直到出了茶杯那件事，和那晚的那些老鼠。

森林深处，我的左后方传来一阵轻柔的呻吟声，划破了寂静。我立刻认出这个声音，自从他们来了以后，这个声音我听过无数遍。最开始的那段日子，这个声音几乎无所不在，成为一道背景音，就好像是车来车往的高速路上汽车的轰鸣：那是人类痛苦时的呻吟声。

我从帆布包里掏出目镜，戴在左眼仔细调整镜头。从容不迫，不慌不忙。惶恐会阻断神经。我站起身，检查来复枪的枪栓，信步穿过树林朝着声音走去，扫视着那片区域，看绿灯会不会亮起，显示这里有“被感染者”。大雾在林中弥漫，世界被白色笼罩。我的脚步声在冰冻的大地上咚咚响。我的呼吸声像音爆。

精致的白色幕帘拉开，我看见二十码开外的地方有一个人影倚靠着树干，瘫坐在地上。他仰着头，双手紧紧攥住膝盖。那颗脑袋并没有在我的目镜里亮起，这意味着他不是普通人，而是第五波的一分子。

我端起来复枪瞄准他的头：“举起手来！让我看见你的手！”

他张着嘴。光秃秃的树枝因为挂着冰霜而微微泛光，他一双空洞的眼睛隔着树枝，望向灰暗的天空。我走近一点。一把和我手里一模一样的来复枪躺在他旁边的地上，他没有伸手去拿。

“你们小队的其他人呢？”我问。他没有回答。

我放下枪。我真傻。现在这种鬼天气，我应该能看到他的呼气，可是并没有。我刚才听见的呻吟声一定是他发出的最后声音。我屏住呼吸，慢慢在原地转了一圈，除了树和雾什么都没有看见，耳中除了我自己的血液在咆哮，并没有听见其他声音。我朝那个人走去，强迫自己不要往前冲，要留心周遭的一切。不能慌。慌张是死穴。

和我一样的枪，一样的倦容，他的目镜也躺在身边的地上。他是第五波没错。

我仔细端详他的脸。他看起来有些面熟。我猜他也就十二三岁，和小飞象的年纪差不多。我单膝跪在他身旁，指尖贴着他的脖子按了按。没有脉搏。我拉开他的外套，拽出他全都是血的衬衣，找寻伤口。他伤在小腹，被一颗高速子弹射穿。

我没有听见枪响。要么是他躺在这儿已经有一阵子，要么就是狙击手用的是消音手枪。

***消音者。***

按照苏里文的说法，伊万•沃克在大半夜，一个人单挑了一整个小组，受了伤，身陷包围，而这比起他只手炸掉整个军事基地来说，只能算热身。当时，我觉得苏里文的故事很难相信。现在，我脚下就有一个死去的士兵，他的小组下落不明。这里只有我一个人，伴着寂静的树林和奶白色的雾幕。

现在，似乎没那么难以相信了。

快快开动脑筋。不要慌。***跟下棋一样。掂量现状。估算冒险的利弊。***

我有两个选择，留在这里直到情况有进展或是夜幕降临，或者走出这片树林，越快越好。不管是谁杀了他，这个人一定在附近几英里内的地方，或者是蹲在某棵树下，等待时机射出干净利落的一枪。

各种可能性都有。他的组员呢？死了？还是去追杀他的人了？如果那个杀他的人，是一个变成多萝西的新兵同伴呢？他忘记了自己的队友。援军抵达之后会怎么样？

我抽出匕首。现在距离我发现这个人已经过去了五分钟。如果有人发现我在这儿，此时此刻我早就升天了。我要等到天黑，可我也必须做好准备，应对另一个第五波制造的破坏分子朝我冲过来的这种可能。

我伸手贴着他的后脖颈，直到摸到一处伤口下面的小鼓包。***冷静。就跟下棋一样。进攻，防守。***

我慢慢划开伤口，用刀尖挑出芯片，原本的伤口渗出一滴血。

***这样我们就知道你们在哪儿。就能保证你们的安全。***

冒险。一种是冒着在某个目镜中亮起的危险。另一种是冒着敌人按下按钮，爆我头的危险。

芯片的底座上全都是血。树林中的寂静让人讨厌，逼人的冷气和雾在树枝中间交缠，好像缠绕的手指。僵尸的声音在我脑海中响起：是你想太多。

我将芯片塞进嘴里，夹在牙龈和脸颊中间。蠢蛋。我应该先把它擦一下。我能尝到那个孩子的血。

## ——4——

我不是一个人。

我看不见他也听不见他，可我能感觉到他。我感觉到有人盯着我，身体的每一英寸都刺痛起来。此刻那种熟悉的不适感，早在最开始就已存在。就是母舰静悄悄地飘在轨道上，造成人类大厦出现裂缝的那十天。那是另外一种完全不同的瘟疫病毒：未知、惧怕、恐慌；堵塞的高速公路、荒废的机场、拥挤的避难所、瘫痪的政府、食物和汽油短缺，有些地方执行军事法，而有些地方已经没有法。狮子蹲在高高的草丛里。羚羊嗅着空中的气味。进击前的可怕寂静。这是十万年里头一次，我们又一次知道了成为猎物是什么感觉。

树林里密密麻麻全是乌鸦。乌亮的脑袋，空虚的黑眸，它们拱肩缩背的身影令我想起了公园长凳上那些小老头。大概有成百上千的乌鸦栖在树上，跃跃欲试地想要跳到地上来。我瞥了旁边的尸体一眼，他的眼睛和乌鸦的一样空洞、见不到底。我知道这些鸟儿为什么来。它们肚子饿。

我也是，于是我从书包里面掏出一包牛肉干和刚刚过期不久的小熊软糖。吃也是一种冒险，因为我必须要先把嘴里的跟踪器吐出来，可我必须要保持警惕，而要想保持警惕，我就必须要补充能量。乌鸦盯着我，歪着头好像在全神贯注地听我嚼东西的声音。***你们这群又蠢又肥又圆的东西。至于这么饿吗？***四波攻击下来，制造出成百万吨的肉。瘟疫最严重的时候，大鸟遮蔽了天空，影子比赛一样划过熏燃的大地。乌鸦和其他的食腐鸟类与第三波的扩散密不可分。它们吃了受感染的尸体，然后再将病毒扩散到新的食物聚集地。

我的感觉也有可能是错的。或许真的只有我和这个死掉的小孩儿。时间过去越久，我越觉得安全。要是有人在监视我，他还没开枪的原因我只能想到一个：他正在等着更多士兵装扮的傻孩子现身。

我吃完早饭，将芯片重新塞回嘴巴里。时间一分一分走过。入侵最令人迷茫的事情之一——在亲眼看着你认识和爱的人以最恐怖的方式死去——就是事情加速恶化，可是时间怎么会越来越慢？我们用那么长的时间建立了文明，摧毁只需要十个月，每一天都比前一天长十倍，而夜晚也比白天的时长长十倍。唯一比这些无聊时光更令人烦恼的事，就是明了它们可能随时停止的恐惧。

上午过半，雾升起，雪飘落，雪片只比乌鸦的眼睛小一点。一点风都没有。树林似乎堕入梦境，一片闪闪的晶白。只要雪保持现状不变，我坚持到天黑没问题。

前提是我没有睡着。我已经有二十几个小时没合过眼，我现在觉得很暖和很舒服，还有点迷糊。

如游丝般的寂静中，我的妄想症又逐渐抬头。我的头完美地圈进他的准星里，他躲在高高的树上，像灌木丛中的狮子一动不动地趴着。我对他来说是一团谜。我应该惶恐才对。所以他就端着枪，静待事情发生变化。我守着一具尸体待在这里，一定有什么原因。

可我并不恐慌。我也没有像受惊的羚羊一样跳起来。我要强大过自身所有的恐惧。

能打败他们的并不是恐惧。恐惧、信仰、希望甚至爱都不管用，唯有愤怒。

***去你妈的。***苏里文这么对沃什说过。这是她的故事里唯一令我印象深刻的部分。她没有哭。没有祈祷。也没有求饶。

她以为一切都已结束，而等这一切真的结束，时钟敲响最后一下的时候，用来哭、祈祷和求饶的时间也就没了。

“去你妈的。”我低声说。说完这句，我觉得舒服了一点。我又说了一遍，这次更大声。我的声音随着冬天的空气传向远方。

我右方的树林深处响起翅膀扇动的声音，乌鸦恼怒地叫起来，我从目镜里看见在一片棕色和白色中，出现一个小绿点。

***抓到你了。***

想打中有点困难。虽然难，但并非不可能。在敌人发现我藏在辛辛那提外面的休息区之前，我这辈子从来没有拿过枪。他们把我带去营地，在我手里塞了一把来复枪，因此教官大声质疑，指挥部是不是往整个队伍里面安插了一个冒牌货。六个月以后，我将一颗子弹送进了这个人的胸膛。

我很有天赋。

闪耀的绿点离近了。或许他知道我已经发现了他。这不重要。我抚摸着扳机光滑的表面，看着那个绿点在目镜里移动。也许他觉得自己还在射程外，抑或他正在寻找最佳的射击地点。

全都不重要。

或许这不是苏里文说的消音刺客。或许只是一个失去求生希望的可怜人。

这都不重要。重要的只有一件事。

***冒险。***

## ——5——

在酒店，苏里文跟我讲了一个故事，说她开枪打死了一个躲在冷冻柜后面的士兵，以及她之后有多难受。

“那并不是一把枪。”她想要解释，“而是一个十字架。”

“这有什么不同？”我问，“还可能是一个破破烂烂的娃娃，或者是一袋 M&M 豆呢。当时你有别的选择吗？”

“没有。这正是我的重点。”

我摇摇头：“有时候你所在的时间是错的，所在的地点是错的，发生的事说不出是谁的错。你只是希望自己感觉难受，这样会让你自己好过一点。”

“感觉难受然后让我自己好过一点？”从她脸上的小雀斑深处冒出来的愤怒延展开，“这种说法简直狗屁不通。”

“我杀了一个无辜的人，可就算我现在看起来特别内疚，那个人还是死了啊。”我解释说。

她盯着我看了许久：“嗯，我明白沃什为什么要把你招进来了。”

他那颗绿灯脑袋朝我逼近，在树林中穿梭，现在我能够看见来复枪的闪光在消沉的雪地里经过。我非常确定，那不是十字架。

我抱着枪，头靠在树干上装出打盹儿或是看着雪花在晶莹的秃树枝之间飘舞的样子，我是蛰伏在高草丛中的母狮。

还有五十码。M16 的枪口初速是 3100 英尺 / 秒。一码是三英尺，也就是说他在地球上还能活三分之二秒。

希望他能好好运用。

我将手里的枪一转，肩膀展开，射出了一颗子弹，飞过射程半径。

杀人犯乌鸦纷纷从树上惊起，响起一阵黑色翅膀乱扇的声音，以及嘶哑、难听的叫声。那个绿灯倒了下去，没有再起来。

我等着。最好先等等看后续会发生什么。五分钟。十分钟。没动作。没声音。除了悄无声息沉甸甸的雪，什么都没有。树林没有了那群鸟儿，好像特别空寂。我后背紧紧贴着树干，撑起身子，又等了几分钟。现在我又能看见那个闪烁的绿点，在地上，一动不动。我迈过那个新兵的死尸。冰冷的树叶在我脚下咔嚓咔嚓响。

每一步都能测量出时间越变越慢。走到一半的时候，我意识到自己究竟干了什么。

茶杯躺在倒下的树旁，身体紧紧蜷成一个球，她的小脸上落满去年的碎叶片。

在一排空冷柜后面，一个奄奄一息的人抱着染血的十字架紧贴胸口。杀他的人别无选择。他们没有给她选择。因为这是一场冒险。是她的。也是他们的。

我单膝跪倒在她身边。她痛苦地睁大眼睛。她伸手来够我，染血的双手在灰蒙蒙的光线下是暗红色的。

“茶杯。”我轻声说，“茶杯，你来这儿干吗？僵尸呢？”

我环视整个树林，没听见他也没瞧见他，更别提其他人。她的胸口剧烈起伏，血汩汩地从嘴里冒出来。她艰难地呼吸。我轻轻地将她的脸扳过来，朝向地面，清理她嘴巴里的东西。

她刚才一定是听见我骂脏话了。她就是这样找到我的，循着我的声音。

茶杯尖叫起来。声声尖利如划破寂静的小刀，在林间跳跃飞舞。不能忍。我用力捂住她血淋淋的嘴，要她安静。我不知道是谁杀了我刚才看见的那个孩子，可无论这人是谁，一定就在附近。就算我的枪声没能做到把他引回来看个究竟，她的尖叫声一定可以。

***妈的，闭嘴。闭嘴。你他妈到底来这儿干吗，还鬼鬼祟祟地接近我，你个小混球！蠢货。蠢货。傻瓜。傻瓜。***

牙齿疯狂地啃啮我的手掌。小手指寻找我的脸。我的脸沾上了她的血。我用另一只空着的手，扯开她的外套。我必须要捂住伤口，不然她的血会流光。

我抓住她的衣领，用力往下扯，她的身子露出来。我将剩下的揉成一团，按住她的肋骨下方，堵住源源不断往外冒血的子弹孔。她被我按得身子猛地一挺，闷哼一声。

“我是怎么跟你说的，士兵？”我小声说，“第一要务是什么？”

光滑的嘴唇在我掌心滑动。一个字都没有吐出来。

“不许往坏处想。”我对她说，“不许往坏处想。不许往坏处想。因为往坏处想会让我们变得软弱。那些念头会让我们变得软弱。软弱。软弱。我们不能软弱。不能。如果我们变软弱的话会怎么样？”

树林中满溢着危机暗伏的阴影。林间深处，响起啪的一声。是靴子踩在冰冻地面的声音吗？还是一根冰冻的树枝掉下来了呢？我们周围可能有几百个敌人。也可能一个都没有。

我飞快地心算了一遍我们能有的选择。可供选择的没几个。而且都不怎么样。

第一种选择：留下。问题是留下来干吗。肯定不是等那个死兵的组员，也不是要等那个杀了死兵的人。茶杯如果不接受治疗，绝没有存活的可能。她剩下的时间是以分钟计，而不是小时。

第二种选择：跑。问题是跑去哪儿。酒店吗？可能我们还没跑到，茶杯就会因为失血过多而死，再说她离开酒店可能是有原因的。洞窟群吗？我不能冒险横穿厄巴纳，那意味着我要在旷野中多绕好几英里，而奔波几个小时之后去的地方可能也并不安全。

还有第三种选择。这是一个令人不敢去想，却也是唯一合情合理的选择。

雪渐大，天更阴。我一只手托着她的脸，另一只手按住她的伤口，可我知道这么做没用。我的子弹射穿了她的小腹，伤势严重。

茶杯就要死了。

我应该放弃她。马上。

可我不能。我做不到。正如避恶营爆炸的那个晚上我对僵尸说过的，从我们认为某个个体不再重要的那一分钟起，就是他们胜利的那一刻，现在我的话将我和她拴在了一起。

我抱着她，待在大雪纷飞、死气沉沉的树林里。

## ——6——

我将她放在冰冷的地面上。她的脸失去所有的颜色，只比雪稍微暗一点点。她张着嘴巴，眼皮抖动。她的意识逐渐流失。我不认为她还会再醒过来。

我的双手在颤抖。我挣扎着继续搂紧她。我很生气，气她，气自己，气他们到来之后造成的七亿种不可能挣脱的困境，气那些谎言和令人疯狂的言行不一，以及他们到来以后，立刻就被打破的所有那些荒唐、无望、愚蠢的无声诺言。

不能心软。想想重要的那些事，此时，此地。你擅长这个。

我决定等。不会很久。或许等她死了，我心中的柔软就会消失，我又可以理智思考。无波无澜的每一分钟都意味着我还有时间。

可这个世界是一只即将停摆的时钟，不存在无波无澜的一分钟这回事。

我决定和她一起留下的后一秒，螺旋桨转动的嗡嗡声撼动了寂静。直升机的声音打破魔咒。我立刻理出了重点——射击，这是我最擅长的事。

我不能让他们活捉茶杯。

如果他们捉走茶杯，或许可以把她救回来。如果他们把她救回来，可能会安排她去幻境。本来僵尸还有一丁点可能，能够安全地待在酒店里。也有可能茶杯并不是要从酒店逃跑，只是偷偷溜出来找我。两条路，不是我们两个一起掉下兔子洞，就是大家一起死。

我从腰间的枪套里拔出手枪。

从我们下定决心的那一分钟起——我真希望我有这一分钟。我希望自己能有三十秒。如若三十秒是一生，一分钟就是永恒。

我举起手枪对准她的头，抬头仰望阴沉的天空。雪落在我的脸上，颤了两颤随后融化。

苏里文在十字架上钉死了一个士兵，现在轮到我了。不对，我是那个士兵，而茶杯是我的十字架。

——7——

这时我感觉到了他，那个站在树林深处，一动不动，观察着我的人。我回头，看见了他，一个轻飘飘的人影在阴郁的树林中显露。有那么一刻，我们两个谁都没有动。虽然我不知道自己是怎么知道的，但我就是明白，他就是杀死那个小孩的人，并且也是他的同伴。而且我知道这个人肯定不是一个新兵。他的头在我的目镜里并没有亮起。

雪花飘转，寒气逼人。我眨了眨眼睛，那个人影不见了。如果那里曾经有过一个人影的话。

我渐渐松开手。太多变数。太多冒险。我控制不住地颤抖，想着他们终于还是摧毁了我；在逃过了夺走我家园的海啸，逃过了夺走我家人的瘟疫，逃过了夺走我希望的死亡集中营后，在一个无辜的小女孩挨了我一枪之后，终于到头了，玩完了，结束了，是不是结局本来就注定如此，从来不曾有过任何疑问？

直升机落下来。我必须替茶杯结束掉我给她制造的痛苦，否则我也会跟她一起躺在地上。

我顺着手枪的枪管，看着脚下那张惨白、如天使般的小脸，她是我的牺牲品、我的十字架。

黑鹰的轰鸣声逐渐逼近，将我的思绪变成一只苟延残喘的老鼠发出的最后尖叫。

***和那些老鼠一样，对不对，茶杯？和那些老鼠一模一样。***

——8——

旧酒店里到处都是害虫。严寒消灭了蟑螂，但是其他的东西活了下来，特别是床蚤和地毯甲虫，并且它们都很饿。不到一天，我们所有人身上都被咬得到处都是包。地下室是属于苍蝇的，那里存放着死于瘟疫的尸体。等到我们下去检查的时候，大多数的苍蝇都已经死了。死苍蝇的数量之多，我们第一天下去的时候，一脚踩下去，全都是它们黑乎乎的尸体。那也是我们和地下室进行接触的最后一天。

整个酒店里散发着腐臭气，我跟僵尸说开窗有助于散味除虫。他说他宁愿被咬被熏，也不要被冻死。他微笑的时候，会将你整个人浸在他那令人无法抗拒的魅力之中。放松，杀手锏。这不过是野生异界的另一天而已。

虫子和恶臭并没有给茶杯造成困扰。把她逼疯的是老鼠。它们一路啃进墙里，夜里老鼠发出的吱吱声和沙沙声让她（和我）根本睡不着。她辗转反侧，抱怨得不可自拔，因为不管我们怎么看待自己的处境，到最后都会以这个糟糕的地方做终结。我为了分散她的注意力，开始教她下棋，毛巾为棋盘，硬币充棋子。

“下棋是给蠢人玩的蠢游戏。”她提醒我说。

“不，它很有意思。”我说，“聪明人也玩。”

茶杯翻了个白眼：“你想下，是因为可以赢我。”

“不，我想下是因为我怀念它。”

她的下巴掉下来：“你就怀念这个？”

我将毛巾铺开在床上，摆好硬币：“在你试过之前，不要轻易给自己的感觉下定义。”我刚学下棋那会儿就像她这么大。美丽的实木棋盘放在我爸书房的桌子上。象牙棋子闪闪发光。王威严。后孤傲。马尊贵。象虔诚。而下棋本身，就是每一员为整体贡献自己力量的过程。说简单也简单，说复杂也复杂。野蛮又优雅。是一支舞，是一场战。有限与无限并存。棋局如人生。

“一分的是兵，五分的是车，十分的是马和象，十五分的是王和后。”

她摇头。杀手锏大笨蛋。“十分的和十五分的怎么能当两种棋子？”

“前面的：马和王。后面的：象和后。”

象牙冰凉。棋子冰凉的底座在抛光的实木上面移动的样子，就好像呢喃的雷声作响。我爸爸低头端详棋盘，脸颊消瘦胡楂满腮，眼睛通红，一脸愠色，交融在暗影里。酒的甜味微弱，轮敲的手指像蜂鸟的翅膀。

这被称为王者的游戏，玛丽卡。你想学吗？

“这是王者的游戏。”我对茶杯说。

“哦，我可不是什么王者。”她抱起胳膊，挑衅地看我，“我更爱跳棋。”

“那你也会爱上象棋。象棋是跳棋的升级版。”

我爸爸修剪光滑的指甲敲着桌面。老鼠在墙里窸窸窣窣。

“茶杯，象应该这么走。”

玛丽卡，马应该这么走。

她朝嘴里扔了一块口香糖，气鼓鼓地嚼着，将僵硬的糖嚼软。薄荷味。威士忌。窣窣，窣窣。嗒嗒，嗒嗒。

“给个机会。”我央求她，“你会爱上它的，我保证。”

她抓起毛巾一角。“我的感觉是这样的。”我知道她想干什么，可是当她将毛巾掀起来，硬币飞上半空的时候，我还是哆嗦了一下。一个五分钱的硬币崩到她脑门，她眼睛眨都没眨。

“哈！”茶杯喊道，“我猜这就叫将军，小婊子！”

我想都没想直接给了她一个耳光：“别让我听见你再这么叫我。永远。”

严寒让这一耳光变得更疼。她的下嘴唇嘟出来，瞪着眼睛，却没有哭。

“我恨你。”她说。

“我不在乎。”

“对，我恨你，杀手锏。我恨死你了。”

“你知道，骂人并不会让你长大。”

“那估计我还在婴儿期。去死，去死，去死！你妈 ×，你妈 ×，你妈 ×！”她想伸手摸自己的脸，突然又停住。“我根本不必留在这儿听你教训。你又不是我妈和我姐或者是别的什么人。”

“那为什么从我们离开营地之后，你就跟条鲭鱼一样一直黏着我？”

现在大金豆儿真的掉下来了，一滴泪顺着她红肿的脸滑下来。她那么白那么瘦，皮肤透明得像我爸爸的一颗棋子。我很惊讶，那一巴掌都没有将她打破打碎。我不知道该说什么，也不知道该怎么收回已经说出的话，所以我什么都没说。我只是伸出一只手抚上她的膝盖。她把我的手推掉。

“把我的枪还给我。”她说。

“你要它干什么？”

“开枪打你。”

“那样的话，你永远别想把枪要回去。”

“那我能要回来打光老鼠吗？”

我叹了口气说：“我们子弹不够。”

“那把它们毒死好了。”

“用什么？”

她举起双手：“好吧，那不如我们给酒店放把火，把它们全都烧光！”

“这主意不错，只不过凑巧这里也是我们住的地方。”

“那它们就赢了。打败了我们。一群破老鼠。”

我摇摇头，跟不上她的思维，“赢——怎么赢？”

她难以置信地睁大眼睛。杀手锏笨死了。“你听听！它们在吃酒店。很快我们就不能住在这里了，因为根本没地方给我们住！”

“那不能叫赢。”我指出来，“同样它们也没地方住。”

“它们是老鼠，杀手锏。根本想不了那么远的事。”

我想起那晚她终于躺在我身边睡着了。我听见老鼠在墙里，咀嚼、摩擦、尖叫。到最后，在天气、昆虫和时间的帮助下，这栋旧酒店终将坍塌。几百年之后，这里只剩下地基。而一千年以后，这里便什么都不剩。这儿，和其他所有地方。那时就好像我们从来不曾存在过一样。如果他们可以自己化身成为这些元素，谁又需要那些投在避恶营里的炸弹呢？

茶杯紧紧贴着我。虽然我们盖了好几床被子，冷气依然逼人。他们根本不用在冬天发动一波——寒冷可以杀死好几万人。

发生过的事情没有一件是无足轻重的，玛丽卡。我爸在一节授棋课上这样对我说。每一步都很重要。大师就是那种参悟了每一次、每一步究竟有多重要的人。

这句话啃啮着我。老鼠的问题。不是茶杯的问题，不是老鼠带来的问题，而是老鼠本身的问题。

## ——9——

我透过一片银白覆盖的树枝和叶子，看见直升机逼近，灰蒙蒙的天空上有三个小黑点。我还有几秒钟。

选择：

了结茶杯，找机会和那三架装载地狱之火导弹的黑鹰干一架。

把茶杯留给他们了结——或更糟，被他们救活。

最后一个选择：我们两个全都自行了断。一颗子弹给她。一颗给我。

我不知道僵尸是否安好。我不知道是什么原因让茶杯从酒店跑出来——如果有的话。我只知道，我们两个的死是他能活下去的唯一机会。

我希望自己能够扣动扳机。如果我能打出第一枪，第二枪就会容易得多。我跟自己说已经来不及了——对她来说是，对我也如是。总之都逃不过一死。几个月之前他们灌输进我们头脑里的不就是这句话吗？逃不掉，躲不开。就算又多拖过一天，明天死神还是会找到你。

她看起来这么美，这么不真实，缩在冰凉的雪地里，头发乌亮乌亮的好像玛瑙，她睡着的样子和远古的雕像一样带着一种难以描述的圣洁。

我知道我们两个一起死，对大多数不爱冒险的人来说是唯一的选择。我又想起了那些老鼠，以及我和茶杯为了打发无聊，有时候会在营地里探险，变着花样地一拨拨弄死那些害虫，每一次的方法都比上一次更荒唐，直到她陷进一种歇斯底里的大笑，然后我就把之前在靶场教训过僵尸的那番话拿来再教训她一番，而同样的课题此刻又还给了我，生怕杀手和猎物捆绑在一起，而子弹就是拴着这两者的银链。现在我既是杀手又是猎物，完全不同的两个身份形成了一个圆，我嘴巴发干好像此时干燥的气候，我的心也一样的凉：真正愤怒的温度一定是零，而我的愤怒比海还深、比天更广。

所以并不是希望令我将手枪塞回枪套。也不是信仰，当然更不是爱。

而是愤怒。

愤怒，以及我的脸颊和牙龈中间还藏着那个死去新兵的芯片的事实。

## ——10——

我把她抱起来。她的头垂在我的肩膀。我们出发，在林中行进。头顶飞过一架轰鸣的黑鹰。另外两架已经分开，一架往东，一架往西，切断任何逃离的路线。高高、细细的树枝弯弯曲曲。雪从两边抽打我的脸颊。茶杯轻飘飘的，令我怀疑扛着的可能是一堆破衣服。

我们走出树林的同时，一架黑鹰的吼声从北面传来。气流携着飓风般的气势鞭打我的发丝。我们头顶就是直升机，此时我们就站在路中间，一动不动。不再逃。不再逃。

我将茶杯放平在地上。直升机离得这么近，我能看见飞行员戴的黑色护目镜，看见直升机的门是拉开的，里面堆了成山的尸体。我知道我是五六双眼睛的焦点，我以及我脚边这个小女孩。每过去一秒都意味着我多活了一秒，而每一秒，都增加了我能活过下一秒的可能性。或许还来得及，对我，对她，都还不迟。

我在他们的护目镜里是不发光的。我是他们中的一员。必须是，不是吗？

我将肩上的枪摘下来，手指伸进扳机护圈。

# ——第二章——

## 撕裂

——11——

打从我还不太会走路的时候起，我爸就一直问我，凯西，你想飞吗？然后我就会将胳膊高高举过头顶。老头子，你逗我？我当然想飞了！

然后他就会托住我的腰，把我直接扔上天。我的头就猛地往后一仰，人像火箭一样嗖地直射天空。那一刻好像有一千年那么长，感觉我可以一直飞，能伸手够到星星。我便开心地尖叫，好像坐过山车那样刺激，手指紧紧抓住云彩。

飞喽，凯西，飞喽！

我弟一定也知道那种感觉。他比我清楚，因为他记忆犹新。大降临之后，我爸也还经常把他扔向天空。在阿什皮特难民营的时候，我还看见他这么做过，然后没几天沃什出现，将他杀死。

萨姆，乖儿子，你想飞吗？他压低原本男中音的嗓音，转换成低音，就像旧时游乐场里的流浪艺人那样，不过他兜售的游乐项目是免费的，而且无价。爸爸是发射台。爸爸是着陆区。爸爸是安全绳可以让萨姆，让我，免于坠入虚无的太空深处，可他自己现在却成为虚无。

我等着萨姆开口询问。这是吐露这个可怕消息最简单的方式，也是伤害最小的。可他没有问，而是直接对我说了出来。

“爸爸死了。”

几床被子下面小小的一团，一双棕眸又大又圆又无辜，就像紧贴着他脸颊的那只泰迪熊的眼睛。

泰迪熊是小孩玩的。我们在地狱酒店的第一晚，他这么对我说。我现在是名战士了。

缩在他边上那张床里的另一个严肃、娇小的士兵看着我，他们管她叫茶杯，七岁。这个长着一张可爱娃娃脸的小孩，眼中流露着焦虑，和她一起睡的不是毛绒玩具，而是一支来复枪。

欢迎来到后人类时代。

“哦，萨姆。”我离开窗边的位置，坐在蚕茧一样的被子旁边搂着他轻轻摇。“萨姆，我不知道该怎么——”

他握起苹果大的拳头，照着我的脸上给了一下。我完全没防备，生理上的以及心理上的。我眼前金星直冒。有那么一秒我都害怕他把我视网膜打脱落了。

行吧。我揉着脸。这一拳是我活该。

“你为什么让他去送死？”他质问道。他没哭也没尖叫。他的声音低沉而猛烈，隐隐透着愤怒。“你应该好好照顾他。”

“我没有让他送死，萨姆。”

我爸浑身是血在地上爬——你要去哪儿，爸爸？——而沃什就站在他旁边，冷眼看着他在地上爬，好像一个残虐的小孩看一只蝼蚁，露出疯狂、冷酷的心满意足。

茶杯躺在床上说：“再揍她一下。”

萨姆朝她大吼：“你闭嘴。”

“又不是我的错。”我小声说，胳膊紧紧搂着那只熊。

“他太弱了。”茶杯说，“就是这么回事，当你——”

没出两秒，萨姆扑到了她身上。然后就只看见拳头膝盖和脚丫子还有被子上飞起的尘埃，我的天啊，那张床上可还放着一支枪呢！我推开茶杯，将萨姆护在怀里，紧紧搂着他贴着自己的前胸，而他还在那儿伸胳膊踢腿，嘴巴里不干不净口沫横飞。茶杯冲他大吼大叫，什么难听说什么，并且发誓如果他敢再动自己，一定把他揍成狗。门砰地被推开，本冲进来，身上穿着一件可笑的黄色帽衫。

“没事没事！”我的叫声盖过一切，“我都摆平了！”

“茶杯！鸡块！立正！”

本吼出命令的那一刻，就好像按下了开关，两个熊孩子立刻安静下来。萨姆一瘸一拐地下了床。茶杯坐在床头，双手抱胸。

“她挑头的。”萨姆噘着嘴说。

“我刚还在想要不要在天花板画一个大红叉。”本说。他掏出手枪，“多亏你们俩，替我解决了。”他微笑着看我，“或许茶杯应该去我房间休息，等杀手锏回来。”

“太好了。”茶杯说。她跳下床，大步走到门边，原地转身，又走回床边，抓起枪，拉着本的手腕，“我们走吧，僵尸。”

“我等会儿就去。”他轻轻说，“小飞象在放哨，你睡他的床。”

“现在是我的了。”她还是没忍住又嘚瑟了一下，“浑蛋。”

“你才浑蛋！”萨姆在她身后喊道。关门声很快响起，对酒店门来说方式很粗暴。“浑蛋。”

本看着我，挑起右眉：“你的脸怎么回事？”

“没事。”

“我揍的。”萨姆说。

“你揍的？”

“因为她让我爸去送死。”

现在萨姆失控了。不再挥拳，而是控制不住地掉眼泪。我意识到的下一件事，就是本半跪着将我哭泣的小弟弟搂进自己怀里，同时嘴里说：“嘿，好了好了，士兵。没事了。”他抚着我依然努力适应中的那个小平头——没有了毛茸茸的头发，萨姆似乎不再是原来的萨姆了。一遍一遍地喊那个该死基地里的代号。鸡块，鸡块。我知道自己不应该，可是我的确觉得很困扰，这里所有人都有自己的绰号，只有我没有。我愿意叫自己“挑衅”。

本把他抱起来，放在床上。然后他发现那只小熊躺在地上，于是把它捡起来放在枕边。萨姆把它推开。本又捡起来。

“你真的希望让这只泰迪熊退役了吗？”他问。

“他不叫泰迪。”

“专属小熊？”本再接再厉。

“就叫小熊，我再也不想看见它！”萨姆一把拉起被子蒙住头，“出去！所有人。都、出、去！”

我朝他走了一步。本冲我啧了一声，头朝房门摆了摆。我跟着他退出来。走廊尽头的窗户边戳着一个大黑影：这个大块头、沉默寡言的孩子叫磅蛋糕，他的沉默并不是诡异惊悚的那种，更像是湖区里耸立的一座深邃、岿然不动的大山。本斜倚着墙，胸前抱着小熊，嘴巴微张，虽然现在这么冷，他依然满头大汗。摆平了这几个孩子以后，本已经精疲力竭，他有麻烦，就等于我们所有人都有麻烦。

“他不知道你爸爸死了。”他说。

我摇摇头：“他知道，但不清楚细节。反正就是那么回事。”

“是啊。”本叹了口气，“就是那么回事。”

沉默像一颗铅球，大概有纽瓦克那么大，横在我们中间。本有一下没一下地胡噜着小熊的头，就像一个老爷爷一边看报一边胡噜怀里的猫。

“我应该回去陪他。”我说。

本滑了一步挡在门口拦住我：“或许你不该去。”

“或许你不应该鼻子伸那么——”

“这不是他生命中失去的第一个人。他会平复的。”

“哇哦，这话可真冷血。”我们说的那个人也是我爸好吗，僵尸小哥？

“你知道我什么意思。”

“为什么人总是在说完一句特别残忍的话之后，就拿出这句话？”紧接着我自己回答，因为我或许对自我调整这种事有绝对的发言权，“我凑巧知道自己一个人‘平复’面对死亡是什么感觉。你除了自己和一个大空洞之外一无所有，原本那个空洞里是填得满满的。本来一切都很好，特别、特别好，那种有人和你在一起的感觉……”

“嘿。”本柔声说，“嘿，凯西，我没有——”

“对，你没有。你真的没有。”僵尸。是因为他已经没有感觉，心已死像僵尸一样吗？阿什皮特里也有这样的人。我管这样的人叫行尸走肉，只有人形的外壳，里面装的全是土。我心里有一些无法修补的东西碎成渣。太多失去。太多痛苦。拖拉的脚步、空洞的眼神、令人惊讶的抱怨。这是本吗？他也只剩一具空壳了吗？那他为什么要冒那么大的风险去救萨姆？

“你经历过的，”本一字一顿地说，“我们也都经历过。”

这句话直中红心。因为这是事实，因为也有人对我说过同样的话：你不是唯一失去一切的人。还有人也在经受失去一切的痛苦。我这个白痴，总是要被人一而再地提醒，你并不是唯一的。人生充满小讽刺，然而也会留下如澳洲那块大石头般大小的累累伤痕。

是时候换话题了。“杀手锏走了吗？”

本点点头。胡噜，胡噜。小熊看得我心烦。我把它从他怀里拽出来。

“我本来想派磅蛋糕跟杀手锏一起去。”他说完，轻笑两声。我不知道他有没有意识到自己喊她名字的口气，轻轻地，像是在祷告。

“你知道要是她真的不回来，我们可没有备用计划。”

“她会回来。”他坚定地说。

“你怎么能这么肯定？”

“因为我们没有备用计划啊。”一抹完全灿烂的微笑露出来，看着曾经点亮了教室、走廊和黄色校车的熟悉笑容在他这副被疾病、子弹和饥饿重塑过的新面庞上出现，真令人迷醉。就好像你走在陌生城市的街道，一转角，撞上一个老熟人。

“这是循环定义。”我戳穿他。

“你知道，有些家伙如果周围全都是比他聪明的人，就会觉得自己受到了威胁。可这只能让我更自信。”他用力握了握我的胳膊，自己一瘸一拐地走过走廊进了自己的房间。然后小熊和那个壮小孩走过走廊站在紧闭的门前，我自己也来到这扇紧闭的门前。我深吸一口气，走了进去。我坐在一摞被子旁边。虽然看不见人，但我也知道他在。他虽然看不见我，却也知道我在。

“他是怎么死的？”被子里传来闷闷的声音。

“被枪打死的。”

“你亲眼看见了？”

“是的。”

我们的爸爸双手紧抠着土地，一点点爬。

“谁开的枪？”

“沃什。”我闭上眼睛。馊主意。黑暗让那一幕猛地清晰起来。

“他开枪打他的时候你在哪儿？”

“藏起来了。”

我伸手想把被子拉下来，可我下不了手。你在哪儿。在一条空荡无人的高速路旁边的森林里，一个女孩儿把自己锁在睡袋里，一遍又一遍看着自己的爸爸死去。东躲躲，西藏藏，一遍又一遍看着他死去。

“他反抗了吗？”

“是的，萨姆。他用尽全力去反抗。他救了我。”

“可你躲起来了。”

“是的。”我按着小熊紧紧捂住肚子。

“像一只大肥鸡。”

“不是那样。”我喃喃地说，“不是那样。”

他猛地掀开被子，坐了起来。我认不出他。我从来没见过这个孩子。他的面孔因为愤怒和仇恨变得丑陋、扭曲。

“我要杀了他。我要打爆他的头！”

我微笑。或者说，试图微笑。“抱歉，萨姆。优先权在我这儿。”

我们彼此看着，时间叠加起来，我们在血泊中逝去的时间和我们在血泊中追回的时间，我还是个蛮横的长姐而他是淘气的小弟时的时间，和我是值得活下来的原因而他是值得付出生命的原因的时间，然后他扑进我怀里，小熊夹在我们中间，就好像我们困在从前和以后的中间那样。

我在他旁边躺下，我们一起念着他的祷告词：如果我在醒来之前注定死去……然后我跟他讲述了爸爸死去的整个经过。他是怎样从一个坏人身上偷了一把枪，又怎样赤手空拳干掉了十二个消音者。他是怎样站在沃什面前，跟他说，你能毁灭我们的身体，却永远毁不掉我们的灵魂。他是怎样牺牲自己，这样我才能逃走，把落入星际恶魔窟的萨姆救出来。这样萨姆才能在某一天召集起人类残存的乌合之众，拯救世界。这样他对父亲最后的回忆才不会是他浑身是血的在土地上令人心碎地爬行。

他睡着以后，我悄悄溜下床，重新回到我在窗边的岗哨。一排停车带，一间破旧的小餐馆贴着“周三随便吃！”的广告，还有一条延伸的灰色高速公路消失在黑暗中。地球漆黑安静，好似我们用噪音和灯光填充它之前的模样。有的东西结束，新的东西开始，此刻夹在中间。时间暂停。

高速路上，除了一辆撞上隔离带的 SUV，星光下也显出来复枪管那绝不会被认错的形状，我的心跳停了一拍。一个人影背着枪消失在树林中，我看见一头泛着乌黑微光的头发，光滑完美，不可思议地顺直，我认出来那个人影是杀手锏。

我和杀手锏并不在一个频道，我们之间的关系自此急转直下。她对我说的一切都是冷嘲热讽的态度，就好像我是骗子或是傻子再不然就是疯子。特别是说到伊万•沃克的时候。你确定？这根本说不通。他怎么可能既是人类又是外星人呢？我越着急，她就越冷漠，直到我们像化学等式的两边，彼此互相抵消。就好像 $E=MC^2$ 这种化学方程式，让制造大爆炸成为可能。

我们告别的对话就是典型的例子。

“你知道，我能明白大家的名字。小飞象。大耳朵嘛。还有鸡块，因为萨姆个子小。茶杯也是。僵尸我不是特别明白，本不肯说。我猜磅蛋糕是跟他矮矮胖胖的身材有关。可你为什么叫杀手锏呢？”

她的回答就是冷冷的目光。

“我觉得有点融不进来。你知道，我是这伙人里唯一没有绰号的人。”

“不过是代号。”她说。

我盯着她看了一会儿：“让我猜猜看，全国优秀学霸、参加过象棋俱乐部、奥数比赛队、班上的优等生？你还会一样乐器，可能是小提琴或者大提琴之类的弦乐。你爸爸在硅谷上班，你妈妈是大学教授，我猜不是物理系就是化学系。”

她一句话都没说，好像过了几千年，然后她开口：“还有别的吗？”

我知道我应该住嘴。可我已经开始了，一旦开始，就必须做完。这就是苏里文的办事风格。“你是家里最大的——不，应该是独女。你爸信佛，可你妈却是无神论者。你十个月就会走路。你是奶奶带大的，因为你父母都忙着工作。她教会你太极拳。你从来没玩过娃娃。你会三种语言，其中一种是法语。你曾经参加过奥运会预备团，项目是体操。有一次你考了 B 回家，你爸妈把你的化学实验器材全都没收了，把你关在房间里一周，直到你读完莎士比亚全集。”我看到她摇了摇头，“好吧，他的喜剧你肯定没看。因为你一点幽默感都没有。”

“非常好。”她说，“有点意思。”她语气平淡稀松，好像刚刚从滚筒上撕下来的铝箔，“我能试着猜猜你吗？”

我微微挺直身子，给自己打气。“请便。”

“你对自己的外表总是不自信，尤其是头发，第二就是雀斑。你不太擅长社交，所以看了很多书，而且到了中学还在写日记。你只有一个闺密，你们两个之间互相依赖，也就是说每次你一跟她吵架，就会滑进抑郁的深渊。你是个爸宝，和妈妈一点不亲，她总让你觉得不管你做什么都做不好。她比你漂亮这一点，也没能改善你们之间的情况。她去世的时候，你为自己偷偷恨她而觉得内疚，但是她走了你又会在心里偷偷松口气。你顽固冲动还有点歇斯底里，所以你父母给你报了几个兴趣班，有助于你学会控制情绪和集中注意力，比如芭蕾和空手道，应该是空手道。你还希望我继续吗？”

呃，我还能做什么呢？我能预见到的只有两个可能，大笑或者朝她脸上揍一拳。好吧，还有第三个：大笑并且朝她脸上揍一拳，或者是用跟她同样冷冷的目光回敬她。我倾向于第三种。

这主意烂到家了。

“好。”杀手锏说，“你不是同性恋也不是异性恋，是鉴于两者中间的灰色地带。而这种不确定意味着你经常偷偷嫉妒和你不一样的人，但是在漂亮姑娘面前，你会收敛起大部分的愤恨。你曾经被人伤过，但从来没有过真正的男朋友。你假装讨厌自己喜欢的男生，却会喜欢自己曾经讨厌过的男生。只要你跟比自己漂亮比自己聪明或者有某一方面比你强的人在一起，你就会生气，会挖苦对方，因为他们会令你想起你自己是有多么的普通。还想听吗？”

我用非常小的声音回答她：“当然。随便。”

“在伊万•沃克出现之前，你从来没有拉过男孩子的手，除了小学郊游的时候。伊万是那种善解人意要求不多的人，而且作为附加彩蛋，他还长了一副好皮囊。他把自己变成一张白纸，你可以随便在上面挥洒自己对完美恋情和完美恋人的渴望，这个人永远不会伤害你，因此得以消除你的恐惧。他给了你能想象漂亮女生可以拥有而你从来没有的一切，所以跟他在一起——或是想到他——主要是源于一种报复心理。”

我咬着下唇。眼睛灼痛。我用力握紧拳头，指甲嵌进掌心。为什么，啊，为什么我刚才没选选项二？

她说：“你现在希望我打住了吧。”这并不是一个询问。

我抬起下巴。我决定了，我的代号就叫“挑衅”！

“我最喜欢什么颜色？”

“绿色。”

“错，是黄色。”我撒了个谎。

她耸耸肩。她知道我在撒谎。杀手锏就是一个人肉幻境。

“不过，说真的，为什么叫‘杀手锏’？”这才是重点。把她推回到防御模式。好吧，她其实从来没有真正处于防御模式过。真正抵触的人是我。

“我是人类。”她说。

“是呀。”我扒着窗帘缝，从二楼看着下面的停车场。我为什么要这么做？我真以为自己能看见他站在下面，从藏身的地方走出来，抬头冲我微笑吗？瞧，我说过我会找到你。“之前也有人这么跟我说过。然后我就傻乎乎地相信了。”

“考虑到当时的情况，也不算特别傻。”

哦，现在她又要装好人了吗？现在她是要我放松警惕吗？我不知道哪个更糟：是冷冰冰的女仆杀手锏，还是充满同情心的女王杀手锏。

“别装了，杀手锏。”我厉声喊道，“我知道你根本不信我讲的关于伊万的事。”

“我相信你。不可信的是他的故事。”

然后她走出了房间。就那样。在事情没有得到解决之前。除了每一个生下来性别为男的人之外，还有谁会干这种事？

纯粹的意识根本不需要一颗实体星球……

伊万•沃克是什么人？我的目光再次在高速公路和我弟弟之间来回游走。伊万•沃克，你到底是谁？

我的确是个白痴才会相信他，可我当时心灵受伤又觉得孤独（因为我认为自己是整个宇宙唯一的人类）更主要的原因是因为我之前才刚刚杀了一个无辜的人，然后这个人，这个伊万•沃克，本来可以结束我的性命却没有那么做，他反而救了我。所以当警钟敲响的时候，我没有理会。再者说，这种事对我有什么坏处？他那么帅又那么好，具备所有的一切能让我觉得自己对他来说比他本人更重要的特质，从给我洗漱到喂我吃的，从教我杀人到告诉我我是唯一值得他抛弃一切的人，并且他用实际行动表示他真的为我去死。

他最初是作为伊万存在，可是活了十三年之后，他苏醒了，发现自己其实并不是，然后他跟我说，当他在我眼中看见自己，便第二次醒悟。他在我身上找到了自己，然后我发现他即是我、我即是他，我们两人之间零距离。他从告诉我所有我想听的话开始，以告诉我所有我所需要的东西结束。消灭仅存人类的最终武器便是人类自己。然后当最后一个“感染者”死掉，沃什和他的同伙就会拔掉第五波的塞子。大清洗完毕。屋子打扫干净，可以准备入住。

当我把这些事告诉本和杀手锏的时候——除了伊万在我身体里的那一部分，那对帕里什来说有点太过微妙——遭受到了太多质疑的目光和那种意味深长的表情，令我痛苦地觉得自己被排斥在外。

“他们中有一个爱上了你？”我说完之后杀手锏问，“那跟我们爱上蟑螂有区别吗？”

“也可能是蜉蝣呢。”我回击，“他们大概有恋虫癖。”

当时我们在本的房间开会。我觉得，我们在沃克酒店（这是杀手锏给起的叫法）的第一晚，大部分，我将终生难忘。

“他还跟你说了什么？”本问。他四仰八叉地摊在床上。从避恶营到酒店只有四英里，他看起来好像刚刚跑完一场马拉松。给我和萨姆包扎的那个小孩儿，小飞象，我向他问起本的情况时，他一个字都不肯说。不肯说他的情况是不是有好转，也不肯说他的情况是不是有恶化。当然了，小飞象只有十二岁。

“他们都有什么能力？有什么弱点？”

“他们没有实体。”我说，“伊万跟我说这是他们能够来到地球的唯一办法。有些人的意识已经被下载下来，比如他、沃什和其他消音者。有些人的意识还在母舰上，等着我们被消灭。”

本用手背揉着嘴：“避恶营设立的目的，在于筛选出最适合的对象拉去洗脑……”

“并且消灭那些没有被洗脑的。”我替他说完，“一旦第五波发动，他们只需要舒舒服服靠在椅背上，让愚蠢的人类替他们做那些肮脏的事。”

杀手锏坐在窗边，沉默如阴影。

“可是为什么一定要用我们呢？”本问道，“为什么不直接弄一个军队的‘伊万’，然后直接把我们扫光？”

“可能他们人数不够。”我猜，“要不然就是发动第五波是风险最小的办法。”

“什么风险？”杀手锏打破了沉默。

我决定不理她。原因很多，最主要的一个原因是，一旦你搭理了杀手锏，自己就危险了。她可以只用一个字，把你羞辱个彻底。

“你当时也在场。”我提醒本，“你也听见沃什说的了。他们监视我们已经好几个世纪了。而伊万的说法证实，他们虽然已经计划了数千年，可有时候还是会出错。我不认为他们设想过会被人类同化，不过或许他们真的已经被人类同化了呢。”

“说得对。”本说，“所以我们可以利用这点做什么？”

“什么都做不了。”杀手锏说，“苏里文说的这些没有一点是有用的，除了这个叫伊万的人可能会从大爆炸里活下来，填补我们的疑惑之外。”

本摇摇头：“没人能从那样的爆炸里活下来。”

“有逃生舱。”我说，自从与他道别之后，这根救命稻草我一直紧抓到现在。

“真的？”杀手锏一副并不相信我的样子，“那他怎么没给你找一个？”

我告诉她：“你看，或许我不应该跟某个拿着高火力半自动步枪的家伙说这种话，不过你真的触到我的底线了。”

她表现得很惊讶：“哦？”

“我们必须尽快掌控现在的情况。”本高声打断我准备的回应，这是件善事。杀手锏手里抱着一支 M16，而本跟我说过她是整个避恶营里的最佳射手。“现在怎么办？等着伊万出现还是跑？如果我们跑的话，往哪儿跑？”因为发烧，他脸颊通红，眼睛水汪汪的。现在差四秒凌晨四点。“伊万还有没有跟你说过什么可能会有用的事？他们准备拿这些城市怎么办？”

“他们不会把城都炸了的。”杀手锏说。她没有等我回答，也没有等我问她她是怎么知道的。“如果他们想要炸，一开始就炸了。这个世界有半数人口都住在城里。”

“所以他们的计划是要接着用。”本说，“因为他们要利用人类身体的缘故吗？”

“我们不能躲进城里，僵尸。”杀手锏说，“任何城市都不行。”

“为什么？”

“因为不安全。火、污水，还有那些腐尸上携带的病菌，现在其他的幸存者肯定也知道他们借用了人类的身体。要是我们想要活得长久，我们就必须不断换地方。打游击，然后尽可能地单独行动。”

哦，天。这个规矩我之前在哪儿听到过？我觉得头有点晕。我的膝盖疼得要死。那个挨了消音者一枪的膝盖。我的消音者。

我会找到你，凯西。我不是每次都找到你了吗？这一次没有，伊万。我不这么想。我坐在本旁边的床上。

“她说得对。”我对他说，“在一个地方连续待好几天并不是个好主意。”

“还有集体行动。”

杀手锏的话悬在冷冰冰的上空。本在我旁边僵着不动。我闭上眼睛，自己也听见了那条守则：不要相信任何人。

“那不可能，杀手锏。”本说。

“茶杯和磅蛋糕跟我走。其他人跟你。我们的机会翻倍。”

“为什么只分两队？”我问她，“为什么不全都散开？我们的机会能翻四倍。”

“七倍。”她纠正道。

“行行行，我是数学废物。”本说，“可是看起来，分头行动似乎会正中他们下怀。先分化，再逐个消灭。”他严厉地看着杀手锏，“就我个人而言，我更喜欢有人守着我的后背。”

他强撑着从床上爬起来，晃了两晃。杀手锏要他躺回去。他没有搭理她。

“我们不能待在这里，可是我们也没地方可去。我们不可能从这儿出去瞎走，所以我们要去哪儿？”他问。

“往南。”杀手锏说，“越往南越好。”她看着窗外。我明白，只要下雪，我们就被困死在这儿了，只能等雪化。所以，要去一个不下雪的地方。

“得克萨斯？”本问。

“墨西哥。”杀手锏回答，“或者中美洲，等水退了。你可以在热带雨林里藏好几年。”

“我喜欢。”本说，“回归大自然。只是有一个小问题。”他摊开双手，“我们没有护照。”

他看着她，保持这个姿势不动，好像在等什么。杀手锏也看着他，面无表情。本放下手，耸了耸肩。

“你们不是说真的吧。”我说。越来越荒唐了。“中美洲？这么冷的天气走过去？外加受伤的本和两个小孩儿。我们能走到肯塔基就该偷笑了。”

“这里野兽环绕，正等着你的外星王子来呢。”

不行了，我才不管她手里是不是拿着一支 M16，我要扑过去一把抓住她顺滑的头发，把她往窗户外面推。本看事态不对，跨步拦在我们中间。

“苏里文，我们现在都是一条船上的。所以要团结友爱，可以吗？”他转头对杀手锏说，“你说得对。他可能是没有做到，不过我们还是要给伊万一个实践自己诺言的机会，而且我现在的情况也不适宜赶路。”

“我回来并不是为了救你和鸡块，所以在目前这场形势一边倒的比赛里，我们只是特邀嘉宾，僵尸。”杀手锏说，“你做自己认为是对的事，但是如果真要打起来，别算我。”

我对本说：“说好的团结友爱呢？”

“你好像忘了是谁救了你。”杀手锏说。

“哦，是你又怎么样？”

“你们够了！”本气炸了，用自己最佳四分位那种“这儿老子说了算”的语气说，“我不知道我们怎样才能一起挺过眼下这种乱糟糟的局面，但是我知道一点，现在这样根本不可能。少添乱，你们两个都是。这是命令。”

他跌回床上，大口喘气，一只手紧紧按住肋下。杀手锏走出去找小飞象，留下我和本，这是我们两个在避恶营内部核心重聚之后，第一次单独相处。

“挺神奇的。”本说，“我本来以为，我们两个都死了的概率是百分之九十九，而单独相处的概率只有百分之二。”呃，其实是百分之一，帕里什。我正想指出这一点，结果看见他在微笑，等着我更正他的数学错误，因为他清楚我肯定抗拒不了这么做。他正在玩一种愚蠢的过时把戏，就好像萨姆那么大的小孩儿在人行道上拿粉笔画跳房子一样，画个框，笨笨地跳。

“她是个疯子。”我说，“真的，完全不讲理。你看她的眼睛，里面什么都看不出来。”

他摇了摇头：“我觉得能看到很多。只不过……藏得很深。”

他瑟缩了一下，手插在宽大的帽衫兜里好像在装拿破仑，紧紧按着一处拜杀手锏所赐的子弹伤口。这伤口是他主动要求的。这伤口让他得以冒着生命危险去把我的弟弟救出来。这个伤口或许会令他丧命。

“这样不行。”我轻声说。

“当然可以。”他说，一只手盖在我的手上。

我摇摇头。他不明白，我指的不是我们。

被他们追杀的阴影笼罩着我们，我们在这样一片绝对黑暗的阴影中，连最基本的东西都看不清。我们看不见并不能代表那些东西不存在。我爸爸用口型对我说，跑！他自己却跑不了。伊万在放弃自己之前，将我从那头巨兽的腹中推出来。本拔掉了地狱的利齿，将自己从中揪出来。有些事，好吧，可能只有一件事，被这阴影越擦越亮。奋起反抗。不屈不挠。永不言败。

他们可以杀死我们，甚至将我们杀得一个不剩，可是他们杀不死——永远都杀不死——我们长存的精神。

***凯西，你想飞吗？***

***是的，爸爸。我想飞。***

## ——12——

银白的高速公路消失在黑暗中。星光璀璨的黑夜释放出来。光秃秃的树枝向上展开好像被抓现行的小偷。我弟弟还在熟睡，呼吸在冷气中凝结。窗户上蒙了一层我呼出的水汽。而在结冰的窗玻璃外，在璀璨星空下的银白色高速路旁，一个小身影飞快地在枝干高耸的树林下奔跑。

哦，该死。

我跑出房间冲进走廊，磅蛋糕猛地转身，抬起步枪，放松，大个子，然而我冲进本的房间，小飞象正靠着窗台而本摊在靠门的床上。小飞象站起来。本坐起来。我的话脱口而出：“茶杯呢？”

小飞象指了指挨着本旁边的一张床，“那儿。”然后给了我一个“这女人失心疯了吧”的眼神。

我跑到床边，将一堆被子扒开。本低声骂了一句，小飞象背靠墙，脸憋得通红。

“我向上帝发誓她刚刚还在！”

“我看见她了。”我对本说，“就在外面——”

“外面？”他两腿一偏翻下床，由于动作过猛闷哼了一声。

“在高速路上。”

他立刻明白了。“杀手锏！她去找杀手锏了。”他猛地打了床垫一下，“该死！”

“我去追。”小飞象说。

本举起一只手。“磅蛋糕！”他叫道。你能听见那个大块头过来的。地板抗议他的脚步。他探头进来，本说：“茶杯跑了。去找杀手锏了。你去追那个小浑蛋，把她抓回来让我好好揍一顿。”

磅蛋糕走掉了，地板的动静像是在说：“谢谢啊！”

本系上枪套。“你要干吗？”我问。

“去补磅蛋糕的位置，直到他带着那个浑蛋玩意儿回来。你和鸡块待在一起。我是说，萨姆。随便。我们需要挑一个名字，统一一下叫法。”

他的手一直在哆嗦。高烧、恐惧。两者各有一点。

小飞象的嘴巴张了又合，但是一声都没出。本留意到他：“别紧张，小飞象。不是你的错。”

“我去守走廊。”小飞象说，“老大你留在这儿。你的脚不能沾地。”

他抢在本制止他之前冲出房间。本现在用那双被高烧烧得亮晶晶的眼睛看着我。“我可能没跟你说过。”他说，“我们去代顿执行任务的时候，沃什派了两个小分队跟踪我们。要是营地爆炸的时候他们还在外面的话……”

他没再往下去想。要么是他觉得不需要，要么是他不敢。他站起来，一瘸一拐的。我走到他身旁，他一只胳膊搭在我肩膀上，一点都不觉得不好意思。我要说的话没法好听：本•帕里什身上难闻死了。伤口感染的酸臭味和汗味。这是我意识到他不是一具死尸之后，第一次升起了他可能很快就会变成死尸的念头。

“滚回床上去。”我对他说。他摇头，然后搭着我肩膀的手一松，整个人倒下去，屁股擦着床垫边滑落到地上。

“头晕。”他喃喃地说，“去叫鸡块，把他带来这里，跟我们一起待着。”

“萨姆。我们能喊他萨姆吗？”无论什么时候，我只要一听见鸡块，就会想起麦当劳的汽车穿梭店和炸薯条以及草莓新地和麦咖啡上面挤着一层层奶油浇了好几圈巧克力酱的冰摩卡。

本微笑。我看见那样苍白的脸上露出那样灿烂的笑容，我的心都碎了。“就这么定了。”他说。

我把萨姆拉出被窝带他走进本房间的整个过程中，本一口气都没叹。我将他放在茶杯乱糟糟的床上，塞进被窝里，用手背抚了抚他的脸，这是在瘟疫泛滥的那段日子里留下来的旧习惯。本还在地上坐着，头向后仰，盯着天花板。我刚要朝他走过去，他挥挥手叫我别动。

“窗口。”他喘着粗气说，“现在有一边我们看不到了。茶杯，真是要多谢你。”

“她为什么要偷偷摸摸地溜——？”

“从代顿之后，她就跟条鲭鱼一样黏上杀手锏了。”

“我只看见她们俩打架了。”想想那场下棋之争，打中茶杯脑门的硬币，还有，“我恨死你了！”

本笑了：“爱恨一线间。”

我瞥了眼楼下的停车场。沥青的光芒好像玛瑙。像鲭鱼一样黏上她。我想起伊万在那些门和转角后面流连；我想起了那些完美的东西，会永存下去的东西；我想起了唯一的那句话，能够拯救我们的力量也有力量摧毁我们。

“真的不能那样坐在地上。”我呵斥他说，“床上更暖和。”

“对，暖和那么八分之一度。这算不了什么，苏里文。比起瘟疫来还差得远。”

“你染上过瘟疫？”

“嗯，是的。在莱特 - 帕特森基地外面的难民营。他们屠光基地之后，把我捡回去，给我注射了大剂量的抗体，然后在我手里塞了一支枪，跟我说去杀几个人。你呢？”

一枚十字架攥在血淋淋的手里。杀了我或者救我。那个藏在冷柜后面的士兵是第一个。不。第一个是躲在灰坑里打死酥油的那个家伙。这就是两个了，然后还有消音者，我找到萨姆前打死的那个和伊万找到我之前打死的那个。一共是四个。还有被我漏下的吗？尸体累累，数都数不清。哦，天哪，已经数不清了。

“我杀了人。”我轻声说。

“我指的是瘟疫。”

“没有。但是我妈她……”

“你爸呢？”

“被另一种瘟疫杀了。”我说。他转过头看着我。“沃什，沃什杀了他。”

我跟他讲起了阿什皮特难民营的事。那辆悍马和那一大卡车的士兵。那些离奇出现的校车，只接孩子，只有小孩才可以上去。集合了剩下其他人的谷仓，爸爸派我和我第一个枪下鬼去找酥油。然后爸爸跌在土里，沃什居高临下站在他旁边，我却躲在树林里，爸爸用口型对我说快跑。

“真奇怪他们居然不让你上车。”本说，“如果他们的目的是要建立一支被洗过脑的童子军的话。”

“车上基本都是小孩子，跟萨姆差不多大，有几个甚至比他还小。”

“在避恶营，他们把五岁以下的单独挑出来，关在地下室……”

我点点头。“我看见他们了。”在安全室，我找萨姆的时候，他们全都抬起小脸看着我。

“这不会很奇怪吗？为什么要留着他们？”本说，“除非沃什觉得这是一场十分漫长的拉锯战。”他说这话的语气，好像他自己在质疑这是不是真正的原因。他手指轮流敲着床垫。“茶杯到底搞什么？他们现在应该已经回来了。”

“我去看一眼。”我说。

“见鬼，你当然应该去。现在这一步一步越来越像恐怖片了。你知道吧？就是所有人一个接一个不见。哈哈。再等五分钟。”

我们陷入沉默，静静聆听。只有风从透风的窗户吹进来的声音，和潜藏在墙里不断挠墙的老鼠。茶杯很讨厌它们。我听她跟杀手锏跑去灭鼠听了好几个小时。杀手锏用烦人的爱教训人的口吻，解释了老鼠的数量是怎样失控的。酒店的老鼠比我们的子弹多。

“老鼠。”本似乎能看透我的心思，“老鼠，老鼠，老鼠。上千只老鼠。上万只老鼠。现在，老鼠比我们都多了。一颗全是老鼠的星球。”他嗓子嘶哑地哈哈大笑。或许他精神错乱了。“你知道最令我不解的事情是什么吗？沃什跟我们说他们已经监视我们好几个世纪。就是那种，‘这怎么可能呢’的方式。哦，我能明白这种事是有可能的，但我不明白的是为什么那个时候他们不对我们发起进攻。我们建造金字塔的时候，地球上才有多少人？为什么你要等到人口上升到七十亿，人类分布到各大洲，并且科技有了点进步，不仅限于棍棒和长矛的时候呢？他们喜欢挑战吗？消灭新家里害虫的时机可不是在害虫的数量多过住客之后。伊万呢？关于这点他有说过什么吗？”

我清了清喉咙：“他说他们分成两派，讨论究竟要不要消灭我们。”

“哈。所以或许他们就这个问题争论了六千年。一直纠缠不休，因为没人能做他人的主，直到冒出一个人说：‘哦，见鬼，别管这些混账东西了。’”

“不知道，我没有答案。”我觉得有点恼火，好像认识伊万就代表我什么都应该知道一样。

“我猜，沃什可能是在撒谎。”本觉得很好笑，“我不知道，钻进我们脑海里，扰乱我们的心智。他从一开始就迷惑了我。”他看着我，然后别过头，“我不想承认，不过我的确很崇拜这个家伙。我觉得他是你，嗯……”他的手在空中比了比，寻找合适的词，“我们中间最优秀的。”

他的肩膀开始抖动。起初，我觉得这可能是因为发烧，后来我想可能是因为别的什么，于是我立刻离开窗边的岗位，朝他走过去。

对男生来说，崩溃是很私人的事。绝对不能让别人看见你哭，这意味着你很弱，意味着你是软弱的、是个小宝宝、是个懦夫，一点都不男人之类的。我无法想象大降临之前的本•帕里什会当着别人的面哭，那个什么都不缺的人，那个其他男生争相想要仿效的人，那个让别人心碎却永远不会让自己的心破碎的人。

我在他身边坐下。没有碰他。没有讲话。他哭他的，我坐我的。

“抱歉。”他说。

我摇摇头：“不必。”

他用手背蹭了蹭一边的脸颊，然后又蹭了另一边。“你知道他和我说过什么吗？嗯，更像是保证。他保证说要倒空我。他一定会倒空我，然后在我心里灌满仇恨。但是他的保证没有做到。他没有将仇恨灌满我。他给我灌进来的是希望。”

我懂。在安全室，无数的充满无尽希望的小脸仰起来，他们的眼睛看着我，那些充满疑问的眼神太过可怕，完全无法用言语形容。我会活下来吗？这是唯一的关键。异星者也明白这一点，比我们更明白。没有无信仰的希望，也没有无希望的信仰，没有无信任的爱，也没有无爱的信任。抽出一张，人类的纸牌屋将会整个坍塌。

这就好像沃什希望本能够发现真相。希望教会他明白希望的无望。可是这样做的目的是什么呢？要是他们希望毁灭我们，为什么不直接动手把我们毁灭？肯定有好几十种办法能将我们快速灭光，可是他们发动了可怕猜忌的第五波。为什么？

到目前为止，我一直都以为异星者看待我们，除了鄙视或许还带着一丁点厌恶，就像我们对老鼠、蟑螂、床蚤和其他恶心的低等生物的感觉一样。不带一丝个人或是人类的观感，反正你必须得接受。我从来没想过这可能完全是出于个人感觉。仅仅杀了我们并不足以满足他们。

“他们恨我们。”我说，比起对他来说，更像是我在自言自语。本看着我，惊到了。我也看着他，吓到了。“除此别无解释。”

“他们并不恨我们，凯西。”他轻轻地说，就是那种你对一个吓坏的孩子说话的语气，“我们只是有他们想要的东西。”

“不。”现在我的脸上也被泪水打湿。第五波有且只有一种解释，其他任何可能的理由都是狗屎。

“他们不是要把我们和这个星球撕裂，本。他们是要把我们撕裂。”

## ——13——

“好了。”本说，“时间到。”

然后他打算站起来，但是并没有成功。他站到一半的时候，就一屁股狠狠跌坐在地上。我伸手拍了拍他的肩膀。

“我去吧。”

他用手掌拍着大腿。“不能发生那种事。”我打开门，探头走进走廊的时候，他喃喃地说。不能发生哪种事？输掉茶杯和磅蛋糕？输掉我们所有人，一个接一个？或是输掉这场抵御战？还是输掉这场战争？

走廊空无一人。

先是茶杯，然后是磅蛋糕，现在轮到小飞象。我们比恐怖电影里露营的人消失的速度还快。

“小飞象！”我轻声喊。这个可笑的名字回荡在冰冷、污浊的空中。我在心里飞快过了一遍各种可能。最可能的是：有人悄悄给他下毒然后把尸体藏起来。他被抓走了。他看见或者听见了什么跑去看个究竟。他要去尿尿。

我在门口逗留了几秒，以防真相是最后一种可能性。走廊里还是一个人都没有，我退回到房间里。本已经站起来，检查他自己那支 M16 的子弹夹。

“别让我猜。”他说，“你直说吧。我不想猜。”

“你和萨姆留在这里。我去一下。”

他拖着脚步走过来，在距离我鼻尖一英寸的地方停下。“抱歉，苏里文。他是你弟弟。”

我身子一僵。房间冰冷，我的血更冷。他的语气严厉、平淡，不带任何情感。僵尸。他们为什么要叫你僵尸，本？

随后他笑了，那是一种特别真实、特别本•帕里什式的笑。“外面那些家伙，他们都是我的兄弟姐妹。”

他从我身边绕过去，踉踉跄跄地朝门口走。情况急转，从不可思议的危险变成了危险得不可思议。我想不出其他办法，我只好爬过本的床，抓住萨姆的肩膀用力摇晃。他轻喊一声醒了过来。我一把捂住他的嘴，不让他出声。

“萨姆！你听着！事情不对劲。”我从枪套里掏出鲁格尔手枪塞进他的小手里。他瞪大眼睛，有害怕也有某些坚定的类似喜悦的东西。“我和本必须出去看看情况。你把夜锁锁上——你知道夜锁是什么吧？”萨姆瞪着大眼睛点点头，“然后拿椅子顶住门把手。从锁孔看外面的情况。别让……”我真的要把一切都吐出来吗？“你看，萨姆，这很重要，非常重要。非常、非常重要。你知道我们怎么能从坏人当中识别好人吗？坏人会冲我们开枪。”这是我爸爸给我上过的最好的一课。我亲了亲萨姆的脑门儿，然后把他留在屋里。

门在我身后咔嗒一声关上。我听见夜锁滑进锁销里的声音。乖孩子。本已经走到了走廊的中间，他示意我跟上。他紧抿嘴巴，烧得滚烫，凑近我耳边。

“我们先把所有房间都检查一遍，然后下楼。”

我们合作无间。本掩护我的时候，由我执行。沃克酒店有一个开门政策，前几波的时候，每把锁都遭到了在此避难的幸存者不同程度的破坏。还有一个有利的事实是，沃克酒店对要压缩预算的家庭来说是理想的选择。这里的房间都跟芭比的梦幻屋一般大小。三十秒查看一间。四分钟看完所有。

回到走廊，本贴着我的耳边说：“电梯井。”

他单膝跪在电梯门前，示意我去守住楼梯门，然后他掏出自己那把十英寸长的军刀将刀刃插进电梯门缝。哈，我心想，躲电梯里的老把戏！可为什么我要守着这些楼梯？本拉开门，招手示意我过去。

我看见粗糙的电缆绳和无数灰尘，闻到我觉得可能是死老鼠的味道。我希望那是死老鼠。他指着下面黑洞洞的井，我立刻明白了。我们不是要检查电梯井——而是要用它。

“我去查看楼梯。”他在我耳边轻轻地说，“你留在电梯这里，等我信号。”

他一只脚抵住一边的门，然后身子倚靠在另一扇门上，让门无法关上。他拍了拍身子和电梯口之间的小空隙，用口型说：我们走。我小心翼翼地让过他的双腿，屁股坐在那里，双腿放了下去。电梯看起来好像离我们有二十英里远。本笑着安慰我：别担心，苏里文，我不会让你掉下去。

我的屁股一点点往前蹭，一直蹭到屁股悬空。不行，我办不到。我身子一转扒着电梯口的边，两个膝盖顶墙往下蹭。本抓住我的手腕，用另外一只手朝我竖了个大拇指。我一路用膝盖蹭着电梯井的墙壁，抓着电梯口的边，一直到我的胳膊伸直。好，凯西，现在该松手了。本抓着你的。本身上有伤，力气只有三岁孩子那么大。你一松手，整个人的体重会把他从上面一起拉下去，然后你们俩一块儿往下掉。他会落在你身上，压断你的脖子，然后他自己渐渐因为失血过多身亡，整个过程就一直趴在你瘫痪的身子上……

哦，见鬼。

我松手。听见本轻轻地闷哼一声，但是他没有松开我，也没有滚落在我身上。他弯腰将我一点一点放下来，直到我看见他脑袋的剪影出现在电梯井上方，他的脸被阴影覆盖。我的脚尖蹭到了电梯顶。我也朝他竖了个大拇指，不过我不知道他能不能看见。三秒，四秒。他松开了电梯门。

我跪下来，四处去摸逃生窗。有一点机油，有一点尘土，还有大量油污。

在电力恢复之前，他们都是用烛光照明。这下面的灯很可能就是个小蜡烛头。

然后我头顶上的电梯门关了，烛光的亮度降到零。

谢谢啊，帕里什。你等我找到逃生口再下来也不迟啊。

当我找到逃生窗的时候，窗口是卡住的，可能是锈住了。我伸手去掏鲁格尔手枪，想用枪托当锤子用，才想起我把那支手枪塞给一个五岁孩子让他防身去了。于是我从脚踝的刀套里抽出军刀，用刀柄照着逃生口狠狠敲了三下。金属碰撞发出刺耳的声音。非常响的刺耳声，对我们现在偷偷摸摸的动作来说太响了一些。不过逃生窗松动了。我打开逃生窗，因为窗体生锈，又发出另外一声很响的刺耳声，这一次是生锈的合页发出来的。好吧，当然，这个声音只对你，跪在它旁边的人来说非常响。从电梯井外听，可能只是一种很小的好像老鼠吱吱叫的声音。别当妄想狂！对于妄想症，我爸爸曾经说过一个笑话。我从来没觉得这个笑话有什么可笑，特别是在听了两千遍之后：我只有在所有人都针对我的时候才会有妄想症。我曾经以为，这只是个笑话，而不是一个预言。

我跳进电梯轿厢的黑暗里。等着我的信号。什么信号？本根本没说。我将耳朵贴在冰冷的金属门的门缝处，屏住呼吸。数十下，呼吸。再数十下，呼吸。我数完六十下，喘了六口气之后，还是什么都没听见，我开始有点慌。外面发生了什么？本在哪儿？小飞象在哪儿？我们的小队以一次一个人的速度，被分裂。分开是一个巨大的错误，但是每一次我们都别无选择。我们被人耍了，有人让这件事看起来容易得可怜。

或者是人数变多了。我们去代顿执行任务之后，沃什派了两个小分队跟踪我们。

没错，一定是这样。可能是那两个小分队里有一个或者两个全都发现了我们的藏身地。我们在这里待得太久了。

正是这样，你为什么要等，凯西奥佩娅•“挑衅”•苏里文？哦对，因为有个死人向你保证过他一定会找到你。所以你就闭上眼睛从悬崖跳进了深渊，现在你才震惊地发现深渊底下没有又大又厚的垫子？怪你自己。无论现在发生什么，都是你的责任。

电梯并不大，但是在伸手不见五指的黑暗中，似乎感觉有一个足球场那么大。我站在一个巨大的地下洞穴里，没有光、没有声音、没有生命，空虚、寒冷、恐惧和猜忌让我变成妄想狂。我心里清楚——虽然不知道我自己是怎么清楚的——本的信号不会发出来了。我很明白——虽然不知道我自己是怎么明白的——伊万也不会来了。

你永远不知道真相什么时候出现。你不能选择这个时间，只能等时间选择你。我本来有好几天的时间可以用来面对现在这个冰冷、黑暗的空间里的真相，可我拒绝了。我不肯去找真相，于是真相决定自己来找我。

当我们最后在一起的那晚他抚摸我的时候，我们两个之间没有距离，没有他消失我出现的界线，而现在我和这个黑洞之间也没有距离。他答应过会找到我。我不是每次都能找到你吗？而我相信了他。在我怀疑我们相遇之后他说的所有话之后，我第一次相信了他的话，他最后一句话。

我将脸贴在冰冷的金属门上。我有一种不断下坠的感觉，我身下是万丈连万丈的虚空。我会不停地往下掉。你是一只蜉蝣，只活人间一日，随后消逝于世间。

不。我还在人间，伊万。消逝于世间的是你。

“你从我们离开农舍的那一刻，就知道会发生什么。”我对着虚空呢喃，“你知道你会死，可你还是去了。”

我再也坚持不住。我别无选择，滑倒跪下来。下坠。下坠。我往下掉永不停。

放手吧，凯西，放手吧。

“放手？可我在往下掉啊，我在往下掉，伊万。”不过我知道他什么意思。

我永远不会放开他，不会真正放开。我每天一千遍地告诉自己，他可能活了下来。我不断告诫自己我们缩在这个脏兮兮的酒店没有用，很危险、很疯狂，根本是自杀。但是我紧抱他的誓言，因为松开这个誓言就意味着我放开他了。

“我恨你，伊万•沃克。”我对着虚空呢喃。

我在虚空的内里中——在内里的空虚中——沉默。

回不去。走不了。抓不住。放不开。这不行，那不行，这也不，那也不。什么你能干？什么你能行？

我仰起脸。对，这我能做到。

我站起来。这个也可以。

我展开肩膀，手指伸进两扇门中间的地方。

我现在要出去，我对深深的静默说。我要放下。

我用力将门拉开。灯光照射进虚空，吞噬了最微小的阴影，直到一点阴影都不剩。

——14——

我走进大堂，我们迷你版的勇敢新世界。碎玻璃，角落成堆的垃圾山，好像被风吹到那里的秋天的落叶。死虫子四脚朝天，六条腿蜷起来。有点冷。很静，你的呼吸是唯一的声响：轰鸣声消失之后，唯有静寂。

看不见本。在二楼和楼梯间里，他一定遇到了什么事，而且绝对不是什么好事。我轻轻朝楼梯间的门口走去，同迫切想要回去找本的倒霉本能做斗争，趁他还没有像本、像小飞象、像磅蛋糕和茶杯、像地球上其他百分之九十九点九的人那样消失之前。

垃圾在我脚下嘎吱嘎吱响，冷空气灼痛我的脸和手。我双手攥着来复枪，在微弱的星光下不敢眨眼，经历了电梯里的绝对黑暗之后，这些光像手电光一样明亮。

慢一点。再慢一点。不能出错。

楼梯间大门。我握着金属门把手静静等待了三十秒，耳朵贴在木门上，然而我能听见的只有自己怦怦的心跳。慢慢地，我按下门把手，将门推开一条缝，刚好能让我窥视里面的情况。一片漆黑。一片寂静。见鬼，帕里什。你到底在哪儿?

除了上去别无他法。我溜进楼梯间，悄悄地。门在我身后关上。我再次被塞进了黑暗里，但是这一次我决定将它一直关在外面，关在属于它的地方。

死尸的酸腐味飘在湿漉漉的空气中。是老鼠，我对自己说。或者是浣熊或其他林子里的动物被困在了这里。我的脚踩在了一个软乎乎的东西上面，传来小小的骨头被碾碎的声音。我在台阶上将脚底黏糊糊的东西蹭掉——我可不想滑倒或者是滚到楼梯下面，摔断脖子，无助地躺在那里等着有人来发现我，然后送我一颗子弹。那太惨了。

我来到一个小平台，还有一段楼梯，深呼吸，就快到了。这时一声枪响，紧跟着又一声，接着响起第三声，然后是整整一梭子，好像有人要把弹夹打光。我冲上最后的几级台阶，撞开门冲出去，跑完整个走廊，朝着现在门已经没有的那个房间跑去，那个我弟弟待在里面的房间。这时我的脚踢到了什么东西——一个我着急冲去救萨姆，根本没看见的很软的东西——我跳起来，以惊人的力量落在薄薄的地毯上。我跳起来，回头看了一眼，看见本•帕里什一动不动地躺在那儿，伸着胳膊，暗红色的血一股一股地浸透他身上那件可笑的黄帽衫。这时萨姆尖叫起来，我来得还不算太晚，还不算太晚。我来了，浑蛋，我来了，房间里一个高大的身影笼罩着一个小身子，他的小手指还在不断扣动已经打空的手枪扳机。

我开火。那个影子猛地转身朝向我，然后往前一扑，朝我奔过来。

我猛地一脚踢中那影子的脖子，然后用枪管照着那个影子的后脑勺敲下去。

“真对不起。”我大口喘气——根本没气可喘，“不过你走错房间了。”

# ——第三章——

## 最后一颗星

### ——15——

小时候，他常常梦见猫头鹰。

他已经好几年没有想起过那个梦。此时此刻，在他生命流逝的时候，回忆涌了回来。

这回忆并不让人愉快。

那只鸟栖息在窗台上，一双明亮的黄眼睛盯着他的房间。那双眼睛慢慢眨动，很有节奏。除此以外，这只猫头鹰一动不动。

看着这只看着自己的猫头鹰，他不明所以地动弹不得，心中只有害怕，更没法叫妈妈，之后，各种难受的症状都出现了。恶心、头晕、发烧，还有紧张不安，那种被人监视的不安感持续了好几天。

十三岁的时候，他就不再做这样的梦了。他已经被唤醒，真相无须再隐瞒。时机一到，他被唤醒的自我就会需要那只“猫头鹰”赠予他的礼物。他明白这些梦是有目的的，因为他的目的已经被揭露。

做好准备。准备动手。

那只猫头鹰曾经是一个谎言，只为保护宿主体内的那个弱小意识。等他被唤醒之后，另一个谎言就取代了它。他的人生。他的人生只是一个谎言、一个面具，就好像黑夜中梦见的猫头鹰。

现在他就要死了，这个谎言也会跟随他一起死去。

一点都不痛苦。他没有感觉到刺骨的寒冷，他的身体似乎飘在一片温暖、无垠的大海上，神经发出的通往大脑疼痛中枢的警告信号被阻截。他的人类躯壳经由这种温和、无痛的舒缓方式逐渐走向没落的过程，是最终的礼物。

然后，在最后的人性死去之后，迎来的就是重生。

一个没有了作为人类记忆负担的全新人体，他不会再记起过去十八年的事，那些连接过去的回忆和感情将会被永远丢弃——再也不必为想起这种事的痛苦找一个解决办法。

丢掉。全都丢掉。

有关她模样的回忆，丢了。和她在一起的时光，丢了。宣布他的过去同他的伪装开战的声明，丢了。

在冬天覆盖的寂静树林里，飘在无尽之海上，他伸手去够她，却被她滑开。

他知道会发生什么。他一直都知道。当他找到困在大雪中的她，把她带回去，令她变得完整的那一刻开始，死亡就是他要付出的代价。现在，美德即罪恶，死亡是爱的代价。不是他身体的死亡，他的身体只是一个幌子。是真正的死亡。他人性的死亡。他灵魂的死亡。

森林里，严寒中，在无尽之海的表面，呢喃着她的名字，将有关她的回忆托付给风，托付给寂静站岗的森林的怀抱，托付给你忠实的星星的关照，她的名字，纯洁而永恒，将无尽的宇宙都包含在她里面：

凯西奥佩娅。

——16——

他痛苦地醒来。

他的头、他的胸口、他的双手、他的脚踝，都痛得令人晕眩。他的皮肤好像着了火。他觉得自己好像被丢进滚水里涮。

一只鸟站在他上方的树枝上，一只乌鸦以王者冷漠的姿态睥睨着他。现在，这个世界归这些乌鸦了，他心里想。其他人都是闯入者，是过客。

烟缭绕地飘过光秃秃的树枝上方，篝火。还有煎锅里嗞嗞响的肉香味。

他背靠在一棵树上，身上盖了一条厚毛毯，一件卷起来的冬季风雪大衣当枕头。他慢慢地，将头抬高一英寸，立刻意识到一动都不要动并不是个很糟糕的主意。

一个抱着一捆木柴的高个子女人闯进他的视线，然后又消失了一会儿，跑去给篝火添柴。

"早。"她的声音低沉、动听，隐隐有些熟悉。

她坐在他身边，蜷起膝盖顶住胸口，长长的胳膊抱住双腿。她长得也很面熟。雪白的皮肤、金发、北欧人的轮廓，好像是维京公主。

"我认识你。"他悄声说。他的喉咙有烧灼感。她将小水罐的口按在他干裂的嘴唇上，他喝了很久。

"不错。"她说，"你昨天说了一晚上胡话。我还担心你受的伤比脑震荡更严重一点呢。"

她站起来，再次从他的视线中消失。当她回来的时候，手里拿着一口煎锅。她在他身边坐下，将锅放在两人中间的地上。她仔细打量他，携着乌鸦身上同样的王者的冷漠。

“我不饿。”他说。

“那你也得吃点。”不是请求，而是陈述事实。“新鲜兔肉。我自己炖的。”

“有多难吃？”

“不算太难吃。我是个好厨子。”

他摇摇头，强挤出一丝微笑。她知道他什么意思。

“很糟。”她说，“折了六根骨头、颅骨骨折、全身大面积二度烧伤。不过你还有头发，这是好消息。”

女人将勺子伸进炖汤里，舀了一勺送到嘴边，轻轻吹了吹，然后用舌头轻轻舔了舔勺沿。

“坏消息是什么？”他问。

“你的踝骨骨折，粉碎性的。要复原的话需要花点时间。其他的……”她耸耸肩，分开唇瓣，啜着炖汤，“淡了点。”

他看着她伸手在背包里掏啊掏，摸盐罐。“恩典。”他轻轻地说，“你的名字叫恩典。”

“诸多名字的其中一个。”女人说。然后她说了自己的真名，一个她已经使用了十万年的名字，“我必须要老实说，我更喜欢恩典。这个发音简单多了！”

她将盛满汤的勺子转了个个儿，示意他喝一口。他双唇紧闭，一想到食物……她耸耸肩自己又喝了一口，“我还以为所有东西都被炸成碎片了。”她继续，“没想到会找到一个逃生舱——也没想到里面会有个你。防护系统是怎么回事？你把它解除了吗？”

他仔细想了想，才回答：“系统失灵了。”

“失灵了？”

“失灵了。”他回答得更响亮一些。他的喉咙着了火。他喝水的时候，她替他举着水罐。

“别喝太多。”她叮嘱他，“喝多了你会难受。”水顺着他的下巴流下来，她替他擦掉。

“基地被攻破了。”他说。

她显得很惊讶："怎么攻破的？"

他摇摇头："不清楚。"

"你为什么在那儿？这是我最好奇的事。"

"我是跟着一个人进去的。"这样可不妙。对一个整个人生都是谎言的人来说，撒谎并不容易。他知道恩典如果怀疑那个"攻陷"跟他有关，一定会毫不犹豫地消灭他现在的身体。他们都明白披上人类外衣的风险。和一个人类灵魂共享一具躯体，是要冒着被人类的缺陷同化的风险的——也包括被人类的美德同化。而比贪婪、欲望或是嫉妒之类的东西——以及其他——更危险的，就是爱。

"你……跟着一个人？一个人类？"

"我没有选择。"这句话倒是真的。

"基地被攻陷，还是被一个人类。"她好奇地摇了摇头，"而你放弃了自己的任务，去阻止它。"

他闭上眼睛，或许她会认为他又晕了过去。炖汤的香味让他的肚子咕咕叫。

"真有意思。"恩典说，"攻击基地总是有风险的，除非是从运算中心突破。你们区怎么会有一个人类对清除程序的事那么清楚呢？"

装死看来是不管用了。他睁开眼睛，乌鸦一动不动。那只鸟还在瞪着他，让他想起了窗台上那只猫头鹰，还有那个躺在床上的小男孩以及他的恐惧。"我不知道她是怎么办到的。"

"她？"

"是的。那是一个……女人。"

"凯西奥佩娅。"

他震惊地看着她，实在是控制不住，"你怎么……"

"这个名字我在过去三天里听了无数遍。"

"三天？"

他的心跳加速。他很想问清楚，可他怎么能问呢？追问或许会令她原本的疑虑变得更深。追问是最蠢的。于是他说："我认为她可能已经逃走了。"

恩典笑了笑：“哦，如果她真的逃出来了，我确信我们会找到她。”

他缓缓地舒了口气。恩典没有理由撒谎，要是她早已找到凯西，一定会杀了她，并且一五一十地讲给他听。可就算恩典没有找到她也不代表她活着。凯西依然有可能没有活着逃出来。

恩典从背包里掏出一瓶药膏。“这是治烧伤的。”她解释说。轻轻地，她将毯子拉下来，将他赤裸的身体暴露在冰冷的空气中。他们头顶，乌鸦歪着乌黑油亮的黑脑袋，看着。

药膏冰凉，她的手很暖。恩典把他带离火海。他曾经将凯西带离冰窟。他曾经带着她穿过无尽的白色海洋来到那座旧农舍，在那里他除去她的衣衫将她冻僵的身子放进温暖的水里。正如恩典的两只手，涂着油腻的药膏，拂过他的身体，他的手指曾经穿过凯西嵌了冰粒的厚厚的发丝，替她挖出身上的子弹，而她就漂在水里，鲜血将水晕染成粉红色。子弹本应该瞄准她的心脏的。他的子弹。然后，他将她从水里拉出来，替她包扎伤口，把她抱上自己妹妹的床，给她穿自己妹妹的睡袍时眼睛避开。凯西意识到他见过她一丝不挂的身子时，一定会非常害羞。

恩典的眼睛盯着他。

他的眼睛盯着枕头上的那只泰迪小熊。他将被子拉到凯西的下巴。

恩典将毯子拉到他的下巴。

你会活下去。他对凯西说。这句话比起保证，更像是祈祷。

“你会活下去。”恩典对他说。

你必须活下去。他这么对凯西如是说。“我必须活下去。”他对恩典如是说。

她歪着头看他的样子，和树上的乌鸦、窗台上的猫头鹰一样。

“我们都必须活下去。”恩典缓缓点着头说，“这也是我们来这里的原因。”

她凑过来，轻轻吻了吻他的脸颊。温暖的呼吸，冰凉的嘴唇，微弱的木柴的烟火气。她的唇从他脸颊滑落朝他的唇滑下去。他转过头。

“你怎么知道她的名字？”她在他耳边呢喃，“凯西奥佩娅，你怎么认识凯西奥佩娅的？”

“我找到了她住过的营地。废弃了。她有一本日记……”

“啊，所以你也是这样知道她准备去炸基地。”

“是的。”

“哦，这么看来，一切就全都说得通了。她在日记里有没有说为什么要去炸基地？”

“她弟弟……被从难民营带去了莱特-帕特森……她躲过一劫……”

“不错不错。然后她突破了我们的防御系统，摧毁了整个指挥中心。这一招更漂亮了，几乎令人难以置信。”

她捡起锅，将锅里的东西倒进灌木丛，然后站起来。她高高立在他旁边，一个六英尺高的金发巨人。她的脸颊通红，或许是因为冷，或许是因为刚才的吻。

“休息一下。”她说，“你现在身体恢复的情况已经可以长途跋涉了。我们今晚离开。”

“去哪儿？”伊万·沃克问道。

她微微一笑：“我那儿。”

## ——17——

日落时分，恩典熄灭了篝火，背上背包和来复枪，然后将伊万从地上扶起来，徒步跋涉十六英里到她位于厄巴纳南郊的住所走去。她本来可以走高速公路，省点时间。但是在现如今的这副棋盘上，那样做稍微有点冒险。她已经好几个星期没有见过一个人类。那些她没有杀死的人或是被大巴接走，或是找了个地方躲起来躲避寒冬的袭击。现在正是处于中间的时期。再过一年，或是两年，反正不出五年，就不必这么偷偷摸摸的，因为世界上再也没有猎物可以追。

温度随着太阳流逝。凹凸不平的云在北风的驱赶之下，拥挤着划过靛蓝色的天空，这同一股北风也戏弄着她的刘海，淘气地翻开她外套的衣领。第一批星星展现，月亮升起，前方的路闪闪发光，像是一条银丝带蜿蜒地穿过漆黑底色的死田和空旷的停车场以及沿途早已荒废许久的空壳房屋。

她停下来休息了一次，喝了点水，又给伊万烧伤的地方涂了更多的药膏。

“你好像有点不一样了。”她好笑地说，“我都不敢伸手碰你。”她说着伸手摸遍他全身。

“我被唤醒的过程并不容易。”他说，“这你是知道的。”

她轻轻地嘟囔：“你是个沉思者，也是一个非常失败的人。”她重新给他裹好毯子。修长的手指穿过他的头发。深深地看进他的眼睛。“你有事情瞒着我。”

他什么都没有说。

“我感觉到了。”她说，“第一天晚上，我把你从飞机残骸里拉出来的时候，你身上……”她寻找着合适的形容词，“多了一个之前没有的隐秘的房间。”

他的声音在自己耳中听起来十分空洞，如风一般缥缈，“我没什么好隐藏的。”

恩典朗声大笑：“你永远都没办法完全蜕变，伊万•沃克。对他们来说，想要成为他们中的一个你还差得远呢。”

她轻松地抱起他，好像妈妈抱着自己刚刚出生的孩子。她仰起脸看向夜空，惊呼一声：“我看见了！凯西奥佩娅，夜空的皇后。”她将脸颊紧紧贴着他的额头，“我们的狩猎结束了，伊万。”

## ——18——

恩典的落脚处是一栋很老的平层木屋，在 68 号高速路旁，正好位于分给她管辖的那六平方英里巡逻区的正中间。她除了把打破的玻璃窗用木板钉死，把屋门重新修好，这房子的其他地方全都没被动过，和她发现这里时一样。墙上挂着这家人的画像，那些过大不便于携带的传家的东西和纪念品还放在原地，家具被打烂，抽屉全都拉开，每个房间都散落着数千件日常用品，这些不值钱的东西抢劫者不屑于带走。恩典也不打算费神去收拾这一团乱。等到开春，第五波放出来，她就走了。

她带着伊万来到房子后面的第二间卧室——儿童房，里面贴着淡蓝色的墙纸、满地都是玩具，还有一个移动的太阳系垂头丧气地挂在天花板上。她将他放在一张床上，这样的床一共有两张。一个孩子在床头刻下他名字的首字母：K.M.。凯文？还是科尔？这个小房间光线不太好——恩典把这里的窗户都钉死了——不过他的视力比普通人要好，所以他可以看到蓝色的墙上有飞溅到上面的黑色污血的印迹，是人在死前挣扎时留下的。

她离开房间，几分钟后回来，拿来了更多的药膏和一卷绷带。她飞快地缠好烧伤的地方，基本上把他全身都缠上了。他们俩谁都没有说话，直到她给他包扎完毕。

“你有什么需要吗？”恩典问，“吃东西？洗澡？”

“衣服。”

她摇了摇头，“这不是个好主意。烧伤要养一周，脚上的伤需要两周，或者三周。”

我没有三周时间，三天都嫌太长。

这是第一次，他觉得或许自己有必要放倒恩典。

她摸了摸他的脸：“有需要就叫我。脚踝别乱碰。我得去找点补给品来，没想到会多个伴。”

“你要去多久？”

“不超过三个小时。能睡就睡会儿。”

“我需要有武器防身。”

“伊万，这附近方圆一百英里之内一个人都没有。”她微笑着说，“哦，你是担心那些破坏者。”

他点点头：“是的。”

她将自己的手枪塞进他手里：“别误伤我啊。”

他握住枪把："不会的。"

"我进来会先敲门。"

他又点点头："这主意不错。"

她站在门边停住："基地沦陷的时候，我们的通讯器也没了。"

"我知道。"

"也就是说我们两个都和总部失去了联系。要是我们两个有人发生什么事——或者是有人……"

"现在这还重要吗？已经快结束了。"

恩典若有所思地点点头："你说我们会怀念他们吗？"

"人类吗？"他在想她是不是在开玩笑。他之前从没听她说过这种事，开玩笑不符合她的性格。

"不是外面那些。"她指了指墙外，指着那个更加宽广的世界，"而是在这里的那些。"她指了指自己的胸口。

"你都不记得了，自然不会想。"他说。

"哦，我觉得我会把她的记忆都留着。"恩典说，"她是一个很幸福的小女孩儿。"

"那就没什么好怀念的了，不是吗？"

她抱起双臂，横在胸前。她是打算要走的，可是到现在都没走。她怎么还没走？

"我不会把所有的都留下来。"她说，意指那些记忆，"只留好的。"

"恩典，我从一开始担心的正是这件事：我们扮演人类的时间越久，就变得越像人类。"

她疑惑地看着他，什么都没说。她沉默了很久，久得令人很不舒服。

"谁扮演人类了？"她问。

## ——19——

他一直等着，直到她的脚步声消失。风透过木板和窗框之间的缝隙呜呜地吹进来，除此，他听不到别的声音。和他的视力一样，他的听力也非常地敏锐。就算是恩典坐在门廊上梳头，他也能听见。

首先是枪。他将弹夹拆下来，正如他怀疑的那样，里面没有子弹。这把枪太轻了。伊万允许自己无声地笑了笑。这也太讽刺了。他们的首要任务不是杀人，而是潜伏在那些幸存者当中挑拨离间，把他们逼成受惊的小羊羔跑向莱特 - 帕特森那样的屠宰场。如果这些挑拨离间的人变成了自己的收割者会怎么样呢？收割者。他憋回了一声歇斯底里的哂笑。

他深吸一口气。这么干一定很痛。他坐起来，房间在旋转。他闭上眼睛。不行，这么做会令情况更糟。他睁开眼睛，希望自己还能站起来。他的身体已经在质疑他有没有做好苏醒的准备。那才是那些伪装成猫头鹰的梦的真相，也是记忆的纱不肯让他看见的秘密，这样他就记不起来：当他和恩典以及其他好几万个和他们一样的孩子在睡熟的时候，礼物已经趁着夜深人静纷纷送达。几年之后，他们就会用到这些礼物。这些礼物会将他们的身体变成精致校准过的武器，因为入侵的设计者一早就明白一个简单却不符合直觉的真理：身体去哪里，意识就跟到哪里。

赋予某些人神一样的能力，他就会变得和神一样冷漠。

疼痛减退，晕眩减缓，他将顺着床沿滑下去。他需要测试一下脚踝。脚踝就是钥匙。其他的伤虽然很重，但都无足轻重，他可以克服。轻轻地，他将身体的重量压在脚踝骨上，一道钻心的疼痛顺着他的腿急蹿上来。他躺了回去，大口喘气。头顶上，布满灰尘的行星全都一动不动地守在瘪掉的太阳周围的轨道上。

他坐起来，以便让头脑清醒一点。既然找不到绕过疼痛的办法，就必须要找到一个能够挺过疼痛的办法。

他扶着床边支撑自己的体重。然后强迫自己休息。不必着急。就算恩典回来，他也可以解释说自己从床上掉下来了。慢慢地，一英寸一英寸，他将屁股挪到地毯边，直到他终于平躺在上面，看着视野中弥散的白热化蒸汽后面藏着的整个太阳系。房间很冷，他却大汗淋漓，呼吸急促，心跳加速，皮肤火烧火燎。他盯住那个移动的星系，盯住褪了色的蓝色地球，以及暗红色的火星。疼痛一波一波袭来，此时此刻，他漂浮在另一个类型的海洋里。

床底下的木板条是被钉进去的，被沉甸甸的床框和床垫压得有点弯。没关系。他扭着身子躲进床下方的狭窄空间里，许多死虫子的尸体被他的身体碾碎，床底下还有一辆翻了的玩具车和几个从动作明星手办上拧下来的胳膊和腿，那时候这些英雄满足了孩子们的白日梦。他用手腕狠狠将床板条打落，然后再像蹭进来时那样挪出去，击落另外一边的。灰尘落进他的嘴里。他咳嗽起来，导致另一波疼痛的海啸漫延过胸膛，顺着肋骨下袭，像水蟒一样在腹部蜷起来。

十分钟后，他又能看清楚头顶的太阳系，他很担心恩典会发现他胸口抱着一根 4X7 的床板条昏过去。那样的话，就不太好解释了。

天旋地转。九大行星一动不动。

好像你身体里有一个隐藏的房间……他必须要跨过门槛才能进到那间密室，密室里一句简单的诺言散发出千道光芒：我会找到你。那句诺言，就像所有的诺言一样，出于其自己的品性。为了遵守诺言，他必须要跨过一片血海。

天地散开。九大行星紧密相连。

## ——20——

夜幕降临，恩典也回来了，走廊外亮起的提灯光预示了她的归来。她将提灯放在床头柜上，灯光投射出的阴影将她的脸遮住。她拉开被子，解开缠绕伤口的绷带，将他的身体暴露在冰冷的空气中。他全程都没有抗议。

“你想我吗，伊万？”她呢喃着，指尖顺着他皮肤表面的药膏一路下滑，“我指的不是今天。那会儿我们才多大？十五？”

“十六。”他回答。

“哦。你那个时候问我害不害怕将来。你还记得吗？”

“记得。”

“这个问题……真人类。”

一只手的五根手指替他按摩，另一只手的五根手指一颗一颗解开自己衣服的扣子。

“没有我问别人的问题那么人类。”

她好奇地歪着头，头发从肩膀上披散下来。她的面容迷失在阴影里，她的衣服像拉开的窗帘一样滑落。

“是什么样的？”她悄声说。

“如果很长一段时间你都不在那里，可是说不出的寂寞呢。”

她的指尖冰凉。他被灼伤的肉体滚烫。

“你的心跳很快呢。”她轻吐一口气。

她站起来。他闭上眼。为了那个承诺。恩典站在光晕外面，迈步走出已经掉落到脚踝的裤腿。他没有看。

“也没有那么寂寞。”恩典说，她的呼吸轻抚着他的耳朵，“被关在这些身体里也是有益处的。”

为了那个承诺。凯西这座他要游向的孤岛，从满是鲜血的海洋中升起。

“没有那么寂寞，伊万。”恩典说。她用手指抚着他的唇瓣，用自己的唇瓣抚着他的脖子。

他别无选择。他的承诺没有给他选择。恩典永远不会放他走；如果他尝试逃走，她会毫不犹豫地杀了他。根本不可能从她手里逃出去，或是藏起来。别无选择。

他睁开眼睛，伸出右手，手指穿过她的发丝。他的左手滑进枕头底下。在两人头顶，他看着被留在那里的孤零零的太阳，在灯光中闪耀。他想恩典可能没有发现上面的行星都不见了。他本来以为她会问为他什么要把它们摘掉，虽然他需要的并不是那些行星。

他需要的是那些电缆。

可是恩典根本没发现。她的注意力都放在了其他事情上。“摸我，伊万。”她呢喃着说。

他用力朝右侧翻去，用自己左边的小臂撞上她的下巴。她朝后跌落，而他扑下床，用肩膀去撞她的上腹部。她的指甲深深地嵌进他烧伤的背部，撕裂伤口。房间黑暗了片刻，不过他不需要看——他只需要离得够近。

她或许已经看见了临时掰断的木板和他手里的那些电缆，又或者她只是纯属运气好，反正她攥拳握住了电线，用力拉扯他绷紧的线。他用自己没有受伤的那边的脚踝外侧横扫她的一条腿，将她绊倒在地，然后顺着她身体倒下的同时，用膝盖狠狠地顶她即将着地的后腰。

别无选择。

他凝聚了自己残存的叫嚣着的每一丝力气，用力绷紧电缆，直到电缆切进她的掌心碰到骨头。

她紧紧抱住他的身子。他的右膝分开，落在她的头顶。收紧。再收紧。他闻到了血腥味。是他的。也是她的。

房间天旋地转。

伊万•沃克整个人浸在血水里，他的，还有她的，一动不动。

## ——21——

一切结束，他爬上床，抽出那块破木板。当作拐杖有一点长——他不得不以一个十分困难的角度杵着那块木板——可必须这么做。他一跳一跳地蹦进另一个卧室，找到了男性的衣服，一条牛仔裤，一件彩色格纹的呢衬衫，一件温暖牌毛衣，还有一件皮夹克，夹克的背部绣着衣服主人所在保龄球队的名字：厄巴纳大头针队。布料摩擦着他被烧伤的皮肤，每动一下都变成了对痛苦的研究。然后他窸窸窣窣地摸进客厅，他找到了恩典的背包和步枪。他将这两样全都背在肩上。

几个小时之后，他停留在 68 号高速路上一处像鸟巢的金属堆中间，那是由八辆汽车堆成的，之后他打开背包清点里面的东西，发现了十几个塑料口袋，每个口袋上都贴着黑色的标签，里面装的全都是剪下来的人类的头发。一开始，他不是很明白。这些头发是谁的，为什么装在这些口袋里，而且每一份上还清清楚楚地标上了日期。后来他明白了，这是恩典从自己杀掉的人身上采集的战利品。

身体去到哪儿，意识就跟到哪儿。

他用两片破铁板和剩下的绷带给自己的脚踝做了一副夹板。他喝了几口水。他的身体渴望着睡眠，可他不能睡觉，除非他实现了自己的承诺。他仰起脸看着头顶昏暗的夜空中洒下来的丝丝皎洁的月光。我不是每次能都找到你吗？

汽车的大灯在他身边照射开来，照亮了一地的碎玻璃和破塑料。他藏在最边上的车子底下，同时把步枪拖到身后。

恩典。一定是她。恩典还活着。

他离开得太早了。太过想当然，太多地寄望。现在他被困住了，被钉在这里无处可逃。此时此刻伊万意识到承诺是怎样以最出人意料的方式得到兑现：他会找到凯西，用成为她的方式。

浑身是伤，被困在车底，不能逃，不能站，接受一个不知相貌者的怜悯，一个无情的猎人的追捕，有个消音者要执行任务，消除人类的噪音。

## ——22——

他遇见——确切说是找到——恩典的时候，是两个人全都转变后的那个十六岁的夏天，在汉密尔顿的乡村市集上。伊万和自己的妹妹薇尔站在一个异国情调的爱宠动物园帐篷外，自从那天早上他们来了之后，薇尔就一直闹着要去看白虎。时值八月。队伍一眼望不到头。薇尔累坏了一直抱怨个不停，身上黏糊糊的都是汗。他随意敷衍着她。他不喜欢看这些被抓起来的动物。当他望着这些动物的眼睛时，那些动物眼中也带着什么回望着他。

他先发现的恩典，她站在卖漏斗蛋糕的拖车旁边，手里拿着一块流汤的西瓜。金色的头发垂到后腰，如北极一样冷冰冰的的面容，特别是那双冰蓝色的眼睛，还有她的嘴唇，沾着西瓜汁亮晶晶的。她转头看他，他飞快地别开眼睛，看向自己的小妹妹，她还有不到两年就会死掉。这个事实他一直藏在心里，紧紧地锁在一个隐秘的房间里。这个认知有时候很难忽视——对他见过的每一张脸孔都即将变成一具死尸的脸的认知。在他的世界里，人类就是活着的幽灵。

“怎么了？”薇尔问。

他摇摇头。没事。他深吸一口气，又朝拖车的方向瞥去。那个金发的高个子女生已经不见了。

帐篷里，在一道铁栏杆后面，白虎热得直喘气。小孩子挤在最前面。他们身后，相机和智能手机咔咔响。老虎依旧端着帝王般的高冷，毫不关心。

“真漂亮。”一个沙哑的声音悄悄钻进伊万耳朵里。他没有回头。他看都不用看，就知道是那个留了一头金色的长发、嘴巴因为沾了西瓜汁变得亮晶晶的姑娘。这个展览人山人海，她裸露的胳膊轻轻地触碰着他。

“也很悲催。”伊万说。

“并不。”恩典说，“它在两秒之内就可以撕开这道围栏，三秒之内就能撕烂一个孩子的脸。是它自己选择待在里面。这才是最美妙的事。”

他看着她。离近了看，她的眼睛更加明亮。它们闯进他的眼睛里，在那令人腿软的一刻，他认出了藏在恩典身体里的本质。

“我们应该聊聊。”恩典小声说。

## ——23——

暮霭时分，摩天轮的灯光亮起，微弱的音乐声响起，人群簇拥在娱乐场，到处都是大裤衩、拖鞋，还有椰子防晒霜的味道，大腹便便的男人头戴约翰•迪尔棒球帽晃来晃去，两只手全都插在裤兜，拴在皮带上的钱包塞在屁股兜里鼓鼓囊囊。他将薇尔交给妈妈，然后朝着摩天轮走过去，紧张地等着恩典。她从人群里挤出来，手里抱着一个巨大的毛绒玩偶，是一只白色的孟加拉虎，塑料的淡蓝色眼睛只比她的眼睛颜色深一点点。

“我叫伊万。”他说。

“我叫恩典。”

他们看着巨大的转轮直抵紫色的天空。“你觉得等它消失的时候，我们会怀念它吗？”他问。

“我不会。”她的鼻子皱起来，“他们的味道太难闻了，我实在习惯不了。”

“你是我遇见的第一个，自从……”

她点点头：“我也是。你觉得这是巧合吗？”

“不是。”

“我本来今天不准备来的，但是今天早上我醒来以后，有一个小声音说：去吧。你听见了吗？”

他点点头：“听见了。”

“很好。”她听起来好像松了口气，“整整三年，我一直怀疑自己是不是疯了。”

“你没有。”

“你没有怀疑过吗？”

“现在不了。”

她顽皮地笑了一下：“想去散步吗？”

他们朝沙滩表演的场地走去，在长椅上坐下来。第一颗星星亮起来。夜很暖，空气湿润。恩典穿了一条短裤和一件领子有花边的白色无袖衬衫。坐在她旁边，伊万能够闻到她身上的甘草味。

“就是这样。”他说着，朝空畜栏点点头，那里的破地板上满是木屑和粪便。

“什么？”

“未来。”

她哈哈大笑，好像他说的是一个笑话。“世界结束。世界结束，世界还会重新开始。这是不变的规律。”

“你从来不害怕即将到来的事吗？从不？”

“从不。”她抱紧腿上的毛绒玩具。她的眼睛似乎能染上她所注视的东西的颜色，不论是什么。现在，她抬头看着黑色夜空，她的眼睛也变成了深不见底的黑色。

他们用自己的母语聊了几分钟，但是这很困难，太多的词他们说不来，很快他们就放弃了。他留意到后来她变得冷静了许多，他意识到令她惧怕的不是将来。她所惧怕的是过去，她所惧怕的事实是她身体里的本质只不过是一个人类的小女孩心智未全时虚构出来的。遇见伊万，验证了她的存在。

“你并不孤独。”他对她说。他低头，发现她的手在自己手里。一只手给他，一只手给老虎。

“那是最糟糕的部分。”她承认道，“觉得你自己好像是整个宇宙里的唯一一个。你整个人只存在于这里。”她摸着自己的心口，“在别处并不存在。”

几年以后，他会读到另一个十六岁女孩的日记，他找到这个女孩又弄丢了，再找回来，又一次弄丢了。她的日记里面写了同样的话：

有时候我觉得我可能是地球上最后一个人类。

## ——24——

车的底盘抵着他的后背，冰冷的沥青抵着他的脸颊，那支没用的步枪被他紧紧攥在手里。他被困住了。

恩典的选择有好几个，他只有两个。

不。如果说时间已经无望，那他的选择只剩一个：也是凯西的选择。

她也曾经做了一个承诺。对这个地球上唯一对她而言还很重要的人，做出的一个无望、自杀式的承诺——这个人对她的重要性胜过她自己的性命。那天她站起来面对这个陌生的猎人，因为她的死跟那个无法兑现的承诺比起来，无足轻重。但凡还有一丝希望，都要保住这个爱的无望诺言。

他一点一点往前爬，爬过了前保险杠，爬进了空地，然后，就像凯西·苏里文一样，伊万·沃克站了起来。

他绷紧身子，等着最后一轮决战。当凯西在那个无云的秋日下午站起来的时候，她的消音者已经跑了。他不认为恩典会跑。恩典一旦开始，就必定会坚持到结束。

但是没有结束。没有消音者的子弹，没有好像一条银线似的东西把他和恩典连接起来。他知道她就在这里。知道她能看见他傲然伫立在这辆车的前面。他意识到过去没有出口，结果也无法避开。凯西的恐惧，她的不安和痛苦，此时全都属于他了。

头顶，群星闪烁。正前方，公路在星光下闪耀。冰冷的空气摄人心魄，恩典涂抹在他烧伤地方的药膏的气味弥散。你的心跳很快呢。

她不会杀你的，他对自己说。这不是她的目标。如果她的目的是杀你，一定不会错过这个机会。

那么答案只能有一个：恩典想要跟着他。他对她而言是个谜，跟着他才能将这个谜解开。他逃出陷阱，却只在坑里陷得更深。此刻兑现自己的承诺并不是守信，反而是一种背叛之举。

他甩不掉她，只要脚踝没好就别想。他也没法跟她讲道理——他再也编不出任何理由。他可以等她出来，就站在这儿，什么都不做……然后冒着凯西被第五波的其他士兵发现的危险，或是在他和恩典的僵局结束之前，凯西离开酒店的风险。他勉强可以反击，可是他已经失败了一次，眼下的情况，他还会再失败一次。他太虚弱，伤太重。他需要时间恢复，可是根本没有时间。

他靠在汽车的前盖上，抬头仰望群星密布的天空，它并未因人类的灯光而昏暗，反而被天幕上的东西擦拭得洁净，人类不曾行走于上的世界也是被这同一群星星照耀。同样一群星星，照耀了数亿年，时间对它们而言究竟是什么？

“蜉蝣。”伊万喃喃地说，“蜉蝣。”

他背起步枪，一点点蹭过这一堆废铁，走到装了补给品的背包前，他将背包也背在肩上。他将临时的拐杖夹在胳膊底下。前进注定是漫长的过程，痛苦的漫长过程，但是他必须要逼着恩典在放他走或是跟着他之间做出选择，她如果在此时遗弃自己的指派区，就等于大大向后推延了那张精心制定的时刻表。他要从酒店的北翼过去。北边是敌人逃离，被截，等待春天发起最后的进攻，结束总攻的方位。

也是希望所在的方位——从最初一直积攒下来的所有希望——就放在第五波那些被洗脑的童子军的肩上。

## ——25——

他们相遇的那天傍晚，伊万和恩典一起沿着灯光下的游乐场漫步，灯光击退了黑暗。他们在人群中穿梭，走过了扔套圈的摊位、飞镖戳气球的摊位和自由投篮的摊位。音乐从高高挂在路灯柱上的大喇叭里模模糊糊地传出来，在音乐的覆盖下一个一个冒出来的是无数人的交谈声，就好像一股暗流，而人流就像是一条河，也带着涡流，流到这儿，涌到那儿。由于过人的身高、轻盈的步伐和出色的外表，伊万和恩典吸引了很多路人的注意，这令他有些不适。他从来都不喜欢人群，宁愿独自在森林和家里农场的田野里，等到大清洗到来的时候，这种偏好令他自在。

时间。在他们之上，星星好像变成了摩天轮上点点的灯光，笼罩着下面的大地，虽然它们的动作缓慢到人类的眼睛无法识别，宇宙时钟上的指针还是越走越慢，从最开始就已经越走越慢，流逝的一张张面孔都标志出这个时间，就好像那些星星自己，全都是时间的囚犯。伊万和恩典却不是。他们征服了不可征服的，否决了不可否决的。最后一颗星终将死去，宇宙本身也会逝去，但是他们会一直、一直走下去。

“你在想什么？”她问。

“人既属乎血气，我的灵就不永远住在他里面。”

“啥？”她微笑，“《圣经》里的话？”

她将毛绒玩具换到另一只手里，这样可以拉住他的手。“不要想太多。今天的夜晚这么美丽，在这一切结束之前，我们都再也不会见到对方。你的问题是你不知道该怎么生活在当下。”

她拉着他从主路上来到两个帐篷之间的阴影里，然后吻了他，将自己的身体紧紧地贴在他身上，有什么在他心里打开。她走近了他，而他自苏醒之后就感受到的那种可怕的孤独得到了缓解。

恩典抽出身子。她的脸颊通红，眼睛里燃烧着淡淡的火。“我有时候也会想一下，杀死第一个人，会是什么样。”

他点点头：“我也想过。不过，老实说，我更常想的是杀死最后一个人的时候。”

## ——26——

他下了高速路，穿过旷野，走过孤独的郊外小巷，在一条冰凉刺骨的小溪前停下，重新将水壶灌满，就像古人那样，通过北极星辨认方向。他的伤迫使他经常停下来休息，每一次他都在远远的地方看见她。她根本不屑于躲起来。她希望他知道她在那里，刚刚好在步枪的射程外。等到黎明时分，他重新来到 68 号高速路上，这条主干道连接了胡贝尔高地和厄巴纳。在路边的小树林里，他收集柴火用来生火。他的手在抖。他觉得自己的发烧还是很严重。他很担心自己烧伤的地方已经感染了。他的身体系统似乎在抗议，但是一具改良过的躯体可以到达一个无可返回的最高限度。他的脚踝肿得比正常时候大了两倍，皮肤一碰就火辣辣地疼，伤口伴着每一下心跳的节奏抽搐。他决定在这里歇一天，或许是两天，火就一直燃着。

篝火可能会将他们引进陷阱里。如果他们在这旷野之中的话。如果他们能被引过来的话。

路在他面前，树林在他身后。他要留在这片旷野里。恩典可以留在树林里，她会等他。她出了自己的指派区，此时已然下定决心，不会再回头。

他靠着火暖和起来。恩典没有生火。他在的地方，明亮而温暖。她在的地方，黑暗且冰冷。他慢慢褪掉夹克，脱掉毛衣，解下衬衣。烧伤的地方已经结痂，但是此时它们又开始刺痛起来，痛得可怕。为了分心，他用从树林里捡来的树枝，给自己做了一个新的拐杖。

他不知道恩典会不会冒险睡觉。她知道他的力量每过一小时都会有增长，而她每拖延一小时，她成功的机会就湮灭一点。

第二天中午，他看见她，一个影子在一群影子当中，他又捡了许多柴准备拿回去生火。她站在距离林边五十码的地方，手里端着一支高火力的狙击步枪，手上缠着的绷带被血浸透，她脖子上的绷带也是。在这种零下的气温中，她的声音似乎被带进了无尽的虚空。

“你为什么不杀了我，伊万？”

起初，他没有回答。他只是继续收集用来生火的木柴。随后他说：“我以为我杀死你了。”

“不。你不可能有那种想法。”

“或许我厌倦了杀人。”

“这是什么意思？”

他摇摇头：“你不会明白。”

“凯西奥佩娅是谁？”

他站直身子。在一片灰色云彩的覆盖下，树林里光线微弱。即便这样，他也能看见她嘴上挂着的冷嘲，以及她眼中淡蓝色的火苗。

“那是个其他所有人都会选择在车底下待着不动，而她却站起来的人。”伊万说，“一个自从我认识她之后，就不能自已地思念的人。最后一个人，恩典。地球上最后一个人类。”

她沉默了很久。他没动。她也没动。

“你爱上了一个人类。”她的声音里是满满的好奇，“这不可能。”

“我们曾经对永生也是这种想法。”

“那就好像人类里有人爱上了一只海蛞蝓。”恩典笑了，“你疯了。你已经疯了。”

“是的。”

他转过身背对着她，邀请她的子弹。他疯了，终于，并且还穿着疯狂的铠甲。

“那不可能！”她在他身后喊，“为什么不肯告诉我事情的真相？”

他站住，木柴稀里哗啦地掉在冰冻的地面上。拐杖高高举过身侧。他转过头，却并未转过身。

“隐蔽，恩典。”他轻声说。

她的手指扣动扳机。普通人类的眼睛或许会错过这一幕，但是伊万不会。“不然呢？”她质问道：“你还准备再袭击我一次吗？”

他摇头：“我不是要对你出手，恩典。他们来了。”

她歪着头看他，就好像他在她的营地醒来，看见树上的那只鸟。

“他们来了。”伊万说。

第一颗子弹击中她的大腿。她向后晃了晃，不过还是站住了。第二颗子弹击中了她的左肩，步枪从她手里滑落。第三颗，这一颗估计是另一个枪手射出的，直接打中她旁边的树，只差一毫米就打中她的头。

恩典扑倒在地上。

伊万跑起来。

## ——27——

跑得非常夸张。更像是在疯狂地跳，大大地甩开他自己那条坏腿，将身体的大部分重量都放在那条好腿上，每次他的脚跟落地，都有一个风火轮在眼前爆炸，发出耀眼的光。他跑过那奄奄一息的篝火，那已经烧了整整两天的篝火，那个他在这座林子里晃荡的标志。来吧！他一个健步从地上抓起步枪；他可不打算待在原地。恩典吸引了他们的火力——这一队人至少有两个狙击手，或许更多。他希望能再多来几个。人越多，就能让恩典多忙活一阵。

跑多远了？十英里？二十英里？他不可能跑了那么远，但是只要他一直走，等到第二天天明时，应该就能接近酒店了。

他能听见身后枪战的情况。零星的枪声，不再燃烧的篝火，这意味着恩典已经搞定了。那些士兵一定戴着目镜，这让整个游戏场变得有些昏暗。虽然不是太多，但还是要昏暗一点。

他放弃了所有藏身的尝试，直接上了高速路，顺着路中间往前跳，阴沉的无尽天空下一个孤零零的人影。足有一千只的杀人鸦群在他上空扑扇着翅膀盘旋着，朝北飞去。他继续往前，痛苦地呻吟，每一步都是一个教训，每一次转动脚踝骨都是一次提醒。他的体温飙升，肺在燃烧，心在胸膛里咚咚地撞。来自衣服的摩擦撕开脆弱的伤疤，很快他就浑身是血。血从他的前襟一直涂满后背，从牛仔裤里渗出来。他知道，这种情况正在加剧。这个令他在各方面都超越人类的系统可能会崩塌。

太阳完全淹没在天空的穹顶之下的时候，他摔倒了，一种慢动作的、踉踉跄跄式的摔倒，肩膀先着地，然后滚到路边。他躺在那里，伸着胳膊得以喘息，腰部以下已经麻木，完全不受控制地颤抖着，在严寒中火辣辣地痛。黑暗卷过地球表面，伊万•沃克坠进了黑暗的深渊，坠进一个隐藏的、在光线中起舞的房间。她的面孔就是光源，他不知该如何解释，解释她的脸照透了他心里的黑暗。你疯了。你早就疯了。他也这么觉得。他丢下她去杀剩下那些人之后的每一个晚上，他都在努力让她活下去。为什么世界都将不复存在了，这个人类还要活下去？她照亮了黑暗——她的生命是一盏灯，是这个奄奄一息的宇宙里最后的一颗星。

我是人类，她曾经这样写道。自我中心、固执、敏感、幼稚，并且自负。我是人类。愤世嫉俗、天真、善良、残忍，可以如羽毛般柔软，也可以如钨钢般坚硬。

他必须起来。如果他起不来，那光就会消失，这个世界会被砸下来的黑暗吞没。但是将他推下来一直死压着他的还是整个气氛，携着五百亿吨碎骨之力。

那个系统已经崩塌。超越极限总要付出代价，十三岁时被唤醒的那个他已经被摧毁。现在再也没有什么能够支撑他，或是保护他。灼烧和骨折，他的人类躯体和之前死在他手下的猎物没什么不同。脆弱、容易受伤、孤独。

他不是他们中的一个。他已经完全变成了他们中的一个。真真正正的“异星人”，彻彻底底的人类。

他翻身成侧躺。后背痉挛。血涌到嘴里。他把血吐出来。

他趴在地上，用手撑着慢慢跪起来。他的胳膊哆嗦着，手腕面临被他自身重量压折的危险。自我中心、固执、敏感、幼稚、自负。我是人类。愤世嫉俗、天真、善良、残忍，可以如羽毛般柔软，可以如钨钢般坚硬。

我是人类。

他爬了起来。

我是人类。

他摔趴下去。

我是人类。

他站了起来。

## ——28——

好像过了一辈子那么久之后，伊万躲在高速路过街天桥的下面，看见一个黑头发的女孩蹦蹦跳跳地跑过酒店的停车场，爬过州际公路入口的坡道，往北跑了几百码上了 68 号高速路，然后她在一辆 SUV 旁边停了一下，回头看着酒店。他顺着她的目光看向二楼的窗户，那里有一个人影闪了一下，随后消失。

蜉蝣。

黑头发的女生消失在高速路边的防护林里。他不知道她为什么离开，又要去哪儿。或许那一组人要分头行动——这样可以增加一丁点的存活机会——又或者她是去侦察一个更加安全的藏身点，以便熬过冬天。无论是哪种，他都有一种预感，他找到他们的时机刚刚好。

那个黑头发姑娘是一个，里面至少还有四个人，他从窗口数出来的就这么多。他不知道他们是不是从爆炸中逃出来的，他甚至不确定刚刚在窗口的人是不是凯西。

这些都没关系。他曾经做出一个承诺，他必须要进去。

他不能公开进去。现在的情况太复杂，有太多的未知数。如果里面的人不是凯西，而是基地爆炸的时候，和总部失去联络的另外一支第五波小分队呢——就像他留给恩典去处理的那群小分队？那样的话，他可能走不了十几步，就死了。就算里面的是凯西和一队幸存者，也同样存在一个很大风险：他们可能在认出他是谁之前，就把他放倒了。

不过，现在进去，也同样暴露出这样做的一连串风险。他不知道里面有多少人，不知道他能不能搞定两个全副武装、因为肾上腺素飙升而变得好战、只要有风吹草动就会开枪的孩子，这可比四个少一半呢。那个强化他身体的系统已经崩塌。我是彻头彻尾的人类，他曾经这么告诉凯西。现在，一语成谶。

他还在衡量各种利弊的时候，一个小身影出现在停车场。一个身穿第五波军装的孩子，不是萨姆——萨姆穿的是一身新做的、未成年人穿的白色连体裤——不过年纪也很小。大概六七岁吧，他猜。她跟着那个黑头发的姑娘走了同样的路线，甚至也在同一辆 SUV 旁边停下来回头望了一眼酒店。这一次他没有在窗口看见人影：无论之前是谁在那儿，此时都已经不在了。

这有两种可能。他们是要一个一个离开酒店吗？从战术上来说，这样做有些道理。那么，他是不是不用冒着生命危险进去，而是等在这里，等到凯西出来就好？

星星在头顶一闪一闪，标志着时间越来越少。

他刚想站起来，又蹲了回去。另一个人影走出酒店，这个比刚才那个块头大很多，一个长了个大脑袋的大孩子，手里端着一支步枪。已经三个人了，没有一个是凯西或者萨姆或者凯西那个高中同学——他叫什么来着？肯？每出来一个人，凯西不在这群人里的概率就增大许多。他应该要试着进去吗？

他的直觉说不。没有答案，没有武器，几乎也没什么力气。直觉是他仅剩的。

他还是进去了。

## ——29——

有五年的时间，他都依赖这份令自己在各个方面都优于人类的礼物。听力、视力、反应能力、敏捷度，以及力量。这份礼物已经腐化了他，他忘记了做普通人是什么样。

现在，他正在适应这个毁灭性的过程。

他从一扇破窗溜进一层的一个房间，蹒跚着走到门口，将耳朵贴在门上，但是他能听见的只有自己咚咚的心跳。他悄悄打开门，滑进走廊，侧耳聆听，痛苦地等待自己的眼睛适应这种黑暗。顺着走廊走进大堂。他自己的呼吸，喷在冷空气中形成白雾，除此以外一片寂静。很显然，一层没有人。他记得有人站在楼上走廊一个小窗户旁，他一路潜进这栋建筑里的时候曾经瞥见过。

楼梯间。一共两层。但是等他爬到第二个楼梯口，疼痛令他有些头晕，而且有些喘不过气，就因为爬了这几步路。他尝到了血。这里没有光，他被纯粹的黑暗埋葬。

如果这扇门的另一边只有一个人的话，他还有几秒的时间。可如果不止一个人的话，那么时间就变得无所谓。他死定了。每一丝直觉都在说等等。

他走了进去。

门外边的走廊里，只有一个耳朵特别大的小孩，伊万一个顺拐锁住他的脖子，他惊讶地张大了嘴巴。伊万的胳膊紧紧勒住孩子的大动脉，阻断了给大脑供氧的血液。他一点点地把他向后拖，拖进楼梯间的黑洞里。这个孩子软趴趴地倒下，楼梯间的门再次咔嗒一声关上。

伊万站在门里等了几秒。走廊已经空了，刚才的偷袭速战速决，几乎没有制造出什么响动。其他人出现之前可能还有一会儿——如果这里还有其他人的话——等他们意识到自己的哨兵不见了。他拖着那个孩子一直到楼梯底下，把这具失去意识的身体塞进楼梯和墙壁之间的小缝隙。他再返回来，打开门。走廊走到一半的时候，另一扇门打开，两个人影走了出来。他看见他们穿过走廊，走进另一个房间。不一会儿，他们重新出来，朝另外一扇门走去。

他们检查了每一个房间，下一步就该轮到楼梯间，或者是电梯。他忘了电梯。他们会跳下电梯井，然后从楼下的楼梯上来吗？

不。如果他们只有两个人，他们一定会分头行动。一个走楼梯，一个走电梯井下去，然后在大堂会合。

他看着他们从最后一个房间出来，朝电梯走去，其中一个扒开电梯门，另外一个跳下去消失在电梯井里。那个扒着门的站都站不稳，他捂着肚子，嘴里因为使劲儿轻轻地哼出声，而他一瘸一拐地朝伊万走来的时候，更偏向用一条腿。

他等着，二十英尺，十，五……他右手拿着步枪，左手捂着肚子。伊万站在门里面，微笑。本。不是肯。是本。

找到你了。

情况太危险，根本无法相信本会认出他不朝他开枪。他冲出门去，握拳用尽全身力气朝本受伤的腹部抡去。这一击几乎将他揍得喘不了气，但是本拒绝倒下。他翻了个身，举起步枪。伊万用枪托再次狠狠朝他挥过去，打在同样的位置，这一次本倒下去了，跪在了伊万的脚边。他的头向后仰。两人的眼睛对上了。

“我知道你不是真想杀我。”本大口喘气。

“凯西呢？”

他跪在地上，两只手紧紧攥着本穿的黄色帽衫，拉近两张脸之间的距离。

“凯西呢？”

如果他还是之前的自己，如果那个系统没有崩塌，他就能看见模糊成一团的刀光刺过来，听见刀锋划破空气发出的小到不能再小的风声。但，他没有看见那把军刀，直到本用军刀扎进他的大腿。

他往后倒去，拖着本和自己一起。他蜷起身子往一侧滚去，本握着军刀挥过来。伊万用膝盖狠狠地砸着本的手腕，钳制住了这个威胁，然后两只手一起夹住本的脸，捂住他的鼻子和嘴，用力往下按。时间一点一点过去。本在他身下又打又踢，头猛烈地摆来摆去，他另一只空着的手伸出去摸枪，步枪离他的手指尖只有不到一英尺，然后时间静止。

本一动不动，伊万跌坐下去，大口喘气，血和汗让他湿得透透的，那感觉就好像他的身体或许会蹿出火苗自焚。不过，来不及清理现场，走廊的那边，一张小小的心形小脸躲在门缝后面，看着他。

萨姆。

他强撑着自己站起来，但是站不稳，一下撞上了墙，摔倒了。从头再来，他现在确定了刚才从电梯井下去的人是凯西，但是他必须要先去保护好萨姆，只不过这个孩子砰地关上门，而且在门里尖叫着喊出各种脏话，然后，伊万的手刚刚握住门把手，他就开枪了。

他猛地一转身贴住门旁的墙壁，直到萨姆打光了弹夹。短短的停顿间，他没有犹豫。必须在萨姆换好子弹夹之前制伏他。

伊万有两个选择，用那只坏脚踢开门，或者是用那只好脚踢门的时候再整个人身子撞上去。无论哪种选择都不好。他选择用坏脚去踢。他不能冒险让自己摔倒。

狠狠、用力地踢了三下，这三下让他体会到了前所未有的疼痛。但是随着一声响亮的砰，门锁坏了，门猛地撞上了里面的墙壁。他扑倒进去，凯西的弟弟正像螃蟹一样朝窗户爬去，伊万总算设法站直身体没有摔倒，有什么支撑着他，催促他朝那个孩子伸出双手走去，是我，你还记得我吗？我之前救过你，我现在又来救你了……

这时，在他身后，最后一个人类，最后一颗星，那个他背着度过白色的无尽之海，他发现自己为她死也值得的那个人，开了枪。

射穿骨头的子弹将他们两人连接起来，像一条银链那样将两个人绑在一起。

# ——第四章——

## 死了几百万

### ——30——

那个男孩不再谈论那个瘟疫泛滥的夏天。

他爸爸不见了。他们手里蜡烛的存货一点一点减少，一天早上他出门想去再弄点回来，然后就再也没回来。

他妈妈病了。她头疼。她全身都疼。甚至连牙齿都疼，她这么对他说。那些夜晚糟糕透顶。她烧得很厉害。她的胃再也吃不进去任何东西。第二天一早她应该会好一点。或许我能挺过来，她说。她拒绝去医院。她们听过一些传闻，非常可怕的传闻，都和医院、免预约的诊室以及紧急避难所有关。

一户接一户地全都逃离了这个社区。抢劫越发严重，帮派在夜晚的街头火并。那个住在隔壁两户旁的人被杀了，一枪爆头，因为他不愿意将家里的饮水拿出去给别人喝。有时候会有陌生人溜达进小区，讲一些地震的故事，比如高五百英尺的海浪，在东边拉斯维加斯冲上岸。几万人就这么死了。好几百万人。

当她妈妈虚弱得下不了床的时候，照顾小宝宝就变成了他的职责。他们虽然还叫他小宝宝，但其实他已经快三岁。不要让他靠近我，他妈妈这么对他说，他会被传染的。小宝宝并不用怎么照看。他多数都在睡，只玩很短一会儿。他还只是个小孩子。他不知道。有时候他也会问爸爸去哪儿了，或者妈妈怎么了。大多数时候，他只关心吃的。

他们已经没有吃的了，但是他妈妈不让他离开。太危险，你会走丢的。你会被人拐走，你会被人打死。他本来可以跟她辩论。他已经八岁了，在他这个年纪来说块头算非常大的，六岁以后他就已经是学校里那些人揶揄和残忍羞辱的目标了。他很强大，他可以照顾好自己。可是她不会让他去的。我反正什么都吃不了了，你也可以借此机会减减肥。她并不是在说残忍的话，她只是试着讲了个笑话。可他并不觉得好笑。

然后他们就这样坚持到只剩最后一罐浓缩汤和最后一包旧饼干。他将汤放在壁炉上热，他站在火堆旁，用几块破家具的木板和他爸爸那些关于狩猎的旧杂志往火里添。小宝宝吃光了所有的饼干，但是说他不想喝汤。他想吃通心粉和奶酪。我们没有通心粉和奶酪。我们只有汤和饼干，这些就是所有。小宝宝哭着在壁炉前的地上打滚，尖叫着要通心粉和奶酪。

他给妈妈盛了一碗汤。她烧得更厉害。前天夜里，她开始往外吐一些黑色的块状东西，应该是混了血的胃黏膜，不过那会儿他并不知道。她看着他走进房间，一双眼睛死气沉沉、没有情绪，这是红死病患者的眼神。

你在干什么？我不喝。拿走。

他把汤拿走，站在厨房的水池边喝，他的小弟弟还在地上打滚尖叫，他妈妈陷入了更深的昏迷之中，病毒已经扩散到她的大脑。用不了太长的时间，他妈妈也会消失。她的性格、她的记忆、她这个人是谁，都将屈服在她的尸体面前。他喝光了温热的汤，然后把碗舔干净。明天早上他必须出去——已经没有吃的了。

他会告诉自己的小弟弟，无论发生什么事都要待在家里不能出去，找不到吃的他不会回来。

第二天他偷偷溜出去。他去废弃的杂货店和便利店里找。他去被抢过的饭店和快餐店里找。他翻了散发着腐烂气味的垃圾箱，里面堆满了被撕开的垃圾袋，已经有许多双手抢在他之前把这里翻遍了。到了将近傍晚，他只找到了少得可怜的食物，一小块巴掌大的蛋糕，还用塑料纸包着，藏在一个加油站的空架子下面。天色渐晚，太阳即将落山。他决定回家，第二天一早再来。或许这里还能找到更多的蛋糕和其他被藏在这里或是丢在这里的食物，他只需要再用心找一下。

他回到家，发现房门大开。他记得自己走的时候门是关上的，他知道出事了。他跑进去。他喊小宝宝。他一个房间一个房间地找。他翻了床底下、壁柜里面，还有停在冷冰冰、许久不用的车库里的汽车里。他妈妈在自己的房间里叫他。你去哪儿了？小宝宝一直哭着要找你。他问他妈妈小宝宝在哪儿，她厉声朝他喊，你自己听不见吗？

可他什么都没有听见。

他走出去，喊着小宝宝的名字。他检查了后院，走去邻居家敲门。他敲遍了这条街的每一扇门。没有人应答。里面的人要么就是太害怕不敢出来，要么就是生病或是死了又或者早就离开。他顺着一个方向走了好几条街，然后又返回来朝另一个方向走了更远，他喊着自己弟弟的名字一直喊到嗓音沙哑。一个老女人摇摇晃晃地走出来站在门廊上，高声尖叫着让他滚。她手里有枪。他回了家。

小宝宝不见了，他决定不告诉妈妈。知道了她又能做什么呢？他不希望她觉得出门的自己是坏孩子。他应该带小宝宝一起去，可他觉得在家里比较安全。家是地球上最安全的地方。

当天晚上，他妈妈喊他。我的小宝贝在哪儿？他跟她说小宝宝已经睡了。这是截止到目前最糟糕的一晚。吐满血的纸巾丢在床上。吐满血的纸巾堆在床头柜上，扔了一地。

把我的小宝贝带过来。

他睡了。

我想见见我的小宝贝。

你会把病传染给他。

她骂他。她诅咒他会下地狱。她朝他吐血唾沫。他站在门口，双手插兜紧张地敲着手指，蛋糕的包装纸哗哗响，塑料被热化了。

你去哪儿了？

找吃的。

她沉默。别再说这个字！

她用那双通红、带血的眼睛看着他。

你为什么要去找吃的？你根本不需要吃的。你是我见过的最恶心的一块猪油。你凭着肚子上那些肥肉就能活到冬天。

他什么都没有说。他知道现在说话的是那瘟疫，不是他妈妈。他妈妈爱他。学校里那些恶言恶语越发难听的时候，她去找过校长，说如果这种欺凌还不结束，她就要去起诉。

什么声音？那可怕的声音是什么？

他跟她说自己什么都没听见。她非常生气。她又开始骂，血唾沫星子溅到床头。

是从你身上发出来的。你在兜里揉捏什么？

他没有办法，只得拿给她看。他掏出蛋糕，她尖叫着要他把那玩意儿拿走，永远别再掏出来。怪不得他这么胖，怪不得他的小弟弟那么饿，因为他吃了所有的蛋糕和糖还有所有的通心粉和奶酪。他究竟是一个怎样的恶魔呀，居然把给他弟弟的通心粉和奶酪全都吃了？

他尝试替自己辩护。但是每一次他刚开口，她就尖叫着要他闭嘴，闭嘴，闭嘴！他的声音让她恶心，他让她恶心。全都是他干的。他对她的丈夫下毒手，对他自己的弟弟下毒手，还对她下毒手，让她染病，给她下毒，他要毒死她。

每一次他试图讲话，她就冲他尖叫。闭嘴，闭嘴，闭嘴！

两天以后，她死了。

他找了一张干净的床单把她裹起来，将她的尸体搬去后院。他把爸爸的木炭打火机油浇在尸体上，点了火。他火化了妈妈的尸体，以及她所有的铺盖。他又等了一个星期，希望弟弟能回来，但是他从没出现。他去找他——找食物。他找到了食物，却没有找到弟弟。他不再喊他——他不再说话，他闭上了嘴。

六个星期以后，他沿着高速路走，路面上四处是没油的、撞坏的汽车、卡车、摩托车，他看见远处有黑烟升起，过了几分钟，从冒烟的地方，驶来一辆载满孩子的黄色校车。车上有士兵，那些士兵问了他的名字，他从哪儿来以及他多大了。后来他才记得，自己紧张地将双手插进兜里掏呀掏，结果掏到一块蛋糕，还裹着包装纸。

猪油。凭你肚子上的肥油就能活到冬天。

怎么了孩子？你不能说话吗？

他的教官听了他除了包里的衣服和兜里的一块蛋糕之外，是怎样一无所有地来到营地的故事。他没有听到这个故事之前，一直叫他小胖子。听了这个故事之后，教官给他重新起了个代号，叫磅蛋糕。

我喜欢你，磅蛋糕。我喜欢你生来就是枪手这个事实。我打赌你能一手拿甜甜圈，另一手拿枪打死你妈。我喜欢你长着一张红花侠盗的脸，却有一颗木法沙的心这个事实。我特别喜欢的是你不讲话这件事。没人知道你从哪儿来，你到过哪儿，你在想什么，你什么感受。我不知道我也不在乎，你也是。你是最厉害的哑巴，心硬如石的杀手，从黑暗的中心而来，身上还有一颗与之相匹配的心，对不对，二等兵磅蛋糕？

他不是。

现在还不是。

## ——第五章——

### 代价

——31——

我准备做的第一件事就是等他醒过来以后杀了他。

如果他能醒过来的话。

小飞象不确定他会不会醒来。“他伤得很严重呢。”我们把他剥光以后，小飞象仔仔细细检查了一下他的伤处。腿上被戳了一刀，另一条腿上挨了一枪，烧伤，骨折，高烧烧到发抖。虽然我们给他盖了好几床被子，伊万还是颤抖得很厉害，看起来好像连床都跟着一块儿颤。

“脓毒。”小飞象嘀咕着。他注意到我一脸茫然地盯着他，于是补充说，“感染已经渗进血液里了。”

“我们怎么做？”我问。

“用抗生素。”

“我们凑巧没有这玩意儿。”

我坐在另一张床上。萨姆缩在床脚，手里攥着那把打空的手枪——他拒绝把它交出来。本靠在墙上，拄着自己的步枪，谨慎地看着伊万，好像他很肯定伊万随时都可能从床上跳起来，然后再试着把我们都带出去。

“他没有选择。”我对本说，“他从暗处走出来，怎么可能会没人朝他开枪？”

“我想知道磅蛋糕和茶杯在哪儿。”本咬着牙说。

小飞象要他抬脚。他要给本重新包扎一下，但是本已经失血过多。本挥挥手，叫他走开。他扶着墙撑起身子，一瘸一拐地走到伊万的床前，用手背拍了拍他的脸。

“醒醒！”啪啪！“醒醒，你个婊子养的！”

我一下子从床上跳起来，抓住本的手腕，不让他再拍伊万的脸。

“本，这样不——”

“很好。”他猛地抽回手，摇摇晃晃地朝门口走，“我自己去找。”

“僵尸！”萨姆喊道。他跳起来跑到他旁边，“我也去！”

“你们俩，都站住！”我厉声喝道，“谁也不许出去，除非我们——”

“什么，凯西？”本嚷嚷，“除非我们怎么样？”

我张着嘴巴，一个音都发不出来。萨姆拽着他的胳膊：“走呀，僵尸！”我五岁的小弟弟挥着一把空枪。这是一种隐喻。

“本，你听我说。你能听我说吗？你现在出去的话——”

“我现在出去的话——”

“——我们或许连你都没了！”我冲他大吼，“你根本不清楚外面发生了什么——有可能是伊万把他们打晕了，就像他对你和小飞象做的那样。但是也有可能不是他——或许他们现在正在回来的路上，出去就是一种愚蠢的冒险——”

“别跟我说什么愚蠢的冒险。我只知道——”

本晃了两晃。刹那间他面无血色，向前扑倒，一边的膝盖着地，萨姆于事无补地抓住他的袖子。我和小飞象把他扶起来，搀着他走到那张空床边上，他往后躺下去，咒骂我们咒骂伊万·沃克咒骂现在这该死的情况。小飞象给了我一个车灯前受惊小鹿的表情，就是那种“你知道该怎么办，对吧？你知道该怎么做，对不对？”的表情。

错。

——32——

我捡起小飞象的步枪，把它塞进那个孩子的怀里。

“我们现在是瞎子。”我对他说，“楼梯间、走廊两边的窗户、东侧的房间、西侧的房间，一个一个去看别停下，睁大眼睛不许闭。我和这几个老大留在这儿，防止他们互相残杀。”

小飞象点点头好像听明白了，但是没有动。我双手按着他的肩膀，专注地看着他撩人的眼睛。“行动，小飞象。听明白了吗？行动。”

他用力点点头，然后像是一个人形弹簧头糖果盒，冲出了房间。离开是他最不想做的事，可我们已经这么做很久了，我们做着自己最不情愿的事情已经很久了。

我身后，本低吼：“为什么你不干脆爆他的头？为什么只打膝盖？”

“诗意的正义。”我喃喃地说。我坐在伊万旁边，我能够看见他的眼球在眼皮底下颤动。他已经死了，我已经说过了再见。可他现在还活着，而我或许不能再跟他说你好。我们离避恶营只有四英里，伊万。你怎么走了这么久？

“我们不能留在这儿。”本宣布，“派杀手锏打前站是个糟糕的决定，我就知道我们不应该分头行动。我们等天亮就集体离开这里。”

“怎么做？”我问，“你受伤了。伊万他——”

“这事儿跟他没关系。”本说，“好吧，我猜跟你——”

“全是因为他，你才能活到现在还在装可怜，帕里什。”

“我没有装可怜。”

“不，你就是。你就是在装可怜，和三年级那个最美皇后一样。”

萨姆哈哈大笑。自从妈妈死后，我好像从没听我弟弟这样笑过。我惊到了，就好像在沙漠中央找到了一片湖。

“凯西说你装可怜。”萨姆提醒本，生怕他没听见。

本没搭理他。“我们在这儿就是为了等他，现在我们被困在这里也还是因为他。你爱怎么做随你便，苏里文。反正等到天一亮，我就离开这里。”

“我也去！”萨姆说。

本站起来，靠着床边待了一分钟平复呼吸，然后一蹦一跳地走到门口。萨姆跟在他后面，这次我没有试图再阻止他们。他们会听吗？本打开门，轻声喊小飞象不要开枪——他是来帮忙的。然后就剩我和伊万两个了。

我坐在本刚刚抛弃的床上，床上还带着他的体温。我抓过萨姆的小熊，抱在腿上。

“你能听见我吗？”我问——是问伊万，不是那只小熊。“我猜我们两个现在扯平了，嗯？你打了我膝盖一枪，我打了你膝盖一枪。你看见过我光屁股，我也看见过你光屁股。你替我祈祷，我——”

房间失去了焦点。我拿起小熊把它放在伊万的胸口。

“你身上穿的这件可笑的外套是怎么回事？大头针，说得真对。真的是钉上了。”我戳了他一下，“这里钉上了。”又戳一下。“这里也钉上了。”再戳一下。“现在你要检查一下我身上吗？就现在？”

他的嘴唇嚅动了一下，一个词缓缓地吐出来，就好像空气从车胎里跑了出来。

“蜉蝣。”

## ——33——

他睁开眼睛。我回忆起那双温暖的，好像融化的巧克力一样的眼眸，我身体内有某种东西躁动起来。凭什么我见了他就挪不动膝盖？这可不是我。为什么我要让他亲，让他抱，在我身边打转转，像一只走丢了、孤零零的外星小狗？这家伙到底是谁？他是不是给我灌输了什么，把某个经过歪曲的事件变成了我自己的了？没有一件事合适。没有一件事说得通。一个外星人说爱我和我爱上一只蟑螂有什么区别吗？那我对他的回应怎么说？这应该叫什么？

“要是你没死的话，我会跟你说，下地狱去吧。”

“我没死，凯西。”眼皮微颤。汗津津的脸。颤抖的声音。

“好，那就下地狱去。你丢下了我，伊万。在黑暗中，就那样丢下了我，然后引爆了我身下的地方。你那样可能会把我们全都害死。你就那样抛弃了我——”

“我回来了。”

他伸出一只手。“别碰我。”别再来那套外星人心灵交融的恶心把戏。

“我实践了自己的诺言。”他小声说。

哦，对，我应该怎样恶声恶气地回应呢？最开始就是这个承诺将我带向他。我又一次被现在这个诡异的情况所困扰，他换成了我的位置，而我换到了他的位置。他给我一个承诺，我给他一颗子弹。我们必须把对方扒光，因为没有别的选择。在异星者时代紧抱承诺，就好像是宰羊求雨。

“你差点就被我爆头了，傻瓜。”我对他说，“你就没想过直接从楼梯走上来，然后说‘嘿，是我！别开枪！’吗？”

他摇了摇头：“太冒险了。”

“哦，对。比自己的脑袋被一枪打爆还要危险。茶杯呢？磅蛋糕呢？”

他再次摇摇头。都是谁？

“有一个小女孩顺着高速路走了。还有一个大个子去追她了。你一定见过他们。”

现在他点点头：“往北走了。”

“哦，我知道他们往哪边走……”

“别去追。”

这句话又揭了我的短：“你什么意思？”

“不安全。”

“现在没有地方是安全的，伊万。”

他的眼睛直接翻到头顶，又要晕了。“那边有恩典。”

“你说什么？恩典？是《奇异的恩典》还是什么？‘那边有恩典’是什么意思？”

“恩典。”他嘟囔着，又睡了过去。

## ——34——

我陪着他直到天黑。我坐在他身边，就好像在旧农舍他坐在我身边那样。他不顾我的意愿把我带去那里，然后我的意愿又将他带来这个地方，或许这代表从某种程度上说我们是彼此拥有。也可能是彼此相欠。反正，彼此的债没有一个是还清了的——真正还清的那种，没还清其实也并不重要。你救了我，他说，那时我还不明白我到底救了他什么。那还是在他告诉我他的真实身份之前，后来我觉得他的意思可能是我把他从整个灭绝人类的大屠杀里救出来。现在我觉得他的意思并不是说我救他脱离了什么东西，而是救他去做什么。诡异的部分、无法回答的部分，也是令我最害怕的部分，就是这个“做什么”可能会是什么。

他在睡梦中呻吟。他的手指紧紧抓着被子，胡言乱语。我也曾经有过这样的经历，伊万。我握住他的手。烧伤、淤青、骨折，我一直都很奇怪是什么让他花了这么长时间才找到我？他一定是爬过来的。

他的手滚烫，脸上的汗珠一闪一闪的。这是我第一次有那种念头，伊万•沃克或许也会死——在从死人堆里爬起来之后，还是很快会死。

“你会活下去的。”我对他说，“你必须活下去。答应我，伊万。答应我你会活下去。答应我。”

我有些停不下来。我尽量控制了，但还是控制不住：“这样才能结束这个怪圈，然后我们就两不相欠。我们谁都不欠谁，你和我。你打了我一枪，我没死。我打了你一枪，你也没死。明白了？这样才对。你随便找人打听。再说，事实上你可是‘万年高级生物先生’，注定要把我们这可怜的人类救出星系群的。这是你的职责，是你生来注定的。准确地说，是‘繁殖注定’，随便吧。你知道，在执行征服世界这个计划的过程中，你们做得真挺差劲的。几乎用了一整年，可我们还在这里，是谁像虫子一样四脚朝天，口水都流到下巴上了的？”

事实上，他的下巴上真的沾了口水。我用被子的一角把它擦掉。

房门推开，大块头磅蛋糕走了进来。然后是小飞象，嘴巴笑得都咧到了耳根，然后是本，最后是萨姆。但是再后面没有茶杯。

“他怎么样了？”本问。

“烧起来了。”我回答说，“还胡言乱语的，一直在说格蕾丝。”

本皱着眉头：“比如《奇异的恩典》？”

“或许说的是恩赐，就好像饭前祷告说的。”小飞象提供另一个脑洞，“他可能饿了。”

磅蛋糕走到窗边，低头盯着下面冷冰冰的停车场。我看着他像小驴屹耳一样走过房间，然后转头问本：“怎么了？”

“他不肯说。”

“那就逼他开口。你是头儿，对吧？”

“我不认为他会说话。”

“这么说茶杯不见了，我们却不知道她去了哪里和因为什么？”

“她去追杀手锏了吧。”小飞象猜测说，“然后杀手锏为了不浪费时间，没有把她送回来，带她去洞窟群。”

我朝磅蛋糕歪了歪头：“那他刚才在哪儿？”

“我在外面找到他的。”本说。

“在干吗？”

“就……随便溜达。”

“随便溜达？不是吧？你们这些家伙就没想过磅蛋糕究竟是哪头的人吗？”

本疲惫地摇摇头：“苏里文，别——”

“讲真，他现在这种哑巴样可能只是装出来的，这样就不必回答什么奇怪的问题。事实上这样也的确说得通，给每一个被洗过脑的小分队里安插这样一个人，以防有人突然想明白——”

“对，但是在磅蛋糕之前，是杀手锏。”本开始失控，“下一个你可能就会怀疑是小飞象，或者是我。而那个已经亲口承认是敌人的家伙却躺在这里，拉着你的手。”

“确切来说，是我拉着他的手。而且他不是敌人，帕里什。我觉得这件事我们已经讨论过了。”

“我们怎么知道他没有杀了茶杯？还有杀手锏？我们怎么能确定？”

“哦，老天，你看看他。他能杀什么，一……一……”我试图想出一个以他现在的能力能杀死的合适东西，但是我被愤怒、困意占据的大脑只能想到蜉蝣，而这其实真的是一个非常、非常不合适说出来的东西。就好像是一个随口瞎编的预言，如果预言可以随口瞎编的话。

本猛地转身朝小飞象走去，小飞象吓得一哆嗦。我觉得他认为本的怒气随便对准谁都好，只要不是他就行。“他能活下来吗？”

小飞象摇摇头，耳朵尖已经变成浅粉色。“伤势很严重。”

“我问的就是这个。多严重？他能走动还要多久？”

“短时间肯定不行。”

“去他妈的，小飞象，到底多久？”

“几星期？一个月？他的踝骨骨折了，不过这不是最严重的问题。主要是感染，还有坏疽的风险……”

“一个月？一个月！”本的没有一丝幽默地笑，“他把这里折腾得翻天覆地，把你们一个一个打倒，把我揍成这副模样，结果几个小时以后他居然就变得一个月都不能动！”

“那就滚！”我隔着房间冲他吼，“全都赶紧滚。不用管我跟他，我们能动了，马上去追你们。”

本的嘴，刚才还大张着，现在猛地闭上了。萨姆一直在本的腿边转来转去，小小的手指钩着他身上围着的皮带。我看着这一幕，心里有某样东西松动了一点。本跟我说他们在营地的时候，管我的弟弟叫“僵尸的忠犬”，意思就是他永远忠诚地跟在他身边。

小飞象点点头：“我觉得可以，头儿。”

“我们已经计划好了。”本说，他的嘴巴几乎没动，“我们还是要按原计划不变。如果明天这会儿杀手锏还没回来，我们就出去。”他瞪着我，“所有人。”他竖起大拇指指了指磅蛋糕和小飞象，“他们俩可以替你背你男朋友，如果他需要人背的话。”

本转过身，一头撞在墙上，然后晕乎乎地离开，晃出门到了走廊。

小飞象追出去：“头儿，你去哪儿？”

“床，小飞象，找床！我要躺会儿，不然也会倒下。你先去站第一班岗。鸡块——萨姆——随便你叫什么吧——你要干吗？”

“跟你一起啊。”

“你跟你姐待在一起。等着，你说得对，她两只手都满了——字面意义上的那种。磅蛋糕！这儿苏里文看着。你去闭会儿眼睛，这个大哑巴的混……”

他的声音弱下去。小飞象回来站在伊万的床脚前。

“头儿气糊涂了。”他解释说，好像我需要他解释似的，“他平时挺冷静的。”

“我也是。”我说，“我平时挺随和的。不用担心。”

他不肯走。他看着我，脸上泛起浅浅的红，跟他耳朵似的。“他真是你男朋友？”

“谁？不，小飞象。他只是我某天凑巧碰见的一个人，然后还想杀了我。”

“哦，好吧。”他好像松了口气，“你知道，他和沃什是一样的。”

“他跟沃什一点都不一样。”

“我是说他也是他们中的一个。”他压低嗓音，好像在跟人诉说一个黑暗的秘密，“僵尸说他们并不是在我们脑子里放了小虫子，更像是把他们自己下载到我们的身体里，就好像电脑病毒什么的。”

“对，差不多就那样。”

“太奇怪了。”

“哦，我猜他们本来也可以把自己下载到家里养的那些猫身上，但是走那个路线的话会让灭绝人类的计划花费更多时间。”

“那也只差一两个月。”小飞象说。我听了哈哈大笑。和萨姆的笑声一样，我也被我自己的笑声惊到了。如果你希望将人类的人性剥夺，我想，消灭掉欢笑应该是一个不错的切入口。我的历史课学得一般般，但是我非常确定一点，就是像希特勒那种人肯定不爱大笑。

“我还是不懂。”他继续说，“为什么他们中间会有一个人站在我们这边。”

“我也不是特别肯定他自己对这个问题有没有明确的答案。”

小飞象点点头，他展开肩膀，深吸一口气。他快要站死了。我们全都是。我趁他还没走出房间，轻轻喊了他一声。

“小飞象。”本的那个问题，他还没有回答。“他会挺过去吗？”

他沉默了很久。“如果我是一个外星人，并且能够随自己的喜好随便挑身体的话。”他缓缓地说，“我会挑一个最强壮的。那样，也只是为了确保我可以活过这场大战。我不知道，我可能会让自己变得对地球上所有病毒和细菌免疫。至少也能有抗体。你知道，就好像你带着狗去打狂犬疫苗那样。”

我笑了：“你知道吗，小飞象，你很聪明。”

他的脸通红：“这个代号是因为我的耳朵。”

他走了出去。我有一种被人监视的诡异感。因为我一直都在被人监视：磅蛋糕从他站岗的窗口一直在看我。

“还有你。”我说，“你又有怎样的故事？为什么不肯讲话？”

他转过身，呼吸喷在窗户上，形成一片白雾。

## ——35——

“凯西！凯西，醒醒！”

我猛地坐起来。之前我缩在伊万身边睡着了，我的头靠着他的，我的手放在他的手里，到底出什么事了？萨姆正站在窗边，拽我的胳膊。

“起来，苏里文！”

“别这么叫我，萨姆。”我嘀咕着。房间里的光线昏暗。现在已经接近傍晚。我可能睡了一个白天。“怎么？”

他竖起一根手指放在嘴前，另一只手指着天花板。听。

我听见了。直升机的声音，错不了——虽然微弱，但是变得越来越响。我跳下床，抓起步枪，跟着萨姆来到走廊，磅蛋糕和小飞象一左一右护住本，这个前四分卫蹲在地上，发号施令。

“或许只是巡逻兵。”他小声说，“甚至都不是来抓我们的。营地爆炸的时候，外面只有两个小分队。或许是在执行救援任务。”

“他们可能会发现我们的行踪。”小飞象惊恐地说，“头儿，我们完了。”

“也可能不会。”本还抱着一丝希望。他已经寻回了一点自己的理智，“听见了吗？已经远了……”

这不是他的幻觉。那个声音真的变小了。你必须要屏住呼吸才能听见。我们就这样在走廊里又等了十分钟，那个声音终于完全消失。我们继续等了十分钟，那个声音没有回来。本呼出一口气。

“我们应该安全了……”

“能安全多久？”小飞象想知道，“我们不能留在这里过夜，头儿。我是说我们现在就应该出发去洞窟群。”

“然后错过可能正在回来路上的杀手锏？”本摇摇头，“还是冒着我们刚出去那架直升机又杀回来的风险？不行，小飞象。原计划不变。”

他强撑着自己站起来，目光落在我脸上。“巴斯光年怎么样了？没有起色？”

“他叫伊万。对，还没起色。”

本笑起来。我不知道，或许是这种眼前的危险让他觉得多少有了生气，也是出于同样的原因，僵尸属于食肉动物，这是菜单上唯一的选项。你永远都不会听见一个吃素的不死人，攻击一盘冬笋，挑战性在哪里？

萨姆也笑了：“僵尸说你男朋友是个太空游侠。”

“他不是太空游侠——而且为什么你们每个人都说他是我男朋友？”

本笑得更开心：“他不是你男朋友？可他吻了你……”

“嘴对嘴？”小飞象问。

“对。两次。这还只是我看见的。”

“伸舌头了吗？”

“噫——”萨姆的嘴巴嘟起来，好像一颗酸柠檬。

“我手里可有枪。”我半开玩笑地提醒他们。

“我一条舌头都没看见。”本说。

“要看吗？”我冲他伸出舌头。小飞象笑了，就连磅蛋糕都笑了。

那个小女孩就在这时出现，从楼梯间走进楼道，很快，所有事都变得奇怪起来。

## ——36——

一件粉色的 Hello Kitty T 恤上，溅满了泥巴点（也可能是血点）。一条短裤，原本可能是黄褐色，现在已经成了脏兮兮的深灰色。同样脏兮兮的白色人字拖上，还有几颗水钻顽固地不肯掉下去。一张窄窄的像小精灵的小脸，一双大大的眼睛，头顶是一团乱七八糟缠在一起的黑头发。她很小，应该和萨姆差不多大，不过她实在瘦得可怜，脸看起来好像一个小老太太。

没人说话——我们全都震住了。看见她就那样站在走廊的另一边，牙齿咯咯作响，凸出来的膝盖暴露在寒风中瑟瑟发抖，又一个被从骨灰营拉走，上了那辆“学校已经不存在却偏偏开出来的黄色校车”，遇见这件根本不可能的事情的孩子。

然后萨姆小声说：“梅根？”

本接着说：“这个梅根是谁？”这句话我们其他几个人也很想问。

萨姆走过去，我们都没来得及拉住他。他走到一半的地方停下来。那个小女孩一动不动，连眼睛都没眨一下。她的眼睛在昏暗的灯光下好像在闪光，像小鸟的眼睛一样，更确切的说像一只睿智的猫头鹰的眼睛。

萨姆转身对我们说：“梅根！是梅根呀，僵尸！”好像他在指出一件最明显不过的事。“她当时跟我一起在校车上！”他又转头对她说：“嗨，梅根。”那样随意，就好像他们约好了在猴山见面，一起玩一样。

“磅蛋糕。”本轻声说，“检查一下楼梯。小飞象，你去守窗口。然后你们俩，彻底清扫一遍楼下。她不可能只有一个人。”

她开口了说话，是一种既刺耳又沙哑的哀怨的声音，令我想起指甲挠黑板的声音。

“我喉咙痛。”

她的大眼睛翻到头顶，膝盖一软。萨姆朝她冲过去，但是没赶上。她狠狠地往前扑倒，在萨姆接住她的前一秒，额头撞在了薄薄的地毯上。我和本冲过去，他正弯腰想把她扶起来。我一把把他推开。

“你又抬不动。”我厉声对他说。

“她又不重。”他抗议。

我把她扶起来。他说的基本没错，梅根只比一袋面粉重一点。连骨带皮带肉带头发带牙齿的重量全都算上。我把她抱到伊万的房间，将她放在那张空床上，然后在她颤巍巍的小身板上盖了六床被子。我跟萨姆说，去走廊把我的枪拿回来。

“苏里文。”本站在门口时，“事情不对劲。”

我点点头。比她幸运地随机出现在这个酒店更奇怪的事情，就是她穿成这样居然还没被这种鬼天气冻死。我和本想的是同一件事：我们听见那架直升机的动静二十分钟后，这位梅根小姐就出现在我们的大门口。

她肯定不是自己走到这里来的。她是被送过来的。

“他们知道我们在这儿。”我说。

“但是他们没有丢炸弹炸了这酒店，反而把她送进来。为什么？”

萨姆抱着我的枪返回来。他说：“这是梅根。我们在去避恶营的校车上认识的，凯西。”

“世界真小，嗯？”我把他从床边推开，对本说，“你有什么想法？”

他摩挲着下巴，我摩挲着脖子。我们两个脑子里闪过太多想法。我看着他揉下巴，他看着我揉脖子，这时他说：“追踪芯片。他们在她身体里植入了追踪芯片。”

原来如此。这一定是本为什么会成为头儿的原因，他就是鬼点子王。我摸着梅根跟铅笔一样细的脖子，寻找藏在那里的小硬块。没有。我看向本，摇了摇头。

“他们知道我们肯定会找那里。”他耐心地说，“搜她全身，每一英寸都不要放过，苏里文。萨姆，你跟我走。”

“我为什么不能留下？”萨姆不想走。毕竟，他刚刚和一个久别的朋友重逢。

“你想要看一个姑娘脱衣服？”本做了个鬼脸，“俗。”

本将萨姆推出门，守在门外。我揉眼睛，指关节都揉进了眼睛里面。我将那堆被子全都推到床尾，将她羸弱的身子暴露在寒冬傍晚昏暗的阳光下。身上全都是擦伤和淤青，撕开的扣子，层层的尘土与泥点，这些东西以一种冷漠、可怕、残忍的态度落在她的身上，她是我们中的一个，她和我们是一样的。她是异星者的杰作，是他们的巨著，是人类的过去和他们的未来，是他们曾经做过的是他们发誓要做的。我号啕大哭。我为梅根而哭，为我自己而哭，为我弟弟而哭，为所有的蠢货和不幸已经死去的人而哭。

别哭了，苏里文。我们生来，我们死去，它们到这里之前就是这样。一直以来都是这样。不是异星者发明的死亡。他们只是更喜欢死亡。给死亡戴上一张人皮，只为把我们自己的脸皮放回原处，因为他们知道这是唯一能够摧毁我们的方法。它不会选择在大洲和大海上结束，也不会选择在高山和平原上结束，更不是丛林和沙漠。它要在开始的地方结束，这从最初就已经注定好，要在最后一颗跳动的人类心脏的战场上结束。

我把她身上又脏又破的夏季衣服全都扒掉。我分开她的胳膊和腿，摆成达•芬奇画的那个光屁股困在方块里，外面又围了一个圆的维特鲁威人那样。我强迫自己放慢速度，有条不紊地从她的头开始检查，顺着她的身子一直往下。我呢喃着对她说：“对不起，对不起。”然后按、捏、戳。

我不再伤心。我想起了沃什的手指捶在那颗能够炸飞我五岁弟弟头的按钮上的情景，我迫切地想要尝到血的味道，我的嘴巴里开始分泌口水。

你说你知道我们是怎么想的？那你一定知道我想要干什么。我要拿一把剪子，撕开你的脸。我要用一根缝衣针撕开你的心脏。我要在你身上剐七十亿个小口子，替我们死去的每一个人给你一刀。

那就是付出。那就是代价。做好准备吧，因为当你将人性从人的身上剥离，你就只能和一群没有人性的人在一起。

换言之，你这是自作自受，浑蛋家伙。

## ——37——

我喊本进来。

“什么都没有。”我对他说，“我已经查过了……所有地方。”

“她的喉咙呢？”本平静地说。他能够听出我声音里残存的愤怒。他知道他自己是在跟一个疯子讲话，所以必须要尽量小心。“她晕倒之前，她说过她喉咙疼。”

我点点头："也看过了。她身体里没有炸弹，本。"

"你就这么乐观？'我喉咙痛'对一个刚刚出现，已经冻坏了的营养不良的小孩来说，是一句很奇怪的话。"

他悄悄往床边靠，我不知道，或许是因为他担心我随时会跳起来，愤怒地揍他。这种事不是没有发生过。他一只手轻轻按住她的脑门，另一只手撬开她的嘴巴。他凑近往里看。"很难看清楚。"他喃喃地说。

"所以我用了这个。"我说着，递给他萨姆的户外用强光手电。

他照着她的喉咙。"很红。"他说出自己的观察。

"对，所以她才会说喉咙疼。"

本摸着自己的胡楂，还是很担心。"不是'救救我'或是'我冷'，甚至'不要试图反抗，那没用'都没说。偏偏只说'我喉咙疼'。"

我抱着胳膊横在胸前。"'不要试图反抗，那没用'？不是吧？"

萨姆在门口不敢进，一双棕色的大眼睛瞪得圆圆的。"她还好吧，凯西？"他问。

"还没死。"我说。

"她把它咽下去了！"本说。这个鬼点子王。"你没找到是因为那东西在她肚子里！"

"追踪芯片只有一粒米那么大。"我提醒他，"为什么吞下去会伤到她的喉咙？"

"我没说是芯片伤了她的喉咙。她喉咙发炎和那个一点关系都没有。"

"那你干吗这么担心它的炎症？"

"我担心的不是这个，苏里文。"他非常努力地想要保持冷静，因为很显然必须有一个人是冷静的。"她像片云一样凭空出现在蓝天里，意味着许多事，但是没有一件是好事。事实上，只可能是一件特别糟糕的事。这件糟糕的事可能令我们的情况变得更次，因为我们根本不知道她被送来这里是为了什么？"

"更次？"

"哈哈。这是那些不会讲标准英语的愚蠢球迷的说法。我对天发誓，下一个再纠正我语法错误的人，脸上一定会吃我一拳。”

我叹了口气。心里的愤怒已经蒸发，我只剩下一个无血无肉、空空的人形外壳。

本盯着梅根看了许久，做了个决定：“我们必须把她弄醒。”

小飞象和磅蛋糕挤进房间。“别跟我说你们任何发现都没有。”本对磅蛋糕说。

“应该是‘什么发现都没有’。”小飞象纠正他。

本没有揍他的脸，不过他的确伸出了手。“把你的水壶给我。”他拧开壶盖，把壶举在梅根额头的上方。一滴水悬在壶嘴处颤悠悠的，好像永远都不会掉下来。

在永远结束之前，一个沙哑的声音在我们身后响起，“如果我是你，就不会这么干。”

伊万•沃克醒了。

## ——38——

所有人都愣了。就连那一滴水，都静止在了水壶嘴的边上。伊万躺在床上，一双烧得通红、亮晶晶的眼睛看着我们，等着有人问那个最明显不过的问题。终于，本完成了这件事：“为什么？”

“你用这种方式弄醒她，会让她深吸一大口气，那样的话可就糟糕了。”

本转头看他，水滴在了地毯上。“你到底想说什么？”

伊万吞了下口水，这个动作让他皱起脸。他的脸白得像脑袋底下的枕套。“她被植入了东西——不过不是追踪芯片。”

本的嘴唇紧紧地抿成一条白线。他第一个明白了过来，比我们其他人都早。他转身看着小飞象和磅蛋糕，“出去。苏里文，你和萨姆也一样。”

“我哪儿都不去。”我对他说。

“你应该出去。”伊万说，“我不知道它的精准度被校到了多少。”

“什么东西的精准度被校到了多少？”我问，

“探测二氧化碳的芯片。”他别开目光。下一句话艰难地从他口中吐出来，“就是我们呼出的气，凯西。”

说到这个地步，所有人都明白了。但是明白和接受是完全不同的。这种事完全无法接受。我们经历了这么多之后，依然有我们的心拒绝前往的地方。

“现在下楼去，全都去。”本吼道。

伊万摇摇头：“那不够远。你们应该离开酒店。”

本一只手抓着小飞象的胳膊，另一只手抓着磅蛋糕的胳膊，把他们两个往门口拽。萨姆守着洗手间的门，小拳头紧紧堵着嘴。

“还有，得有人去把那扇窗户打开。”伊万喘着粗气。

我将萨姆推进走廊，走到床边，用力推窗，但是窗户一动不动，可能是被冻住了。本嫌我挡道，把我扒拉开，直接用枪托砸玻璃。冷空气冲进房间。本大步走到伊万的床前，看了他一秒，然后一把揪住他的头发将他往床下拖。

“你个浑蛋……”

“本！”我伸出手拉住他的胳膊，“放开他。他不是——”

“哦，对，我忘了。他是个善良的邪恶外星人。”他松开手。伊万跌了回去，他根本没力气坐着。然后本提议说他最好自己动手在自己身上试试那个从解剖学来说根本不可能完成的事。

伊万的眼睛直直盯着我。“在她喉咙里。就在会厌处的上面。”

“她是颗炸弹。”本说，声音因为愤怒和难以置信而颤抖，“他们抓走孩子，把她变成一颗瞬间炸弹。”

“我们能拆掉吗？”我问。

伊万摇了摇头：“怎么做？”

“那正是她要问你的，蠢货。”本吼道。

“要触发埋在她喉咙里的二氧化碳探测器，炸弹才会爆炸。如果引线失灵，就没事了。”

“你根本没有回答我的问题。”我不客气地指出来，“我们能不能在不把自己炸上天的情况下，把它拆掉？”

“理论上可行……”

“理论上。理论上。”本发出很奇怪的笑声，就好像一边笑一边打嗝一样。我很担心他可能会从理智的边缘上摔下来。

“伊万。”我尽可能轻言轻语且冷静地说，“我们能不能拆掉它，在不……”我不敢说完，而且伊万也没让我说。

“如果你那么干了，炸弹不被引爆的可能性会比较大。”

“不……什么？”本完全跟不上我们的节奏。这不怪他，他还陷在那个无法想象的地方挣扎，就好像被卷进激流的可怜泳者。

“不先把她杀了。”伊万解释道。

——39——

我和本在走廊召开最后一次“哦，我们搞砸了”筹备会。本下令其他人都跑去停车场对面，躲进餐厅里，等到他给他们发出“全部拆除”的信号——或者是等着酒店炸飞，看哪个先来吧。萨姆拒绝。本也犟起来。萨姆眼泪汪汪地噘着嘴巴。本提醒他，他是个士兵，而且是会服从命令的好兵。再者说，如果他留下来，那谁去保护磅蛋糕和小飞象呢？

小飞象离开之前，说：“我是学医的。”他指的是本要自告奋勇拆炸弹这件事，“应该我去，头儿。”

本摇摇头：“赶紧走。”他说得言简意赅。

然后就剩下我们俩。本的眼神再也冷静不下来。像被困的蟑螂。像操心的老鼠。像坠落的人，从悬崖之上，到处都找不到可以抓握的地方。

“好吧，我猜最大的谜团已经解开了，嗯？”他说，“我不明白的是为什么他们不直接扔几颗地狱之火导弹把我们干掉。他们知道我们在这儿。”

“这不是他们的方式。”我说。

“方式？”

“你难道从来没想过这件事多么带有个人偏好吗——从最开始？直接杀死我们会让他们觉得没意思。”

本用令人厌恶的好奇的眼神看着我，“啊，是这样。我现在明白为什么你不想和他们中间那个人约会了。”可以不再提了吗？他立刻反应过来，飞快地转移话题，“我们俩到底谁在开玩笑，凯西？其他事都没什么好争论的了，除了应该谁去这件事。或许我们应该扔硬币。”

“或许应该是小飞象去。你不是跟我说过，他在营地的时候受过野外救援的训练吗？”

他皱着眉头：“你要他动手术？你在开玩笑，对吧？”

“哦，那不知道我们怎么才能……”突然，我懂了。虽然不能接受，但是明白了过来。我误会本了。在那个不可想象的地方，他比我掉得深得多。他比我多掉下去五千英寻。

他看懂我的表情，下巴抵着胸口。他的脸红彤彤的。不是因为尴尬，而是因为太过愤怒，出离地愤怒，无法用言语形容的愤怒。

“不行，本。我们办不到。”

他抬起头，眼神炯炯，双手颤抖。“我可以。”

“不，你办不到。”本•帕里什快要淹死了。他在水面之下太深，我不确定我能不能够到他，也不确定自己有没有力气把他拉回到表面。

“又不是我要求的。”他说，“所有这些没有一件事是我要求的！”

“她也没有，本。”

他倾着身子逼近我，我看见他眼中闪着另一种狂怒，“我才不管她。一个小时之前，她还不存在。明白吗？她什么都不是，字面意义上那种什么都不是。我有你，还有你弟弟，我还有磅蛋糕和小飞象。她是他们的人，她属于他们。不是我把她带走的。不是我把她骗上校车告诉她她现在绝对安全，然后却在她喉咙里埋了颗炸弹。这不是我的错，也不是我的责任。我的责任是保住自己的命，保住你们的命，越久越好，如果这意味着一个对我来说什么都不是的人要死，那我觉得就让她去死好了。”

我再也克制不住。他陷得太深，压力太大，压得我喘不过气。

“对，就是这样。”他冷冷地说，“哭吧，凯西。哭她，哭所有的孩子。他们听不见，也看不见，甚至感觉不到你究竟有多难过，但是为他们而哭吧。替他们每一个人掉一滴泪，填满那个海洋，哭吧。

“你知道我是对的，你知道我没有选择，你知道杀手锏说的是对的。重点就是冒险，一直以来全都是在冒险。如果一个小女孩必须要以自己的死换来六个人的生，那么就值了。那就值了。”

他从我身边走过，一瘸一拐地顺着走廊来到那扇破门的门口。我动不了，说不出话。我甚至连根手指都动不了，也没法再跟他大吵一场制止他。我已经词穷，只靠动作似乎起不了多大作用。

阻止他，伊万。求你了，阻止他，因为我阻止不了。

在地下的安全屋，他们的小脸抬起来看着我，以及我无声的祈祷，无助的承诺：爬上我的肩膀，爬上我的肩膀，爬上我的肩膀。

他不会朝她开枪，因为那样太冒险。他应该会闷死她。在她脸上捂一个枕头用力按，一直按到他无须再按。他不会就那样丢下她的尸体不管，那样太冒险。他会将她的尸体搬去外面，但是他一定不会把尸体埋了或是火化，那样太冒险。他一定会把尸体搬去森林里，扔在冰冷的地面，就像那些扔给秃鹰、乌鸦和昆虫的诸多垃圾一样。都是冒险。

我贴着墙壁坐下来，屈起膝盖顶住胸口，然后低下头，用胳膊把头盖起来。我捂住了耳朵，闭上了眼睛。我看见沃什的手指在按钮上按下去，我看见本的双手举着枕头，我的手指勾住扳机。萨姆。梅根。那个十字架士兵。杀手锏的声音，在静寂的黑暗中大声响起。有时候只是你所在的地点是错误的，所在的时间是错误的，发生的事情并不是谁的错。

这时本走出来，好像被撕碎，整个人都空了。我应该站起来，应该走到他身边，应该去安慰他。我应该拉起那只杀了一个孩子的手，我们应该替我们自己难过，我们做出的选择根本就不是选择。

本走出来，他在靠近门的地方靠墙坐下。一分钟以后，我站起来朝他走过去。他没有抬头。他的小臂搭在蜷起的膝盖上，低着头。我在他旁边坐下来。

“你错了。”我说。他摆摆手，“你爱怎么说怎么说。”

“她是属于我们的。他们全都是属于我们的。”

他靠着墙，头向后仰：“听见它们的声音了吗？那些讨人厌的老鼠。”

“本，我觉得你应该立刻，马上，不要等到明天了，带上小飞象和磅蛋糕，然后用你们最快的速度赶到洞窟群。”或许杀手锏能够帮到他。他只听她的，总是对她有点小害怕，甚至是敬畏。

他发出几声大笑。“我现在有点吵不动了。碎了，整个人都碎了，苏里文。”他看着我，“沃克现在这样子也不行。”

“什么不行？”

“剪断那根该死的东西。你是这里唯一还有一半概率能够成功的人。”

“你没有？”

“我下不去手。”

他又哈哈大笑。他的头露出了出来，深吸一大口气，提神醒脑。

“我下不去手。”

## ——40——

她躺着的房间比步入式的大冰柜还冷，伊万现在已经能坐起来了，他看着我走进来。地上的枕头是刚刚本扔掉的，我把它捡起来放在伊万的床尾。我们的呼吸冻成雾，我们的心跳动，两人中的沉默越发地浓郁。

直到我说：“他们为什么这么做？”

他说：“把剩下的人炸飞，将最终、无法破坏的信任破坏掉。”

我将枕头抱在怀里，前后慢慢摇。冷。真冷。

“没人可以相信。”我说，“甚至连孩子都不可以。”寒冷冻彻入骨，在骨髓里翻滚。“你是谁，伊万•沃克？你是谁？”

他不肯看我：“我告诉过你了。”

我点点头：“是的，你告诉过我，大白鲨先生。我们不会杀了她，伊万。我要把它掏出来，你要帮我。”

他没有争论。他比我更清楚。

本在前往停车场对面的餐厅找其他人会合之前，帮我找了一些可能用到的东西：纸巾，毛巾，一罐空气清新剂，小飞象的野外救援医药箱。我们站在楼梯间的门口道别。我对他说要小心，下楼的时候可能会踩着滑滑的老鼠肠子。

“是我把那些东西放在那儿的。”他垂着眼睛，脚在地毯上蹭来蹭去，就好像一个做了坏事的小男生被人当场抓住了那样。“这样做的确不太好。”

“你的秘密在我这儿很安全。”

他笑了：“苏里文……凯西……我怕你万一不知道……所以我想要告诉你……”

我等着。我不会逼他。

“他们犯的一个最主要的错误，”他含含糊糊地说，“那些没脑子的浑蛋，就是一开始没能先杀了你。”

“本杰明•托马斯•帕里什，这是我听过别人给我的最甜、最奇怪的恭维。”

我亲了他的脸。他亲了我的嘴。

“你知道吗，换作一年前，我会出卖我的灵魂来换这一个吻。”我小声说。

他摇摇头：“不值。”而在这千分之一秒，所有的一切全都溜走了，那些绝望、悲伤、愤怒、疼痛和饥饿，原来的本•帕里什从死人堆里站起来了。那双勾人的眼，那个甜蜜的微笑。而下一秒，他就会消失，重新闪进长得跟本一样的身体里，这个叫作僵尸的本，我明白了一件之前没明白的事。他已经死了。这个我高中时代渴望过的校草，和那个渴望过他的高中女孩一样，已经死了。

“离开这儿。”我对他说，“如果你敢让我弟弟有危险，我一定会像条狗一样追着你不放。”

“我可能是傻瓜，但是不至于那么傻。”

他消失在楼梯间不见五指的黑暗里。

我回到房间。我做不到，但是不得不做。伊万缩到床头，屁股抵着床板。我伸出双手放在梅根身下，慢慢把她扶起来，转身，然后将她小心翼翼地放在伊万跟前，让她的头靠在他的膝盖上。我拿起空清新剂的喷雾罐（一罐气味典雅的混合精华！）然后喷湿纸巾。我的手在抖。我不可能办到。我不可能办不到。

“一个五抓钩，”伊万小声说，“埋在右边扁桃体的下面。不要把它拉出来。紧紧拉住电线，尽可能在靠近钩子的地方剪断，然后把钩子拉出来——一定要慢。如果电线从胶囊里掉出来……”

我不耐烦地点点头：“砰！我知道。你已经说过了。”

我打开医药箱，拿出一把手术用的剪刀和一把镊子。很小，但好像又很大。我打开强光手电，用牙叼着手电棒。

我把散发着松香的纸巾递给伊万。他用纸巾捂住梅根的口鼻。她的身体猛地一挺，眼皮睁开，眼睛都快翻到后脑勺了。她的手，工整地交叠在膝盖上，扭曲起来，随后静止不动。伊万将纸巾扔在她身上。

“要是我做到一半的时候她醒了……”我叼着手电说话，听起来很像是一个很糟糕的口技表演者。

伊万点点头：“可能出错的地方有一百个，凯西。”

他将她的头往后掰，强迫她张开嘴。我盯着一把剃刀宽的闪闪发光的红色管道，那里好像有一英里那么深。我左手拿镊子，右手拿剪子。两只手好像有足球那么大。

“你能再多掰开一点吗？”我问。

“如果再多一点，她的下巴就要被掰折了。”

哦，在这个宏伟的计划中，一个被掰断的下巴总好过被这双镊子捡起我们被炸飞的尸块。

“这边吗？”我用镊子尖轻轻拨弄扁桃体。

“我看不见。”

“你说右边的扁桃体，是指她右边对吧，不是我的右边，对吧？”

“她的右边。你的左边。”

“好，”我深吸一口气，“就是确认一下。”

我看不见自己的动作。我将镊子顺着她的喉咙伸下去，但是剪子不行，我不知道自己应该怎么在这个小女孩的嘴巴里同时运作这两样东西。

“用镊子头夹住电线。”伊万提议，“然后用最慢的速度把它夹起来，这样你就能看清自己的动作了。别拽。要是电线从胶囊里掉出来——”

“天哪，沃克，你不用每隔两分钟就提醒我一次，如果这个电线从胶囊里掉出来会怎么样！”我感觉到镊子尖夹住了什么，“好啦，我觉得我可能找到了。”

“那东西很薄。黑色的，泛着微光。你的手电光应该可以反射——”

“拜托你闭嘴。”或者，用叼着手电筒时的语言说：哔哔哔哔。

我的整个身子都在抖，只有双手，奇迹般地，稳如磐石。我强迫自己的右手伸进她的嘴里，蹭着她的口腔壁一点点往下，估量剪刀尖的位置。是这个吗？我真的夹对了吗？电线，如果在灯光下泛光的是一根电线的话，它真是跟人类的头发丝一样细。

“慢一点，凯西。”

“你——闭——嘴。”

“要是被她咽下去——”

“我就会杀了你，伊万。我是认真的。”我现在夹住那根电线了，用镊子的两个小点夹住了它。我能看见我拉起电线时，那个埋在她发炎肉体里的小钩子。慢，慢，慢。一定要保证你剪对电线头。剪子靠近钩子的那头。

“你离太近了。”他提醒我，“别再说话，别把气喷进她嘴巴里……”

好的。不过作为交换，我想我会直接把你的呼吸揍回到你嘴里。

可能出错的地方有一百个，他这么说。但是还有一定会出错的地方、肯定会出错的地方、一定以及肯定会出错的地方。当梅根睁开眼睛，身体在我下方弓起来，我们遇到的就是一定以及肯定会出的错。

“她醒了！”我喊着废话。

“别松开电线。”他也喊，这就不是废话。

她的牙齿紧紧咬住我的手，她的头左右猛晃。我的手指被困在她的嘴巴里。我试图拿稳镊子，但是只要用力一拽，胶囊可能就会被拉出来……

“伊万，别傻愣着！”

他笨手笨脚地去拿那块喷了空气清新剂的纸巾。

我大喊：“不，你控制住她的头别动，笨蛋！不要让她——”

“松开电线。”他喘着气说。

“什么？你刚才说不要松开……”

他捏住她的鼻子。松开？不松？如果我松开，电线可能会缠在镊子上跟着拉出来。如果我不松，那么这些翻滚扭打的动作可能也会把它拉出来。梅根的眼睛翻到头顶。痛苦恐惧疑惑不解，这些混杂在一起的东西，异星者永远没有传达失败过。她嘴巴大张，我将剪子往她喉咙里送。

“现在我最恨你。”我大口大口地喘着气对他说，“我恨你，比世界上任何一个人都要恨。”我觉得他有必要在我猛地合上剪子之前知道这一点。万一我们都被炸死了呢。

“你够到了吗？”他问。

“我根本不知道我够到的是什么鬼！”

“动手吧。”然后他笑了起来。笑了！“剪断电线，蜉蝣。”他说。

我剪断电线。

## ——41——

“这是一次测试。”伊万说。

那个绿色的液体胶囊躺在桌子上，安安全全——我们期望是这样——封在一个透明塑料袋里，就是你的妈妈在早就结束的过去的那些好日子里，会给你装三明治和薯片带去当午餐的那种塑料袋。

“什么？你说人肉炸弹目前还处于研发阶段？”本问。他靠在玻璃被敲掉的那扇窗户的窗台旁，浑身哆嗦，但是必须有人看着停车场，他又不可能让别人来冒这个险。至少他换下了那件难看的全是血的黄色帽衫（没染血的时候就已经很难看了），换上了一件黑色的套头毛衣，这件衣服几乎把他带回了大降临时期前的阶段。

萨姆坐在床上，轻轻地笑了两声，不知道他挚爱的僵尸大哥是不是在说笑话。我不是心理医生，但是我猜萨姆可能将某种很严重的未了的恋父情结转移到他身上了。

“不是炸弹。”伊万回答说，“是我们。”

“好极了。”本咆哮着说，“三年里我只通过一次测试。”

“打住，帕里什。”我说。是谁通过哪条法则说运动员越蠢越酷的？“我知道你其实去年就已经入选了国家队的终选名单。”

“真的吗？”小飞象呼扇着耳朵。好吧，我不应该评价他的耳朵，不过他的耳朵真的很令人目瞪口呆。

“对，是真的。”本说着露出一丝帕里什式的微笑，“但那是因为去年太弱了。有外星人入侵。”他看着伊万。他的笑容淡下去，当他看着伊万的时候脸上的笑容总是会淡下去。“他们想要测试出我们的什么？”

“知识。”

“是呀，所有的测试都是这个目的。你知道现在真正有用的是什么吗？就是只要你打破外星人神秘兮兮的那一套路数，才能弄清真相。因为每过去一秒，只要那个东西不解除——”他朝那个塑料袋点点下巴，“我们的危险就会翻倍。迟早的事，我更倾向于早点，他们回来把我们炸去迪比科好了。”

“迪比科？”小飞象显然有疑惑。他不是很明白这个比喻，被吓坏了。

“只是一座小城，小飞象。”本说，“胡乱说的一个地方。”

伊万点点头。我瞥了一眼堵在门口的磅蛋糕，他嘴巴微张，大脑袋随着对话的节奏转来转去。

“他们会回来的。”伊万说，“除非我们挂科，这样他们才会去下一个可能的地方。”

“挂科？可我们通过了，不是吗？”本转头看我，“反正我觉得我过了。你呢？”

“挂科的意思是说我们接纳了她，没有看清情况，傻兮兮的，可能还很开心。”我解释道，“然后等待炸弹被引爆，把我们炸回迪比科。”

“迪比科？”小飞象依旧没有明白。

“没有引爆只可能意味着三种情况。”伊万说，“一，芯片故障。二，芯片没有正确识别二氧化碳。还有第三……”

本举起手：“还有第三，酒店里有人知道这种炸弹孩子的情况，而且有能力拆掉炸弹，把它放进一个塑料里，并且召开会议研讨了如何在愚蠢的人类之间灌输恐慌和猜忌。这个测试是为了看看我们中间有没有消音者。”

“有啊！”萨姆喊。他伸出手指指着伊万，“你就是消音者！”

“有些事情，如果你没有拆掉几个精心布置的地狱之火导弹，是绝对无法确定的。”

“而这就引出一个问题，”伊万静静地说，“他们为什么会怀疑有这种事。”

房间里一片沉默。本在小臂上敲手指。磅蛋糕的嘴巴猛地闭上。小飞象扯着耳垂。我坐在椅子上前后晃，拽着小熊的熊掌。我不知道我是怎么抱住小熊的。或许是在磅蛋糕把梅根从旁边的房间搬进来的时候，我抓在手里的。我记得它本来是被扔在地上的，但是记不起来什么时候把它捡起来了。

“哦，这很明显。”本说，“他们一定用某种方式知道了你在这里。对不对？”

“要是他们知道我在这里，那就不需要做什么测试。他们只是怀疑我在这里。”

然后我明白了。然而想明白并没有让我舒服一点。

“是杀手锏。”

本猛地转过头来。

“她被抓了。”我说，“不然就是茶杯被抓了。也有可能她们俩一起被抓了。”我转头看向伊万，因为本的表情令人无法承受。

“这是最能说得通的。”伊万同意。

“胡说！杀手锏绝对不会出卖我们。”本朝他吼道。

“不是她自愿的。”伊万说。

“幻境。”我轻轻吐出来，“他们一定下载了她的记忆……”

本从窗台上跳下来，没站稳，往前踉跄了两步，撞到了萨姆坐着的床边。他在哆嗦，但并不是因为冷。“哦，不。不会的，不会的，不会的。杀手锏没有被抓住。她是安全的，茶杯也是安全的，我们还没走到那一步……”

“不。”伊万说，“我们已经走到那一步了。”

我从椅子上站起来，朝本走去。这就是那种当你知道你必须要做点事情，却不知道该怎么做的时候。“本，他说得没错。我们能活到现在的原因，也是他们把梅根送来的同一个原因。”

“你怎么回事？”本质问道，“现在他说什么你都相信，就好像他是从山顶下来的摩西一样？要是他们觉得他在这儿，无论是出于什么原因，那他们也应该知道他是叛徒，肯定会直接把我们打包全都炸去迪比科。”

所有人都看向小飞象，等着。

“他们不想杀我。”最终，伊万说。他脸上露出一种悲伤、难看的表情。

“说得对，我忘了。”本说，“想杀你的人是我。”他推开我，哆哆嗦嗦地走回到窗口，双手撑着窗台，仔细端详夜空。“留在这儿，我们没戏。冲出去，我们也没戏。我们就像一个五岁的孩子，下期的对手是博比•费舍尔。”他转身看着伊万，“也有可能是你被巡逻队发现了，跟着你到这儿的。”他指着那个塑料袋，“所以这并不能说明他们抓住了杀手锏或者茶杯。只能说明我们没时间了。不能躲，不能跑，所以问题又回到了原点，还是一直以来那个老问题：不是我们会不会死，而是怎么死。我们该怎么个死法呢？小飞象，你想怎么死？”

小飞象挺直身子，展开肩膀，下巴往前。“报告长官，站着死。”

本又看向磅蛋糕：“蛋糕，你想站着死吗？”

磅蛋糕也反应过来，他潇洒地点点头。

本根本没必要问萨姆。我的弟弟自己就站起来，动作非常慢、非常慎重地给他的指挥官敬了一个礼。

## ——42——

哦，兄弟们。伙计们。

我将小熊扔在桌子上。“我之前也遇过这种情况。”我对着这群男子汉说，“跑是死，不跑也是死。所以在我们一致同意冲出去之前，先考虑一下第三个选择：我们把它炸了。”

这个提议令房间里的空气凝固。伊万率先反应过来，他缓缓点头，但是显然不喜欢这个点子。变数太多。可能有一千种方法都是错的，正确的只有一种。

本直指问题的症结：“怎么做？谁来给上面吹气，然后被它炸飞？”

“我来，头儿。”小飞象说。他的耳朵已经变成红色，就好像他有点害羞自己的勇气。他羞涩地笑了笑，终于明白那句话：“我一直都想去看看迪比科。”

“人类的呼气并不是二氧化碳的唯一来源。”我对入选国家队终选名单的这位先生说。

“可乐！”小飞象开心地大叫。

“也得有运气能找得到。”本说。这倒是真的。入侵之后，任何含酒精的、不含酒精的饮料都是第一轮被消灭光的。

“听装的或者瓶装的都行。”伊万说，“对了，凯西，你不是跟我说过旁边有一个餐厅吗？”

“有给原浆灌气用的二氧化碳气罐。”我刚说完前半截。

“现在可能还在。”他说完后半截。

“要想将炸弹和气罐接起来的话……”

“就要在罐子上钻个洞，让二氧化碳泄漏出来……”

“速度必须要慢……”

“而且要找一个密闭的空间……”

“电梯！”我们两个异口同声。

“哇哦。”本吐口气，“真聪明。但是我还有一点小小的不解，请问为什么这样就能解决问题？”

“他们会认为我们死了，僵尸。”萨姆说。这个逻辑五岁的孩子都明白，只不过他没有本那种被沃什和他同伙看穿的过往负担。

“他们一定会来检查，如果找不到尸体的话，就被看穿了。”本说。

“但是这可以替我们赢取时间。”伊万指出来，“我猜等他们发现真相的时候，应该已经来不及了。”

“因为很显然我们对他们来说太过聪明吗？”本问。

伊万冷笑了一下：“因为我们要去他们认为我们最不可能去的地方。”

## ——43——

没有时间再争论。我们必须要在第五波扣动对准我们的武器的扳机之前，先扣动对准“术前准备”的扳机。本和磅蛋糕跑去餐厅搬二氧化碳气罐。小飞象去走廊巡逻。我跟萨姆说要他务必看好梅根，毕竟她曾是和他一起乘坐校车的小伙伴。他借此把枪要了回去。我提醒他，上次这把枪并没有帮他太多。他打光了弹夹，结果连目标的边儿都没蹭上。我想把那只小熊给他，他翻了个白眼。小熊已经是半年前的旧爱了。

然后就只剩下了我和伊万。我、他、绿色的小炸弹，对影成三人。

“交代吧。”我命令他。

“交代什么？”他眼睛睁得圆圆的，很无辜，好像那只小熊的眼睛。

“你的心里话，沃克。你一直憋着没说。”

“你怎么——？”

“因为你就是这个类型的人。这就是你的行事风格。好像冰山一样，有三分之二都隐藏在海面之下，但是我不会让你把这座酒店变成泰坦尼克。”

他叹了口气，避开我的目光：“有笔和纸吗？”

“怎么？要开始写温柔的情诗了吗？”这也是他的风格。每次我一接近什么东西，他就开始用他有多么爱我或者我是怎么拯救了他或是某些其他对我魅力的伪深情的赞叹来转移话题。 但我还是从桌子上抓起了纸和笔递给他，因为，在最后一刻，有谁会介意自己收到一首温柔的情诗呢?

然而他画起了地图。

“一栋木屋，只有一层，白色的——或者曾经是白色的，我记不清地址，不过就在 68 号高速路边上。旁边有一个服务站。前面竖着一个旧式的金属牌，写着金富力机油什么的。”

他把这一页撕下来，塞进我手里。

“为什么这里是他们最想不到我们会去的地方？”我又掉进了他转移话题的陷阱里，但并不是因为金富力机油有什么腻死人的诗意。“为什么你跟我们一起去，还要给我画一张地图？”

“以防万一。”

“那是对你来说。如果我们两个都出事了怎么办？”

“你说得对，我再多画五张。”

他开始动笔画下一张。我等了两秒，然后从他手里抢过本子，往他头上扔去。

“你是个浑蛋。我知道你这是在干什么。”

“我在画地图，凯西。”

“其实给汽水喷泉安上雷管的任务，是不可能完成的那种，对吧?

我们拼了老命跑去那块金富力招牌，跟着脚踝骨折、腿上挨了一刀的你，而且你还享受着四十一摄氏度的高烧……”

“如果我烧到四十一摄氏度，就烧死了。”他指出来。

“不会的，你想知道为什么吗？因为死人根本没有体温！”

他若有所思地点点头：“天哪，我真怀念这样的你。”

“又来了！又来了，就是这样！在沃克时也是，在阿什皮特难民营时也是，在沃什的死亡集中营里也是。无论什么时候我说中了你担心的……”

“我生下来那分钟起，最担心的就是你——”

“够了。”

他闭上了嘴。我挨着他坐在床上。或许我用的方法不对。你用蜂蜜能抓住更多的苍蝇，我奶奶一直这么说。问题是女人的小花招是我的车厢里并不存在的东西。我拉起他的手，深情地望着他的眼睛。我想着要不要稍微多解两颗衣服扣子，但又觉得他可能会看穿这点小把戏。并不是说我的把戏很容易被人看穿。

“我不会让你把我丢在另一个避恶营。”我说着，刻意在声音里加了一点自己期望能够勾引人的语调，“这种事绝不会再有。你要跟我们一起去，磅蛋糕和小飞象可以抬着你。”

他用另一只手抚着我的脸颊。我熟悉这种触摸，我很怀念它。“我知道。”他说。他那双巧克力色的眼睛里充满了无尽的忧伤。我也很熟悉这种表情。我曾经见到过，在森林里，他对我坦白自己的真实身份之前。“可是你并不了解全部。你不了解恩典。”

“恩典。”我应和着，将他的手从脸上推开，把蜂蜜什么的忘了个精光。我觉得，我好像更喜欢他的触摸了。我需要努力让自己不那么喜欢，而且也要努力不那么喜欢他看着我的那个样子，就好像我是地球上最后一个人类，虽然在他遇见我之前，我真的是那么想的。那对一个人来说，是一件很可怕的事，是一个很沉重的负担。你将自己整个人的存在都依托在另一个人类身上的话，就是在给自己找麻烦。想想人类写过的每一个爱情悲剧。我可不希望和谁一起演罗密欧与朱丽叶，可我没有办法。就算是这唯一愿意为我而死的候选人此刻正坐在我面前，拉着我的手，用那双此时没有那么哀怨的、如融化了的巧克力一样的眼睛深情地看着我也一样。况且这个人此时此刻在被子下的身体是真真正正的全裸，拥有一具花花公子似的肉体……我也不打算买账。

“又是恩典。我打中你之后，你一直都在提这个恩典。”我对他说。

“你根本不了解恩典。”

哦，这太伤人了。我从来不知道他这么虔诚——或者爱下评判。这两样通常都是结伴出现，却依然……

“凯西，有件事我必须告诉你。”

“你是浸礼宗的教友？”

“那天——我放你离开之后——在高速公路上，我就非常害怕。我不明白是怎么回事，为什么我不能……去做我想要做的。只能做我生来注定要做的事。这对我而言，完全说不通。而且从很多方面，都说不通。你以为你很了解你自己。你以为你很了解在镜子里看见的那个人。我找到了，可是在了解你的过程中，我丢失了自己。再也没有一件事是清楚明白的。再也没有一件事是简简单单的。”

我点头：“我记得。记得清清楚楚。”

“一开始，我把你带回来之后，我真的不知道你还能醒过来。我只希望和你一起坐着，我以为‘或许她不会再醒过来。’”

“伊万。这真浪漫。”

“我知道会发生什么。”他说，这种肯定清晰明了又简单。他抓住我的双手，将我拉近，我觉得那双该死的眼睛有一千英里那么深邃，这也是为什么那个蜂蜜理论不适合我：跟他在一起的时候，我更像是苍蝇。“我知道会发生什么，凯西，直到现在，我都认为那些死去的人是幸运儿。但是我现在想通了。我想通了。”

“什么？你想通什么了，伊万？”我的声音孱弱。他吓到我了。或许他是烧得开始说胡话，可是伊万的表现真的非常不伊万。

“解脱的办法，结束的办法，关键就在于恩典。恩典对你来说太强大——对你们任何一个人来说都是。恩典是入口，我是唯一一个能够走进去的人。我可以给你争取到它，还有时间。有了这两样，恩典和时间，你就能结束掉这一切。”

## ——44——

这时，小飞象掐着完美的时间点，将头伸进了屋子里。“他们回来了，苏里文。僵尸说——”他停了下来。很显然，他打断了私人时刻。谢天谢地我没有解开衣服扣子。我将自己的双手从伊万手里抽出来，站起身。

“他们找到气罐了吗？”

小飞象点点头。“他们现在正把它塞进电梯里。”他看着伊万，“僵尸说你准备好了的话，随时可以开始。”

伊万缓缓地点了点头：“好。”但是他没有动。我也没有动。小飞象站在门口，愣了几秒。

“好。”小飞象说。伊万没有说话。我也没有说话。然后他又说：“过会儿见——在迪比科！呵呵。”他从屋子里退出去。

我转身看着伊万：“好了。记得本说过的关于神秘的外星科技的事吗？”

这时伊万•沃克做了一件我从未见他做过——或者确切讲，是听他说过的话。

“×。”他说了脏话。

小飞象又站在了门口，下巴扬着，被一个头发如瀑布一般的金发、高个子女郎掐着耳朵，她长了一副挪威人的模样，冰蓝色的眼睛，丰满、充满胶原蛋白往外嘟着的嘴巴，好像逃亡的时尚公主那样的苗条身材。

“哈喽，伊万。”时尚女郎说。她的声音低沉，带着微微的沙哑，就好像每一个好莱坞制造的性感女郎那样。

“哈喽，恩典。”伊万说。

## ——45——

恩典是个人，并不是祷告或者跟上帝有关的什么东西。而且她武装到牙齿。她背上除了小飞象那把 M16，还有一把她自己的沉甸甸的狙击步枪。她将小飞象推进房间，然后用自己那个有百万瓦电力的微笑将我晃瞎。

“你一定就是凯西奥佩娅，夜空中的王后。我很惊讶，伊万，她和我想的一点都不一样。肤色有点偏黄。我不知道你喜欢这种类型的。”

我看着伊万：“这个人到底是谁？”

“恩典和我一样。”伊万说。

“我们是老相识。整整十个世纪，差不多吧。说起差不多……”恩典指了指我的步枪。我将枪扔到她脚边。“还有藏在衣服底下的手枪，和你脚踝上掖着的那把匕首。”

“你放他们走，恩典。”伊万说，“我们不需要他们。”

恩典没有理他。她踢了我的枪一脚，让我把它跟我那把鲁格尔手枪和匕首一起从窗口扔出去。伊万朝我点点头，好像在说“最好照做”，于是我照做。我的大脑在飞速运转，但是连一个火花都抓不住。恩典是像伊万——这个我可以紧紧拥抱的人——一样的消音者。但她是怎么知道我叫什么的，而且为什么出现在这里，伊万是怎么知道她会来这里的，而且他说“恩典是入口”究竟是什么意思？什么的入口？

“我知道她是人类。”恩典又回到了伊万最爱的话题上，“但是我从来没有想过她居然是这么彻底的人类。”

伊万知道接下来会怎么样，但还是想要尽力阻止。“凯西……”

“你这个外星浑蛋，你有什么资格在这里说这些。”

“有趣，想象力丰富，人好。”恩典用小飞象的步枪指了指，示意我坐下。

伊万又看了我一眼：照做，凯西。于是我坐在他旁边的那张床上，挨着小飞象，小飞象此时像哮喘发作一样用嘴巴大口喘气。恩典还站在门口，这样她可以看到走廊上的情况。或许她不知道隔壁还有萨姆和梅根，也不知道本和磅蛋糕在电梯里等着伊万。这时，我明白了伊万的策略：拖延，争取时间。等到本和磅蛋糕跑上来查看究竟出了什么事，那时就是我们的机会。我记得伊万能够对付第五波小分队的一整队人马，赤手空拳，以一当十，还是在完全的黑暗中，不过再想一下，也不对，他们出现的时候，也是她的机会。

我仔细打量她，她斜倚着柱子，两只脚随意地别在一起，金色的头发搭在一侧的肩头，她的头微微偏转，展露出来，为了让我们欣赏她的北欧外表，我想。当然，这很合理。如果你能把自己下载到某一种类型的人类躯体上，那为什么不挑一个漂亮的呢？伊万也是一样。按照这种逻辑，他除了是个大骗子之外，什么都不是。而这正是只要细想就觉得怪异的事。这个能够让我膝盖发软的家伙只是一尊雕像，是一个戴了面具的无脸男，可能在一万年前长得像乌贼一类的东西。

“他们的确告诉过我们一种风险，在人类中生活得越久，就越像人类。”恩典说，“凯西奥佩娅，你跟我说说，你觉得他在床上是不是表现得很完美？”

“怎么不是你说给我听听呢？”我反击回去。

“精力充沛。”恩典笑着对伊万说，“跟她的小名一样。”

“他们和这件事一点关系都没有。”伊万说，“恩典，放他们走。”

“伊万，我甚至还不确定自己是不是理解了眼前的情况呢。”她离开自己的位置，飘——除此以外，我想不出别的形容词——到他床前。“在我弄明白之前，谁都不能走。”她凑过去，一只手捧着他的脸，吻了他很久，一直在唇边流连。他有反抗——我能看出来——但是她用自己超凡的狡猾技巧将他的身子固定住。“你告诉她了吗，伊万？”她贴着他的脸，喃喃地说，不过她的音量可以确保能够让我听见，“她知不知道这一切会以什么样的方式结束？”

“就这样。”我边说边朝她冲过去，瞄准她，一如既往，用我的头，对着她柔软太阳穴最脆弱的地方。战果就是把她撞进了壁橱里，而我则以整个人趴在伊万的膝盖上收尾。完美地表现出完美，我心想，有一点语无伦次。

我站起来，伊万伸出胳膊搂住我的腰，把我拽回去。“不要，凯西。”

但是他太虚弱而我太强壮，我轻轻松松就挣脱出来，直接从床边朝她后背扑过去。这是个巨大的错误，她抓住我的胳膊，将我扔到房间的另一边。我撞在窗边的墙上，扑通一声屁股着地，一阵剧痛顺着我的后脊梁一路往上爬。走廊里传来一扇门砰地打开的声音，我大喊：“别进来，萨姆！去找僵尸！别——”

我第二个“进来”还没喊出口，她就不见了。上次我看见动作这么迅速的人，还是在阿什皮特难民营，当时那些从莱特 - 帕特森来的假兵发现我藏在树林里。然后，就好像动画片里那种速度，如果不考虑到她蹿出去的原因，这一幕或许还蛮好笑的。

哦，你不是吧，浑蛋。别碰我弟弟。

我冲过小飞象，冲过伊万，他已经掀开了被子，挣扎着晃着自己严重受伤的身体要爬下床。我冲进走廊，一个人都没有，这不是件好事，一点都不是。我两步冲到萨姆之前待的房间，手指摸到门把手的那一刻，一个大铁球撞上我的后脑勺，我的鼻子砸进了木门里。有什么发出咔嚓一声，并不是木门，我往后退了一步，血流了一脸。我能够尝到自己的血，这个味道不知怎么令我没有倒下去——到了此刻，我才知道愤怒也是有味道的，并且这个味道和你自己的血是一个味儿。

冰冷的手指掐住我的脖子，我看着自己的双脚离开地面，洒下一场红色的雨。然后我被顺着走廊扔出去，重重地肩膀着地，滚了几圈之后停在走廊尽头那扇窗户的窗根底下。

恩典：“待着吧。”

她站在萨姆的房门口，一个斜斜的影子投射在昏暗的狭窄走廊里，影子的另一头照在我脸上闪闪发光，我的眼泪再也忍不住，滑落到脸颊混着血一起往下流。

“别——碰——我——弟——弟！”

“那个可爱的小男孩吗？他是你弟弟？真对不起，凯西奥佩娅，我不知道。”她摇着头，那种难过好像是一种嘲讽。就好像他们嘲讽每一个正派人那样。

“他已经死了。”

## ——46——

之后的时间，同时发生了三件事。如果我的心被炸碎也算的话，是四件。

我跑了——不是跑走而是跑过去。我要把她那张模特一样的面皮撕下来，我要撕碎她那颗藏在完美人类外表下的伪人类心脏，我要用指甲把她撕成块。

这是第一件事。

第二件事，是楼梯门砰的一声被推开，磅蛋糕走进走廊，还是那副屹耳的模样，他一只胳膊将我拉回来，另一只端着步枪朝恩典射击。无论怎么讲这枪都开得并不轻松，但是按照本的说法，磅蛋糕是队里除了杀手锏之外，最好的射手。

第三件事，是没穿上衣，只穿着四角短裤的伊万·沃克从屋子里爬出来来到恩典身后。无论磅蛋糕是不是好射手，要么是他没打中，要么就是恩典在最后一秒趴下避开了……

于是我也趴下去，胳膊紧紧抱着磅蛋糕的脚腕。他往前扑倒，步枪也丢了，这时我听见楼梯门再次响起动静，本喊道：“都不许动！”就好像电影里经常演的那样，但是没有人听他的话，我没有、磅蛋糕没有、伊万没有——当然恩典更没有，她已经不见了。她刚才还在那儿，现在却不见了。本跳着经过我和磅蛋糕，一瘸一拐地顺着走廊跳过去，来到萨姆房间对面的那个屋子。

萨姆。

我跳起来，冲过走廊。本正指着磅蛋糕，说：“他在这里。”

我握着门把手。锁着的。谢谢你，老天爷！我用力砸门。“萨姆！萨姆，开门！是我！”

房门里面，一个比耗子叫大不了多少的声音说：“骗人！你是在骗我！”

我彻底失控了。我将血淋淋的脸贴在门上，暂时陷进一种良好、踏实、非常满足的迷你故障状态中。我放下了自己的警戒。我忘记了异星者有多么残忍，反正没有残忍到用一颗子弹直接在我心脏打一个洞的地步。不，首先你必须要像玩培乐多一样，先把它放在手里捶打、揉捏，直到它从你的手指缝里溢出来。

“好，好，好。”我呜咽着说，“待在里面，好吗？不管出了什么事，萨姆。我回来之前，千万别出来。”

磅蛋糕还站在走廊对面的另外一扇门外。本正扶着伊万帮他站起来——或者说尝试要帮他站起来。每次他一松手，伊万的膝盖就又软下去。本最终决定让他靠着墙，伊万摇摇晃晃，大口喘气，皮肤的颜色跟我爸爸死在营地里的那个骨灰坑一样。

伊万看着我，艰难地说：“离开这个走廊。快。”

磅蛋糕面前的干墙炸开，掉下一片精致的白色粉末和大块大块的发霉壁纸。他往后踉跄了几步，步枪从柔软的手指中滑落。他撞上了本，本抓住他的肩膀扶住他，又把他推进小飞象在的那个房间。本接着伸手来够我，但是我从他手指间滑出去，跟他说捡起磅蛋糕的枪，然后扶着伊万，再踢开恩典关着自己的那扇门。这声音在狭窄的走廊里震耳欲聋。我在本抓住我，把我拉回去之前，打光了子弹夹。

“别蠢了！”他喊道。他将填满的子弹夹塞进我手里，跟我说注意门口的情况，但是人要卧倒。

另一个房间上演的一幕好像电视剧。只有声音。我趴在地上，用胳膊肘撑着上半身，步枪架在前面正对着门口。来吧，冰美人，我有个小礼物要送给你。我舔着染血的嘴唇，恨这味道，爱这味道。来吧，你这个恶心的瑞典人。

本：小飞象，情况怎么样？小飞象！

小飞象：很糟，头儿。

本：多糟？

小飞象：非常糟……

本：哦，我的天！我也知道特别糟，小飞象！

伊万：本……听我说……你必须听我说……我们必须离开这儿。马上。

本：为什么？我们把她困住了——

伊万：困不了太久。

本：苏里文可以搞定她。顺便，她到底是什么人？

伊万：……

本：哦，当然，越快越好。我猜我们现在该执行 B 计划。我扶住你了，沃克。小飞象，你扶着磅蛋糕。苏里文去带那两个孩子。

本在我身边蹲下，一只手撑着我的后背。他朝那扇门点点头。

“威胁不解除我们没法撤退。”他小声说，“嘿，你鼻子怎么回事？”

我耸耸肩。舔，舌头舔舔。“怎么做？”我的声音听起来好像得了厉害的伤风。

“特别简单。找个人撞门，高一下，低一下，左一下，右一下。最难的是头两下，只有半秒。”

“最容易的呢？”

“是后两下只有半秒。准备好了吗？”

“凯西，等一下。”伊万跪在我们旁边像是跪在圣坛前的朝圣者，“本根本不知道他要面对的是什么——但是你知道。你告诉他。告诉他她有什么样的能——”

“你闭嘴。”本低吼。他揪着我的衣服：“我们冲。”

“我向你们保证，她根本已经不在里面了。”伊万提高嗓门说。

“什么？她直接从二楼跳下去？”本哈哈大笑，“太好了。我希望下楼的时候，能找到这个断了两条腿的浑蛋。”

“她可能已经跳下去了——但是哪儿都不会断。恩典和我一样。”伊万是在对我们两个说话，但是只专注地看着我，“和我一样，凯西。”

“可你是人类——我是说，你的身体。”本说，“人类的身体没有一个可以——”

“她的身体可以。我的已经做不到了，我的身体已经……毁了。”

“你全都能听懂吗？”本问我，“因为对我来说，这听起来更像

E.T. 先生那些胡扯。”

“你建议我们怎么做呢，伊万？”我问。除了我嘴里美味的鲜血，愤怒也从我身体里流光了，取而代之的是一种令人非常不舒服，到目前为止，又非常熟悉的感觉，好像脑袋被淹没在五千英寻之下的地方。

“离开。马上。她想要的不是你。”

“牺牲的羔羊。”本笑得很恶心，“我喜欢。”

“她会干脆地就这样放我们走？”我摇摇头。我那种被淹没的感觉更加强烈。本说的有没有可能是对的？我一直想的，都是用我的命和我弟弟的命去相信伊万•沃克的话？这里有什么停摆了，有什么东西不对劲。

“我不知道。”伊万回答，这是他最爱说的话。他本来可以说，当然，她是个好人，只要你忽略她是一个施虐者这件事。“不过我知道如果你们继续待在这里，会怎么样。”

“这对我来说就够了。”本宣布。他重新杀进房间，“计划有变，小伙子们。我来扶着磅蛋糕。小飞象，你去背梅根。苏里文去带她弟弟。放下箱子，带走垃圾，我们要去狂欢了！”

“凯西。”伊万催促着我。他扳着我的脸转向他，大拇指在我全是血的脸上摩挲，“这是唯一的办法，”

“我不会丢下你，伊万，我也不会再让你丢下我。绝对不会。”

“那萨姆呢？你也对他发过誓。你不能两个都遵守。恩典是我的问题。她……她属于我。不是像萨姆属于你那样。我的意思不是……”

“真的？你还真是令我吃惊呢，伊万。你总能看透一切。”

我坐起来，深吸一口气，朝他漂亮的脸孔上扇了一巴掌。我本来可以开枪打他，但是最后还是决定放过他。

就在这时，我们听见了轰炸直升机的声音，好像那一巴掌是他们等了许久的暗号，它正在快速接近。

## ——47——

探照灯的灯光打下来，明晃晃的光线洒满走廊，灌进房间，在墙上和地上投射下边缘清晰的影子。本冲过来一把把我拉起来。我抓着伊万的胳膊用力拖。他挣脱开，摇了摇头。

“给我留把枪就行。”

“给，伙计。”本说着把他自己的手枪递过去，“苏里文，去接你弟弟。”

“你们这些家伙怎么回事？”我完全不敢相信，“我们现在已经逃不掉了。”

“那你想怎么样？”本吼道。他必须用吼的。直升机的出现让所有声音都变得微小了——通过照下来的光和轰隆隆声，实现了对整个酒店的覆盖。

伊万的手指抠着四分五裂的门柱，撑着自己站起来——或者说金鸡独立。他完全没办法将重量放在另外一只脚上。我凑到他耳边喊：“你凭着你自己活了一万年这条命，就跟我说一次实话，你是不是从来没打算引爆那枚炸弹然后跟我们一起逃？你知道恩典会来，你是打算把你们两个一起炸——”

就在这时，萨姆从他的房间冲出来，一只手还紧紧握着梅根的手腕。出于某种原因，那个小女孩怀里抱着小熊。可能是萨姆送给她的——他经常把这只小熊留给有需要的人。“凯西！”他朝我喊着，一头撞上我的肚子。我一挺腰接住了他，身体晃了两晃，他又重了，然后我拉起梅根的手。

刺骨的冰旋风咆哮着从没有玻璃的窗户里刮进来，我听见小飞象在尖叫：“他们要在屋顶降落！”

我能听见他喊是因为他此时已经距离我很近，想要进入走廊。本就跟在他身后，磅蛋糕依靠着他，那个大块头的胳膊从他肩膀上垂下来。

“苏里文！”本喊道，“走啊！”

伊万用手掐着我的胳膊：“等一下。”他抬头看着天花板。他的嘴无声地嚅动了一下，又或许他发出了声音，只不过我没听见。

“等一下？”我吼道，那种泛泛的恐慌此时已经变得非常具体，“等什么？”

他依然看着头顶：“恩典。”

一个女妖似的号叫盖过了发动机的轰鸣，音量逐渐加大变尖，直到最终变成了刺耳的、绝对不是地球人能发出的尖叫。整栋楼摇晃起来，一道咔嚓声从天花板上传下来。这座可怕的酒店里挂着的裱在廉价画框里的画，纷纷从墙上掉下来。探照灯关上，一秒以后，爆炸响起，滚烫的气浪滚进房间。

“她解决了飞行员。”伊万点了一下头。他把我、萨姆和梅根拉进走廊，回过头对本说：“现在你们可以走了。”然后又对着我说：“地图上那间屋子，现在是恩典的，但是今晚之后就不一定了。不要离开那里，里面有食物和水，还有许多补给品，足够一冬天用。”他语速非常快，几乎快过了时间——第五波或许不会来，但是恩典一定会。“你们待在那里是安全的，凯西。等到春分……”

本、小飞象和磅蛋糕已经跑到了楼梯间。本疯狂地朝我们挥手，跟上！

“凯西！你在听吗？等到春分，母舰就会派出一个飞行舱，把恩典从安全屋接走……”

“苏里文！快点！”本在楼下喊。

“如果你能想办法把它炸了……”他将什么东西按在我肚子上，但是我两只手都已经被占满了。我眼睁睁看着我的弟弟从伊万手里接过了那个装着炸弹的塑料袋。

然后伊万·沃克双手捧住我的脸，用力吻住我，嘴对嘴。

“你能结束掉这一切，凯西。你。这才是原本应该的剧情。就应该是你。你。”

又一个吻，我的血染在他脸上，他的泪掉在我脸上。

“这一次我不会做出任何承诺，”他匆匆忙忙地说，“但是你可以。

答应我，凯西。答应我，你会结束掉一切。”

我点点头：“我会结束掉一切。”承诺的句号刚一画完，天窗关闭，我脖子上拴着的石块拉着我沉进无尽之海的海底。

## ——48——

我站在楼梯间的门口，停了半秒钟，心里知道这或许是我最后一次见他，或者，更确切点说，是最后一次的最后一秒。然后我便冲进完全的黑暗中，和上一个最后一次完全不同，我小声叮嘱梅根当心老鼠的肠子。然后我们跑进大堂，将我带进这场狂欢的小伙子们此时都站在大门口，他们的身体在爆炸的直升机发出的昏暗橘色火光中，只能看出轮廓。我心想，从正门逃走真是一个聪明的违反直觉的决定。恩典大概以为我们还被关在楼上的蘑菇房间里，然后会按照她设想的方式，跳上墙从酒店另一边被炸掉的窗口跳进去。

“凯西。”萨姆在我耳边说，“你鼻子真大。”

“那是因为它坏了。”就像我的心一样，孩子。这两个是一套的。

磅蛋糕不再搂着本的脖子，而是靠着他。他的身体整个挂在本身上，像消防员的护具一样。本看起来并不像享受的样子。

“你知道，你这样不行。”我提点他，“你连一百码都走不出去。”

本没理我：“小飞象，你去把梅根接过来。萨姆，你必须走了。你姐姐知道为什么。我来断后。”

“我需要一把枪！”萨姆说。

本没理他。“我们分几步走。一，先到高速路的天桥；二，到天桥对面的树林。三——”

“往东走。”我说。我把萨姆放在地上，然后掏出揉成一团的地图。本看着我，好像我得了失心疯。“我们要去这儿。”我指着代表恩典安全屋的那个小方块。

“不不不不，苏里文。我们要去洞窟群，和杀手锏还有茶杯会合。”

“我才不会在乎我们去哪儿，只要不是迪比科就行！”小飞象喊。

本摇着头："你这是对迪比科的侮辱，小飞象。侮辱。好吧，我们走。"

于是我们出发。小雪飘零，小小的冰晶在橘色的火光下旋转，能够闻到汽油燃烧的恶臭，感觉到热浪沉甸甸地从头顶上压下来，我按照本的提议在前面领路——好吧，是命令——萨姆拉着我的皮带，小飞象带着梅根在后面，她一个字都没有说，可是谁能怪她呢？她可能还在震惊中。我们走过半个停车场，靠近将整个停车场与州际公路的坡道区分开的土路时，我回头瞥了一眼，刚好看见本被身上的重量压趴下来。我甩下萨姆，朝小飞象跑过去，然后跃过光滑的路面跑到本面前。酒店顶上，我能看见黑鹰被烧变形的金属残架。

"都跟你说了你这样不行！"我在他耳边小声说。

"我不能丢下他……"此时的本四肢着地，喘着粗气，不停干呕。他的嘴唇映着火光闪着红色——他正在吐血。

小飞象这时出现我旁边："头儿。嘿，头儿？"

小飞象的话引起了他的注意。他抬头看着小飞象，小飞象缓缓摇了摇头：他做不到。本•帕里什张开手猛地一巴掌拍在冰冻的地面，弓起身子，胡乱喊，我心里想：哦天哪，哦天哪，现在可别给我搞什么生存危机这一套。如果他爬不起来，我们就完了。彻底玩完。

我单膝跪在本身旁。他的脸因为疼痛、恐惧和愤怒而扭曲，他的愤怒扎根在那不可改变、曾经存在过的过去，当时他妹妹哭着喊他，可他还是放弃了她，看她死去。他放弃了她，可她却没有放弃他。她一直都将跟他在一起，她将跟着他，直到他咽下最后一口气。她现在就和他在一起，在离他一英尺的地方流着血，可他却什么都做不了，没法救她。

"本。"我喊他，手指抚着他的后脑。他的头发上落着点点晶莹的雪花，闪闪发光，"都过去了。"

一个影子从我们身边一闪而过，朝酒店跑去。我跳起来，追过去想要把他拉回来，因为那个影子是我弟弟，他此时正拼命朝大门口跑。我抓住他，一把把他掀翻在地上，他又踢又叫几乎要发狂，我很怕下一个跳起来的是小飞象，三个疯子对任何人来说都太多了，无法控制。

不过还好，小飞象的脚边躺着本，手里又拉着梅根，他要拖着这两个人朝高速路走。这可比我把萨姆脸朝下夹在胳膊底下容易多了，他手脚并用，大喊着说："我们必须回去，凯西！我们必须回去！"

跨过了转弯坡道，走过了陡峭的斜坡，来到过街天桥前，第一步已经完成，然后我将萨姆扔到地上，用力踢他屁股，告诉他要么忘了这件事，要么就把我们都杀了。

"总而言之，你到底怎么回事？"我问。

"我一直想跟你说！"他抽抽噎噎地说，"可你根本不听。你从来都不听我说！我把它掉了！"

"你把什么掉了？"

"袋子，凯西。跑出来的时候，我……我把它掉了！"

我转头看着本。他正抱着身子，低着头，小臂搭在曲起的膝盖上。我看了看小飞象。他拱着肩、瞪大了眼睛，还拉着梅根的手。

"我有一种不好的预感。"他喃喃地说。

世界纹丝不动，就连雪花都好像悬在了半空。

酒店被晃瞎人眼的荧光绿色火球炸成好几瓣。大地震颤。气浪冲破真空，将我们几个人撞了个四脚朝天。然后碎片朝我们呼啸着飞过来，我飞扑过去把萨姆护在身下。一波比沙粒大不了多少的水泥、玻璃、木头和金属块（还有——当然了——那些该死的老鼠肠子）冲击波涌过小土坡，一阵灰色的沸腾碎片吞噬了我们。

欢迎来到迪比科。

# ——第六章——

## 扳机

### ——49——

在营地的时候，他不喜欢和年纪最小的孩子们待在一起。他们会让他想起自己的小弟弟，被他弄丢的那个。那天早晨他出门寻找食物，等他回来的时候却不在家的那个。他一直没能找到的那个。在营地，他不接受训练、不吃东西、不睡觉、不会打扫兵营或是擦亮自己的靴子，收拾步枪、站岗、放哨以及去测试研发仓库干活，他自愿跑去儿童区又或者在他们刚入营的时候去做接待工作。他不喜欢和那些小孩子在一起，可他还是这么做了。他从来没有放弃过他会找到自己小弟弟的希望。可能就在某一天，他走进接待仓库，看见他坐在地上画的那些大红圈里，又或者看见他坐在阅兵场边上改造的游乐场里那棵挂在树上的旧轮胎上，晃来晃去。

可他一直没能找到他。

在酒店，他知道敌人会给孩子的身体里植入炸弹，他不知道自己的弟弟怎么样了。不知道他们会不会发现他，然后把他带走让他咽下那个绿色胶囊，再派他出去等着被别人发现。或许不会，多数孩子都死了。只剩一半获救，被带去了避恶营。从失踪那天算起，他的小弟弟可能活不了几天。

但他也可能被带走了，也可能被逼着吞下那颗绿色胶囊。他可能被扔回了广袤的世界四处游荡，直到他遇见一群幸存者把他带进屋，给他喂吃的，然后将呼气填满房屋。是有可能发生那样的事的。

你心里究竟有什么事儿？僵尸想知道。他们已经跑过停车场，在旧餐厅找到了二氧化碳气罐。僵尸本来已经放弃同他讲话，除非他下命令，并且也放弃了试图撬开他的嘴巴。当他问这个问题的时候，僵尸其实没想着能得到回答。

你心里有事的时候我总能看出来。你总是这种便秘的表情，就好像你想要掰碎一块砖。

气罐并不重，但是僵尸受伤了，而且在回来的路上小心翼翼。僵尸紧张兮兮，看见每一个影子都要跳一下。他一直在说有什么事不对劲。这个伊万·沃克有问题，现在这种大情况也有问题。僵尸觉得他们可能被骗了。

回到酒店，僵尸派小飞象上楼去叫伊万。然后他们在电梯里等着伊万下来。

看，磅蛋糕，这又绕回到了我的观点，完全符合。电磁脉冲攻击、海啸、瘟疫、讨厌的外星人和被洗脑的小孩，现在这些小孩体内还带着炸弹。为什么他们要把事情变得这么复杂？就好像他们想要一场战争，或者是希望这场战争变得有趣。嘿。没准儿就是这样。没准儿你切中了进化的核心，而无聊就是你生存最大的威胁。没准儿这根本不关夺地盘什么事儿，只是一场游戏，就好像孩子扯掉苍蝇的翅膀。

时间一分钟一分钟过去，僵尸变得越发紧张。

怎么回事？他到底死哪儿去了？哦天，你说会不会……最好上去看看，磅蛋糕。如果必须这么干的话，你可以把他扛在肩膀上扛下来。

上了一半楼，他听见头顶传来重重的咚的一声，然后第二下，这一下轻一点，然后他听见有人尖叫。他冲到门口，刚好看见凯西的身体从面前飞过，摔在地上。他顺着她的飞行轨迹往回看，看见一个高个子女孩站在一个房间门口，房门已经被撞破。他没有犹豫，冲进走廊。他知道这个高个子女孩必死无疑。他的枪法很好，在杀手锏加入小组之前，他是队里的最佳射手，他知道自己一定不会失手。

只是凯西挡住了他，让那个高个子女孩从视线中溜了。如果凯西不这么做，他一定能杀了她。他非常确认。

然后那个高个子女孩隔着墙开枪打中了他。

小飞象撕开他的衣服，将一块揉成一团的布单按在伤口上。小飞象跟他说伤势并不严重，说他一定能挺过去，可他知道。他已经和死亡接触过太多次，他知道死亡是什么气味、什么感觉。他心里一直装着死亡，以此纪念他的妈妈和路边堆了十英尺长的尸骨堆，以及带着几百具死尸送进营地发电火炉的传送带，烧死人发的电照亮营地、烧热他们的水、给他们供暖。马上要死并不会令他心忧，不知道自己的小弟弟怎么样的情况下却马上要死，才会令他心忧。

奄奄一息地，他被带下了楼。奄奄一息地，他被扛上了僵尸的肩膀。然后走到停车场的时候，僵尸趴下了，其他人聚过来，僵尸捶着冰冻的地面，直到掌心的皮肤爆开。

他们就那样把他丢下了。他并没有生气，他理解。他就要死了。

然后他站了起来。

一开始并没有。一开始，他是爬的。

他拖着自己的身子爬进大堂的时候，那个高个子女孩就站在里面。她站在敞开的楼梯间的门旁边，一手一枪，仰着头，好像在听什么。

这时他站了起来。

高个子女孩身子一僵。她转过身。她举起枪，看见他这副马上要死的样子之后又把枪放下。她微笑着说你好。她一直盯着站在大门旁的他，看不见电梯，也看不见伊万坐着电梯下来之后，从逃生窗口爬出来。伊万看见他愣住了，好像他不知道该怎么做。

我认识你。高个子女孩朝他走过来。如果她现在转身，或者她朝自己身后瞥一眼，就会看见伊万，这样他就可以抽出手枪吸引她的注意力，可是枪从他手里滑下来掉在地上。他已经流了太多血，他的血压急剧往下掉。他的心跳不够有力，他的手脚正在一点一点失去知觉。

他扑通跪倒，去够手枪。她开枪打中他的手。他翻身躺倒，受伤的手伸进口袋里，好像这样能够保护它。

哎哟，你是个很壮、块头很大的孩子呢，不是吗？你多大了？

她等着他回答。

怎么？你的舌头被猫叼走了吗？

她又朝他的腿上开了一枪，然后她等着他尖叫或是哭泣或是说些什么。但他什么都没做，她又朝他的另一条腿开了一枪。

她身后，伊万匍匐在地上向他们爬过来。他冲伊万摇摇头，大口喘气。他觉得整个身子都麻了，虽然不疼，但是一道灰色幕帘逐渐遮挡在他前面。

高个子女孩走近了。她现在正好介于他和伊万两个人中间。她举枪瞄准他的眉心。

说点什么，不然我就爆了你的头。伊万在哪儿？

她正想要转身。可能是听见伊万爬过来的声音了。于是他站起来为下一次分散她的注意力做准备。他没办法很快地站起来，差不多花了一分多钟，靴子底沾上的积雪融化了，踩在瓷砖地上很滑，他站起来，又往后倒去，事实上他一只手插在口袋里的姿势让他爬起来的难度加倍。高个子女孩哈哈地笑出声，好像学校里那些嘲笑他的人一样。他很胖。他很笨。他很蠢。他是块猪油。当他终于站起来，她又朝他开了一枪。

拜托你快一点，这是在浪费我的子弹。

兜里那张蛋糕的塑料包装纸已经又皱又硬，当他伸手在口袋里拨弄的时候总会发出声响。他的小弟弟不见的那一天，他妈妈就是这样知道他兜里有这个的，校车上那些士兵也是这样知道的。教官管他叫磅蛋糕，也是因为他喜欢这个胖孩子只背着衣服、兜里塞了一张全都是蛋糕渣的包装纸。

他刚才在酒店门口发现的三明治的塑料包装袋并没有皱，还很软。他从兜里掏出来的时候也不会发出声音。那个袋子安静地滑下来，安静得一如他被告诫闭嘴、闭嘴、闭嘴之后的自己。

高个子女孩的笑意淡了下去。

磅蛋糕想要再走几步。不是朝她，也不是朝电梯，而是朝着走廊尽头的侧门。

嘿，你手里藏了什么，大胖子？嗯？是什么？我猜肯定不是泰诺。

高个子女孩的笑容又回来了。不过，这是另外一种微笑，一种善意的微笑。她这样笑的时候很漂亮。她或许是他见过的最漂亮的女孩。

你拿着那个一定要非常小心，明白吗？嘿，你知道吗？我想和你做个交易。如果你把那玩意儿放下，我也把我的枪放下，好不好？这个交易听起来如何？

然后她真的做了。她将自己的枪放在地上，她将肩上背的步枪摘下来，也放在地上。然后她举起双手。

我可以救你。你把它放下，然后我来救你。你不一定会死，我知道怎么治好你。我——我和你不一样。我肯定没有你这么勇敢，也没你这么坚强，这一点毋庸置疑。我不敢相信你都这样了还能站着。

她要等。她必须要等到他昏过去，或者死了。她只要不停地和他说话、微笑，假装喜欢他。

他打开塑料袋。

现在高个子女孩不再笑了。她朝他跑过去，比他这辈子见过的任何一个人跑得都要快。她跑过来的时候，灰色的幕帘微微泛光。她跑到他面前后，双脚离地猛地踹向第一颗子弹射中他的地方，将他整个人踹得向后退，撞上了金属门框。袋子从他麻木的手指间飞出来，像冰球一样滑过地砖。灰色的幕帘在那一秒变成了黑色。高个子女孩旋转着像芭蕾舞演员一样优雅地朝袋子走去。他用自己的腿钩住她的脚腕，把她绊了一个跟头。

她动作非常快，他伤得太重。她抢在他之前转到了袋子前。他捡起自己刚才掉在地上的枪，朝她后背开了一枪。

然后他最后一次站起来。他将枪扔掉，从她抽搐的身旁走过，尽量往前走，在他最后一次摔倒之前。

他朝着袋子爬过去。她跟在他身后爬。她站不起来，子弹将她的脊柱击碎了，她腰部以下已经瘫痪。但是她仍然比他快，她流的血也比他少太多。

他从地上抓起袋子。她的手落在他胳膊上，将他朝自己拽，好像他完全没有分量。只要一拳，她就能结束掉他这颗将死的心。

但是他只要呼气就好。

他将开口的袋子拍在自己嘴上，呼了一口气。

# 第二部分

# ——第七章——

## 所有的一切全都加起来

### ——50——

我自己一个人坐在没有窗户的教室里。蓝色的地毯，白色的墙，白色的长条桌，白色的电脑显示器和白色的键盘。我穿着发给新兵的白色连衣裤。虽然营地不一样，但是同样的管子插进我的脖子里，带我去幻境走一圈。我还是要为走这一趟付出代价。他们抽干你的旧记忆之后，你不会再觉得空虚，只是浑身都痛。肌肉也是有记忆的，这就是为什么他们必须要先把你用皮带捆起来，再送入幻境。

门打开，指挥官亚历山大·沃什走进房间。他手里拿着一个木盒，放在我面前的桌子上。

“你看起来不错嘛，玛丽卡。”他说，“比我想的要好得多。”

“我的名字是杀手锏。”

他点点头。他完全明白我什么意思。我不止一次想过幻境采集的信息是不是双向的。如果能够下载人类的经历，为什么不能上传呢？很有可能某个正在对我微笑的人，身体里蕴含着被程序扫描的人类的记忆。他或许不是人类——对此我有过疑虑——但或许他是所有曾经进入过幻境大门的人类的总和。

“是的，玛丽卡已经死了。”他在我对面坐下来，“现在在这里的你，是从她的生命中重生的凤凰。”

他知道我要说什么，从他那双一闪一闪的浅蓝色眼睛里我就能看出来。为什么他不直接告诉我？为什么必须要我问？

“茶杯还活着吗？”

“你更愿意相信哪种答案？是还是否？”

三思而行。象棋这么教会我。“否。”

“为什么？”

“你可能为了控制我而撒谎。”

他赞许地点点头：“给你虚假的希望。”

“让我欠一份人情。”

他歪着头看着我：“为什么我这样的人需要让你这样的人欠我一份人情？”

“我不知道。肯定是因为你想得到什么。”

“不然的话？”

“不然的话我早就死了。”

他沉默了很久，一个字都没说。他的目光直接看穿到我骨头里。他指了指木盒。

“我带了点东西给你。打开。”

我看着盒子，又看看他，“我不打开。”

“就是个盒子。”

“无论你想让我做什么，我都不会做。你是在浪费时间。”

“而时间是我们目前仅剩的东西，不是吗？时间——以及承诺。”他敲着盒盖，“我花了宝贵的代价才找到这一个。”他将盒子朝我推了推，“打开。”

我打开。他继续说：“本不会陪你下棋。小艾莉森也不会——我是说茶杯。艾莉森已经死了。自从你父亲去世，你一盘棋都没下过。”

我摇了摇头。这并不是回答他的问题。我摇头是因为我不明白，种族灭绝计划的总指挥官想要跟我下一盘棋？

我穿着纸一样薄的连体裤，浑身发抖。房间很冷。沃什面带微笑地看着我。不，不仅仅是看，这和幻境不一样，并不只是他知道了你的回忆，他还知道你在想什么。幻境只是一块装置，它只负责记录，而沃什会看人心。

“他们已经走了。”我冲口而出，“他们已经不在酒店了，你也不知道他们在哪儿。”一定是这样。我再也想不出还有什么别的理由可以让他留我一命。

不过，这个理由很蹩脚。在这种天气，凭借他的势力，找到他们能有多难？我用双腿夹住冰冷的双手，强迫自己缓缓吐气、深深吸气。

他打开盒盖，拿出棋盘，拿起一颗白色的皇后。“执白？你好像喜欢白色。”

修长、灵活的手指在棋盘上摆动。那是音乐家的手指，是雕塑家的手指，是画家的手指。他双手的手肘撑在桌子上，那些手指交缠在一起搭出一个架子托住他的下巴，好像我爸爸每次下棋时做的那样。

“你想要什么？”我问。

他挑起一条眉毛：“我想下一盘棋。”

他默默地凝视我。五秒走到十秒，十秒到二十秒。三十秒过去，好像过了永久。我想我知道他要干什么，玩一盘局中局。只是我不明白为什么。

我先走了兵。这是自打这游戏发明以来最普通的开局。我有点紧张。我们一边下，他一边轻轻地哼哼着，不成曲调，现在我知道他这是在嘲讽我父亲。我恶心得胃疼。为了生存我建了四堵墙，一座情感的堡垒可以保护我，让我在这个变得危险疯狂的世界里保持正常，但就算是最没心没肺的人也有个人隐私，也有别人不能闯入的圣地。

我现在明白这局中的局是什么了。不能有什么隐私、不能有什么圣地。我对他不能有一丁点隐瞒。我恶心得直反胃。他要亵渎的不仅仅是我的回忆，还有我的灵魂。

我右边的鼠标和键盘都是无线的，但是他旁边的显示器并不是。冲到桌子对面，暴击他的头，再用电线勒住他的脖子。很快就可以勒死，最多不超过四分钟。除非有人监视我们，很可能是这样。沃什还会活着，而我和茶杯就没命了。就算我能设法先制住他，胜利的代价也会非常惨烈，假如伊万•沃克的话是真的话。在酒店，我曾经对苏里文指出一件事，就是她说伊万牺牲自己炸掉基地的事情时。如果他们能够把自己下载到人类身体里，肯定也有很多备份。“伊万”组和“沃什”组可能会无穷无尽。伊万可以自杀，我也可以杀死沃什。无所谓。反正根据上述定义，他们身体里的本质是不朽的。

我说的事情，你注意听重点可以吗？苏里文格外耐心，是人类的那个伊万与外星人意识的合体。他不是简单的非此即彼，而是两者都是。所以他是会死的。

但是死的并不是最重要的部分。

对，她吼道，只是微不足道的人类那部分。

沃什倾着身体覆在棋盘之上，他吐出的气息有淡淡的苹果味。我双手死死按住膝盖。他挑起一条眉毛，有问题吗?

“我输了。”我对他说。

他做出惊讶的样子：“你为什么会这么想？”

“我走的每一步你都能提前知道。”

“你说的是幻境那个程序，但你忘了我们不仅仅是过去经历的总和，人类是可以变得完全令人无法预料的。就好像，在避恶营沦陷的时候，你救走了本•帕里什，这绝对是不符合逻辑，完全无视所有存活物种的第一定律的，那就是活下去。还有你昨天直接投降的决定，因为你意识到被捕是那个小女孩唯一能活下来的机会。”

“她活下来了吗？”

“这个问题的答案你已经知道了。”他不太耐烦，像是一位严师教训一个前途无量的学生。他指着棋盘：下棋。

我握住攥拳的那只手，用力按。想象我的拳头攥着他的脖子，四分钟就能掐死他。仅仅四分钟。

“茶杯还活着。”我对他说，“用炸掉我的头威胁我并不能让我听从你的吩咐。可你知道我会为了她而做。”

“现在你们属于彼此了，是吗？好像被一根银链拴在一起一样？”他微笑。“不管怎样，虽然她受了那么严重的伤，可能不会好起来，但是你给了她最珍贵的礼物，就是时间。拉丁文有句古谚：Vincit qui patitur，你知道是什么意思吗？”

我只属于寒冷。我的体温已经降到了绝对零度。“你明知道我不懂。”

“‘能忍耐的人才能征服一切。’还记得可怜的茶杯讨厌的那些老鼠吗？它们教会了我们什么呢？当你第一次见我的时候，我就告诉过你。重点并不是毁掉你战斗的能力，而是毁掉你战斗的意志。”

又是那些老鼠。“丧失希望的老鼠就等于是死老鼠。”

“老鼠不懂什么希望，或是信仰，或是爱。对于这些东西你的看法是对的，我的杀手锏。这些东西无法支撑人类挨过风暴。但是，关于愤怒的看法，你是错的。愤怒也不是正确答案。”

“那正确答案是什么？”我不想问，不想让他得意，但是我忍不住。

“你是被选中的。”他说，“我觉得你可能会很惊讶自己有多么接近正确答案。”

“被选中干什么？”我的声音小得像只老鼠。

他摇了摇头，又不耐烦起来：“下棋。”

“再下下去也没有意义。”

“一个象棋不再重要的世界可不是我希望生活的世界。”

“你够了，别再嘲弄我爸爸。”

“你父亲是一个受到可怕疾病奴役的好人，你不应该那么粗暴地评判他，也不应该那样抛弃他。”

求你不走。不要离开我，玛丽卡。

修长、灵活的手指紧紧揪住我的衣服，那是艺术家的手指。脸部被饥饿的刻刀无情削掉，愤怒的艺术家脸色如灰绝望不已，通红的眼睛周围一圈乌青。

我会回来的，我保证。没有它的话你会死的。我保证，我一定会回来。

沃什无声地笑着，像鲨鱼一样的冷酷的笑，也像骷髅头一样冷冰冰的笑，如果说愤怒也不是正确答案，那什么才是？我紧紧攥着拳头，指甲嵌进手掌心。伊万是这么形容它的，苏里文说，她当时也一只手握着她自己的拳头。这只手是伊万，而这一只手就是里面的样子。我外面这只手是愤怒，那我的拳头里握着的是什么呢？被愤怒包裹住的东西是什么？

“再为了同伴走一步。”沃什轻声说，“为什么你不肯走出这一步呢？”

我的嘴巴几乎没有动。“我不喜欢输。”

他从前胸的口袋里掏出一个手机大小的银色装置。我曾经见过一个，我知道这东西的用处。我脖子上负责黏合伤口的那一小块膏药附近的皮肤开始刺痒。

“我们有一点跑偏了。”他说。

我紧紧地握紧拳头，掌心里面都是血。“你按下按钮吧。我屁都不会放一个。”

他赞许地点点头：“现在你已经离答案非常近了，但是这并不是跟你体内的装置连在一起的。你依然希望我按下去吗？”

茶杯。我低头看着棋盘，为了同伴再走一步。比赛早在开始之前就已经结束。当棋局已定，你要怎么做才能避免输掉呢？

一个七岁大的孩子都知道这个问题的答案。我一只手塞进棋盘底下，朝他头上掀过去。我猜这就叫将军，贱人！

他看见棋盘飞过来，轻轻松松的闪身躲开。棋子稀里哗啦掉在桌子上，懒懒地在桌子上滚了几滚，滚落桌沿。他不应该告诉我那个装置是和茶杯连在一起的。如果他按下按钮，就会失去送我的这个人情。

沃什按下了按钮。

## ——51——

我的反应是几个月以来的结果，也是临时决定的。

我蹿到桌子对面，膝盖狠狠地顶向他的胸口，直接将他顶得往后仰过去摔在地上。我压在他身上，用我血淋淋的拳头打他贵族式的鼻子，甩开肩膀确保每一拳都能收到最大化的效果，完美如教材，就像我的教官在避恶营教我的那样。一拳接一拳，一拳连一拳，一直打到根本不用过脑子。肌肉也是有记忆的。他的鼻梁随着令人心满意足的咔嚓一声被揍断。只有打到这个程度，教官这么教导我，一名聪明的士兵才会收手。近身攻击是最无法预料后果的，你迟疑的每一秒都有可能增加风险。正确的表达是应该画完这一个叉。只有忍耐的人才能征服一切。

但是这个叉应该是画不完了。时钟敲响最后一下，我的时间用光了。门被推开，士兵鱼贯而入。我很快就被制伏，狠狠地被人从沃什身上拉开，脸着地压在地上，一条小腿压住我的脖子。我闻见了血腥味——不是我的，是他的。

“我对你很失望。”他在我耳边说，“我告诉过你了，愤怒不是正确答案。”

他们把我拉起来。沃什的下半张脸糊得全是血，沾在他脸上好像盛装打扮过。他的眼睛已经肿了，让他看起来像是一头怪异的猪猡。

他转身对站在他旁边的小分队队长，一个苗条、皮肤光滑、金发、一双黑眸深情款款的士兵下令：

“带她去准备一下。”

## ——52——

走廊里逼仄的天花板、闪烁的荧光灯、灰泥砖墙。我周围都有人，一个在前，一个在后，左右各一个控制住我的胳膊。橡胶底的鞋跟走在灰色的水泥地上发出吱呀吱呀的声音，微弱的汗味和半苦半甜的气味在空气中飘荡。楼梯间的金属栏杆刷着和地面一样的灰漆，蜘蛛网在角落里颤颤巍巍，每个铁笼里都有一个落满灰的黄色电灯泡，将光洒进更热、霉味更重的空气中。另一条走廊的房门上没有标识，每一面灰墙上都画了大大的红色条纹从屋顶一直到地面，并且挂着一块“未经许可，不得入内”的牌子。病房很小，没有窗户。一面墙摆了一排柜子，正中间放了一张病床，旁边有一台生命体征检测仪，屏幕是黑的。床的另一边，有两个穿白大褂的人。一个年近中旬的男人，一个很年轻的女人，两人都强挤出一抹微笑。

门咣当一声关上。只剩我独自面对这两个人，如果不算站在我身后守着门的那个金发士兵的话。

“简单模式还是困难模式？”那穿白大褂的男人说，“你自己选。”

“困难模式。”我说。我猛地转身，一拳直接打在那个士兵的咽喉处。他的手枪掉在瓷砖地上。我一把抄起它，转身指着那两个人。

“你根本逃不掉。”男人冷静地说，“你很清楚。”

我的确很清楚，但是逃走并不是我需要这把枪的原因。反正不是他口中说的那种意义上的逃跑。我不打算绑架人质，也不打算杀光人。杀死人类正是敌人的目标。我身后，那个士兵在地上翻滚，发出嗝嗝的吞咽声。我一定是打断了他的喉骨。

我看了一眼房间的墙角挂着的监视摄像头。他在看吗？多亏了幻境，他比这个地球上的任何人都要了解我。他一定知道我为什么会要这把枪。我有同伴。现在才说我不下了已经太晚。

我将冰冷的枪管对准自己的太阳穴。那个女人明显被吓到了。她朝我走近了一步。

“玛丽卡。”和善的眼神，温柔的嗓音，“她还活着全都是因为你。

如果你不在了，她也活不下去。”

这时，我突然明白了。他跟我说过，愤怒并不是正确答案，可愤怒是我掀翻棋盘，他按下致命按钮的唯一解释。正如我预料的一样，我从来没想过或许他全是装出来的。

肯定是这样。他不可能会放弃给我的人情。我怎么就没想到呢？被愤怒蒙蔽了双眼的人是我，不是他。

我头晕目眩。病房不再是静止不动的。局中局，戏中戏。我置身在一个我根本不知道规则，甚至连对手都不知道的棋局之中。茶杯还活着是因为我还活着，我活着是因为她活着。

“带我去找她。”我对那个女人说。我想要证明这个基本的假设是真的。

“那不可能。”那个男人说，“所以现在要怎么样？”

问得好。但是这件事必须要施压推进，而且要狠狠地施压，像我拿枪抵着自己的太阳穴那样狠。“带我去找她，不然我对天发誓我一定会开枪。”

“你不会的。”年轻的女人说。温柔的声音，和善的眼神，伸出的手。

她说得对，我不会。那可能是一个谎言。茶杯可能已经死了，可是也尚有一丝机会她还活着，如果我死了，就没有理由留着她。不能冒险。

这就是牵绳。这就是绑带。这就是那条不可能实现的承诺的路通往的尽头。这就是那个陈旧信念唯一可能得出的结果，一个七岁孩子无足轻重的命依然重要。

对不起，茶杯。在树林的时候我就应该结束掉这一切。

我放下手枪。

## ——53——

体征检测仪指示灯亮起。脉搏、血压、呼吸、体温。我打倒的那个士兵站起来，依靠在门上，他一只手揉着喉咙，另一只手拿着枪。

他愤怒地盯着躺在床上的我。

“这个是帮你放松用。”女人轻声细语地说，“有点疼。”

被针叮了一下。墙逐渐消失，融进一片无色的虚无。一千年过去，我落在时间齿轮下方的土地上。他们的声音变粗，脸孔放大。我身下的小泡沫消融。我漂浮在一片无边无尽的白色海洋里。

一个没有实体的声音从雾中传来，“现在我们回到老鼠的问题上，可以吗？”

沃什。我看不见他，他的声音没有来源。无处不在，又好像不在任何地方，好像他就在我身体里。

“你失去了自己的家，那个可爱的——唯一的——全部被害虫占据的家。你能怎么办呢？你能有什么选择呢？是劝自己跟这些可爱的小宠物和平相处，还是在它们毁掉你的新家之前消灭它们？你是会对自己说‘老鼠是一种恶心的动物，不过它们毕竟是和我有同样权力的小生命’，还说会说‘这些老鼠和我，不共戴天。如果我要住在这儿，这些害人的家伙就必须得死’？”

一千英里以外，我听见检测仪哔哔的响声，那标志着我的心跳。这片海波涛汹涌。我随着海面的每一次波动，起起落落。

“但其实跟那些老鼠一点关系都没有。”他的声音有力、深厚，像雷声一样低沉。“从来都不是。消灭它们的必要性是被赋予的，困扰你的是用什么方法。真正的问题，最根本的问题，是一颗石头。”

白色的幕帘拉开。我还在漂浮，但是现在我已经高高地飞入地球上空一个充斥着群星的黑洞里，太阳亲吻着地平线，在我身下的星球表面涂上一层闪闪的金光。检测仪的哔哔声越发疯狂，一个声音说：“哦，该死。”然后传来沃什的声音：“呼吸，玛丽卡。你很安全。”

非常安全。所以这就是他们给我打镇静剂的原因。如果不这样做，我的心跳可能会因为过于震惊而停止。幻想是三维的，和现实无异，只除了我在太空里本来是无法呼吸的，以及我不应该在一个没有声音存在的地方听见沃什的声音。

“这是地球六千六百万年前的样子。很漂亮，对不对？还是个伊甸园，未被破坏。这里的大气没有被你们排过的毒气破坏，这里的水也没有被你们污染。大陆上居住着在人类之前的丰盈生命，而人类只是老鼠，捡点残羹来喂饱自己贪婪的胃口，筑起自己肮脏的巢穴。它本来还可以再以这副模样存在六千六百万年，才被你们这些哺乳动物啃光，如果它没有撞上一颗四分之一个曼哈顿那么大的天外飞星的话。”

那颗陨石嗡嗡地从我身边飞过，表面坑坑洼洼，冲出星群朝地球撞过去。当它冲破大气层，坠落到一半的时候陨石还闪着光。耀眼的黄，然后是一片白茫茫。

“就这样，这个星球的命运被决定了，被一颗石头。”

现在我站在一片巨大的浅海岸边，看着陨石降落，一个小点，一块卵石，微不足道。

“撞击后的尘埃落定，地球上四分之三的物种都会消失。世界末日。世界重新开始，人类因为宇宙的一点点奇思妙想获得了存在权。因为一块石头。当你仔细去想的时候，就会觉得这真的很奇妙。”

大地颤动。远处爆炸，然后是诡异的静默。

“所以这个难题里充满谎言，在那个你竭力避开的谜语里，因为正视这个问题会将最基本的信念晃得四分五裂，对不对？它是对之前解释的挑衅。它使得发生的一切都变成难以忍受的不合理、可笑、荒唐。”

海浪翻滚，水流拍打、旋转。水在沸腾。一面巨大的石末和灰尘的墙咆哮着向我压过来，遮蔽了天空。空气中充满高分贝的吱吱声，就好像那些将死动物的尖叫。

“不用我再赘述这个明显的事实了，对不对？这个问题已经困扰你很长时间。”

我不能动。我知道这不是真的，但是我的恐慌像轰鸣的灰尘与气浪的墙一样压下来。百万年的进化教会我信任自己的直觉，我大脑里最原始的部分已经被那些理性的尖叫震聋了，它像一个即将死去的动物一样高声尖叫：不是真的不是真的不是真的不是真的。

“电磁脉冲冲击波。巨大的金属块从天空坠落。瘟疫病毒……”他的音调随着每一个字不断提高，而那些话像惊雷或是鞋跟一样砸下来。“在人类的身体里种下沉睡的间谍，被洗脑的童子军，到底是为什么？这就是最关键的问题。唯一真正重要的问题：在只需要用一块非常、非常大的石块就能解决的情况下，为什么要大费周章？”

海浪朝我扑过来，我沉了下去。

## ——54——

我被埋葬了数千年。

我上面几英里的地方，世界在苏醒。清凉的阴影在热带雨林的脚下蔓延，老鼠似的生物挖洞寻找柔软的树根。他的后代学会了生火、发明了轮子、发现了数学、创造了诗歌、更改了河道、砍平了森林、建起了城市、探索太空深处。而此时此刻，唯一重要的事情就是找食物、尽可能地活着，繁衍出更多像老鼠一样的生物。

火与灰中消亡的世界，在饥肠辘辘、掘土的啮齿类动物中复生。

时钟嘀嗒。那个小东西神情紧张地在温暖、湿润的空气中抽了抽鼻子。时钟机械的嘀嗒声加快了速度，我朝着地表升上去。当我破土而出的时候，那个小东西已经变了。他就坐在我床边的椅子上，穿着一条脏兮兮的牛仔裤和一件撕破的T恤。驼背、胡子拉碴、眼睛凹陷，是汽车的发明者、是继承者、是守护者、是天才。

是我爸爸。

检测仪哔哔响。往下落的点滴，静止不动的仪表盘，硬邦邦的枕头，还有我胳膊上弯弯绕绕的带子。这个坐在我床边的人，面色苍白满头大汗，身上全是污垢，坐立不安、紧张兮兮地拽着自己的衣服，布满血丝的眼睛湿润，嘴唇肿胀。

“玛丽卡。”

我闭上眼睛。这不是他，这是沃什给你身体里注射的药。

又一声：“玛丽卡。”

“闭嘴。你不是真的。”

“玛丽卡，有件事我想要告诉你。这件事你应该知道。”

“我不明白你为什么要对我做这种事。”我对沃什说。我知道他在看。

“我原谅你了。”我爸爸说。

我不能呼吸。胸口传来尖锐的刺痛，就好像有匕首往里捅。

“求你。”我向沃什哀求道，“求你不要这样做。”

“你不得不走。”我爸爸说，“你别无选择，总而言之，发生的事情都是我的错。不是你把我变成酒鬼的。”

出于本能，我用手捂住耳朵。可他的声音并不是在房间里响起，而是在我的身体里。

“你离开之后我也没有痛苦多久。”我爸爸试图安慰我，“只有几个小时。”

我们从辛辛那提那么远的地方逃出来，大概一百多英里，然后他的酒喝光了。他求我不要离开他，但是我知道如果我不尽快找点酒回来，他会死。我找到了一点——一瓶塞在床垫底下的伏特加——在闯进十六户人家之后，如果这也能称作闯入的话，因为每一户都是荒废的，我只要从破窗户里翻进去就行。我找到那瓶酒之后特别开心，真的亲了酒瓶一下。

可我还是来迟了。我带着它回到营地的时候，他已经死了。

“我知道你一直为此自责，但是无论怎样我都会死，玛丽卡。逃不掉。你只是做了你觉得应该做的事。”

他的声音无处可躲，也逃不开。我睁开眼睛，直勾勾地盯着他。“我知道这是一个谎言。你不是真的。”

他笑了。和每当我走出一步好棋时露出的那种笑容一模一样。欣慰的老师。

“这正是我要告诉你的！”他修长的手指蹭着大腿，我看见他的指甲里积满了泥垢，“这就是你要学会的，玛丽卡。这就是他们想要你明白的。”

温暖的手贴着冰凉的皮肤，他正在抚摸我的胳膊。我最后一次感觉到他的手，是它碰在我的脸上，狠狠的、疼疼的巴掌，与此同时他的另一只手牢牢抓着我不让我动。贱货！别离开我。永远都不要离开我，贱货！每一声贱货都跟着一巴掌。他已经疯了。每个夜晚，都能在绝对的黑暗中看见并不存在的东西。每一天都能在讨厌的沉默中听见有人威胁要毁了你。他死的那天晚上，曾经尖叫着惊醒，抓挠自己的眼睛。他能感觉到自己的眼睛里有小虫子在爬。

和现在凝视着我的这双凹陷下去的眼睛一模一样，眼睛下面的抓痕依然清晰。另一个圆，另一条脐带。现在我是那个在讨厌的沉默中能看见、听见、感觉到那并不存在的东西的人。

“一开始他们教会我们不要信任他们。”他喃喃地说，“然后他们又教会我们不要信任彼此，现在他们在教我们不要信任自己。”

我也喃喃地回道：“我不明白。”

他渐渐消退。我跌进无光隧道的更深处，我爸爸消失在一片光亮中。他吻了我的额头。一个祝福。一个诅咒。

“现在，你属于他们了。”

## ——55——

椅子又空了，我一个人孤零零的。随后我提醒自己，那把椅子刚才不空的时候，我也是孤零零的。我等着快速跳动的心脏恢复平静。我希望自己可以保持冷静，可以控制呼吸。药物的作用最终会从我的身体系统里退去，我还会好起来。你是安全的，我对自己说，非常安全。

那个被我打了喉咙的金发士兵走进来。他托着放了食物的托盘：一块颜色奇怪的神秘肉排，土豆，还有一堆黏糊糊的豆子，外加一杯橙汁，玻璃杯高高瘦瘦。他将托盘放在床边，按了按钮将床摇起来，然后将托盘放在我面前，接着就站在边上，抱着胳膊，好像他在等什么。

“让我知道味道如何。”他沙哑的嗓音小声说，“我要有三个多星期不能吃固体食物。”

他的皮肤很好，这衬得他一双深邃的褐色眼眸颜色更深。他块头不大，不像僵尸那样健美，也不像磅蛋糕那样雄壮。他高而瘦，像游泳运动员那种身材。他有一种隐忍的力量，从他走路的样子，特别是那双眼睛里，就能看出来，在表面之下小心地蕴含着翻滚的力量。

我不知道他期望我说什么：“抱歉。”

“我只是没有防备。”他手指敲着小臂，“你不吃？”

我摇头：“还不饿。”

这些食物是真实的吗？这个为我拿来食物的士兵是真实的吗？我自己经历中的那种不确定的排山倒海。我已经淹没在一片无尽之海中，缓缓地往下沉，黑暗隧道的分量强逼着将我往下压，强逼着将我肺里的空气挤出来，将血液从我的心脏挤出来。

“喝果汁。”他斥责我，“他们说你至少也要把果汁喝了。”

“为什么？”我努力憋出一句，“果汁里放了什么？”

“你有轻微受迫害妄想症？”

“有一点。”

“他们刚才抽了你一品脱的血。所以他们说，一定要看着你把果汁喝了。”

我完全不记得他们给我抽血。是趁我跟我爸爸“聊天”的时候抽的吗？“他们为什么要抽我的血？”

他看着我：“他们什么都告诉我了，现在让我们看看我还能不能记起来。”

“他们告诉你什么了？我为什么在这儿？”

“我不应该跟你说话。”可他又说，“他们跟我们说你是VIP。贵囚。”他摇摇头，“我不懂。在过去日子好的时候，变多萝茜的那些人都是直接……让他们消失。”

“我不是多萝茜。”

他耸耸肩：“我不会问问题。”

可我需要他回答我几个问题：“你知道茶杯怎么样了吗？”

“我听说，跟勺子一起逃跑了。”

“那应该是盘子。”

“我刚是在开玩笑。”

“我没听懂。”

“很好。”

“就是跟我一起被直升机带回来的小女孩，伤得很重。我必须要知道她是不是还活着。”

他认真地点头：“我会去打探一下情况。”

我可能要把事情搞砸。我从来不会和人好好相处。初中时我的外号是“玛丽卡女王陛下”，还有其他十几个类似的称呼。或许我应该先和他建立一个良好的关系。“我叫杀手锏。”

“挺不错。你应该很满意这个名字。”

“你很眼熟。你是不是也在避恶营待过？”

他刚想说点什么，又及时止住了。“我收到命令，不能跟你讲话。”

我几乎想要说“那你还在这儿干吗？”但是我也及时收住了。“这主意或许不错。他们不希望你知道我知道的那些事。”

“哦，我知道你知道什么。整件事是一个弥天大谎，我们都被敌人骗了，他们利用我们扫清外面的幸存者，等等。典型的多萝茜式废话。”

“我之前是这么想的。”我承认，“不过现在我不确定了。”

“你会想明白的。”

“是的。”石头和老鼠还有生命形成都不属于对实体的需求范围之内。我会弄明白的，不过到时候就来不及了，也可能已经来不及了。为什么他们要抽我的血？为什么沃什还让我活着？我身上有什么是他可能需要的？为什么他们会需要我，和这个金发男孩，以及其他人类？要是他们可以从基因工程的角度用病毒杀死地球上十分之九的人，为什么不直接全部杀掉？或许，按照沃什的说法，当你只需要一块非常大的石头就能解决问题的时候，为什么还要大费周章？

我头疼，头晕，恶心。我怀念头脑能清醒思考的时候。这曾经是我最喜欢的一件事。

“你喝完那杯该死的果汁我就能走了。”他说。

“你告诉我你叫什么，我就喝。”

他犹豫了一下，说：“剃刀。”

我喝了果汁，他拿起托盘走出去。起码我知道了他的名字，这是一个小胜利。

## ——56——

那个实验室里穿着白大褂的女人走进来，她说她是克莱尔博士。黑色的鬈发拨到耳朵后面，眼睛的颜色像是秋天的蓝天。她身上有微苦的杏仁味，是氰化物的气味。

“你为什么要抽我的血？”

她微微一笑：“因为杀手锏太甜了，我们决定将她克隆一百个。”她的语气里没有一丝嘲讽。她摘掉点滴，很快退开，好像生怕我会从床上跳起来，勒住她。我的确有过勒死她的念头，只一瞬，我宁愿用一把折叠刀捅死她。我不知道需要多少下才可以捅死她。大概，少不了。

“还有一件事说不通。”我对她说，“为什么你们在能随便将母舰上那些意识想克隆多少就克隆多少的情况下，还要把意识下载到人类的身体里？”尤其你们下载的其中一个彻底被伊万•沃克同化，爱上了一个人类女孩，还反过头来对付你们。

“问得好。”她点点头，一脸认真地说，“下次策划会上我会把这个问题提交上去。或许我们需要重新考虑一下整个恶意收购计划。”她朝门口做了个手势，“请吧。”

“去哪儿？”

“你会知道的。不用担心，”克莱尔又补充说，“你会喜欢的。”

我们没有走很远。两扇门以外。房间是备用的，一个洗手池，一个壁柜，一个马桶和一个淋浴喷头。

“你最后一次洗澡是什么时候？”她问。

“在避恶营。我朝我的教官心脏开枪的那天晚上。”

“是吗？”她随口一问，就好像我是在跟她说我之前住在圣佛朗西斯科。“毛巾在那儿，牙刷、梳子、除臭剂都在壁柜里。我就在门外。如果你有什么需要，敲门就行。”

就剩我自己之后，我打开壁柜。一瓶滚珠止汗剂、一把梳子、一个旅行装的牙膏、一把塑料包装的牙刷。没有牙线。我本来期望能找到牙线。我浪费了几分钟想了一下将牙刷尖的那头磨成一把合适的利器需要多久。然后我脱掉连衣裤，走到花洒底下。我想起了僵尸，并不是因为此刻我光着身子在洗澡，而是记起了他说的那番关于脸书、汽车快餐厅、上课铃和所有上了那份失去清单上的东西，比如油腻的薯条和发霉的书店以及热水澡。我将水温调到能忍受的最高温，任由水从我头顶冲下来，直到我的指尖发皱。薰衣草香皂，果香的沐浴露，手指摸着鼓起来的小小发射器的硬块。现在，你属于他们了。

我拿起沐浴露朝淋浴间的墙上扔过去。拳头捶着瓷砖，一下又一下，直到我指关节的皮肤爆裂。我的愤怒比所有这一切加起来还要多。

沃什在两个房间之外的房间等着我回来。克莱尔给我的手包扎的时候，他什么都没说，默默地等着，只剩我们两个人。

“你这么做是为什么？”他问。

“我需要向自己证明一点事。”

“疼痛是活着唯一的有效证明？”

我摇头：“我知道我还活着。”

他若有所思地点点头：“你想见她吗？”

“茶杯死了。”

“你为什么会这么想？”

“没有让她活着的理由。”

“说得对，如果我们的出发点是假设让她活着的唯一理由是为了操纵你。真的，如今这些年轻人太自恋了！”

他按了墙上一个按钮，一块屏幕缓缓从天花板上降下来。

“你不能逼我帮你。”我用力和一股升起的恐慌搏斗，害怕失去我对某件事的掌控，而其实我从未真正掌控过这件事。

沃什伸出一只手。他的掌心有一个发亮的小小绿色物体，大小形状都跟一颗大号的胶囊差不多。这个东西的一边连着一根头发丝那么细的电线。“这就是信。”

房间里光线暗下去，屏幕亮了起来。摄像机对准的是一片冬季萧瑟的麦田。远处，有一栋农舍和几栋建筑物，还有一个生锈的筒仓。一个小身影跌跌撞撞地从麦田旁边的树林里滚出来，拨开干枯、断裂的麦秆，朝着那群建筑物走去。

“这是送信的使者。”

从这个高度，我看不出这是男孩还是女孩，只看出这个孩子年龄很小。可能跟鸡块差不多大？或者更小？

“堪萨斯中部。”沃什继续说，“昨天大约下午一点的时候。”

一个人影走出来站在门廊的台阶上。一分钟以后，又出来一个。这个孩子开始朝他们跑过去。

“那不是茶杯。”我轻声说，“不是。”

那个孩子碾压过麦田，朝着那两个一动不动的大人跑去，其中一个人举起了枪，但是画面没有声音，这多少令这一幕变得更加可怕。

“这是古老的本能，在面对巨大危险的时候，要警惕陌生人。站在你圈外的人一个都不能信。”

我身子绷紧。我知道最后会怎样收场；我也经历过这样的事情。那个拿枪的人。是我。那个朝我跑过来的孩子是茶杯。

孩子摔倒了。站起来。再跑。再摔倒。

“但还有另外一种本能，更加古老，和生命本身一样古老，对人类来说几乎无法克服。那就是不惜一切代价保护小孩，为了未来。”

那个孩子冲出麦田跑进院子，最后一次摔倒。拿枪的人并没有放下枪，但他的同伴朝着摔倒的孩子跑过去，扶起他，把他从冰冷的地上抱起。拿枪的男人拦着不让他们进屋。这一幕僵持了几秒。

“冒险才是关键。”沃什如实说道，“你很早就意识到了这一点。所以你也知道这场争论谁会赢。毕竟，一个小孩能带来多大的风险呢？

保护小孩。为了未来。”

那个抱着孩子的人从拿枪的人身边绕开，冲上台阶进了屋。拿枪的人低下头，好像在祈祷，然后又抬起头好像在祈福。然后他转身也走了进去。时间倒数。

我身边，沃什喃喃地说：“世界就是一个时钟。”

农舍、外面的屋子、筒仓、枯黄的田野，还有那些模糊的人影，屏幕下方显示的读秒以精确到小数点后两位的速度归零。我知道最后会发生什么，但是看见无声的白光闪现，还是哆嗦了一下。滚滚的灰尘和碎块，已经升腾的黑烟，麦田燃烧，几秒钟内就被燃烧殆尽，变成火的助燃剂，而之前房屋伫立的地方，已经变成了地球上一个被炸开的黑洞。画面黑掉。屏幕收起。光线依然晦暗。

“我希望你现在明白了。”沃什温柔地说，“你之前不是一直奇怪为什么我们会留着这些小孩，这些太小，完全没有战斗力的孩子吗？”

“我不明白。”那个在枯黄田野里，穿着超大的牛仔服，光着脚，跑过麦田的小小身影。

他误解了我的困惑。“那个孩子身体里的装置是经过校准的，可以探测出最微量的二氧化碳浓度变化，这也是人类呼气中的主要成分。等到二氧化碳达到一个确定值，显示出特定目标的存在，装置就会引爆。”

“不。”我小声说。他们把他抱进屋，给他盖上暖和的毛毯，给他喂水，替他擦脸。这群人围在他身边，他们的呼气沐浴着他。“只要你们扔颗炸弹，他们也活不了。”

“这与死亡无关。”他不耐烦地大声呵斥，“从来都不是。”

灯光亮起，房门打开，克莱尔推着一辆金属推车走进来，身后跟着另一个白大褂同伴以及剃刀，他看着我，然后别开了脑袋。这对我的影响，比推车上那些注射器还大。他不敢看我。

“这样也不会改变任何事。”我提高嗓门，“我才不在乎你做什么，我甚至连茶杯都不在乎了。我会在帮你之前先杀了自己。”

他摇头："你不是在帮我。"

——57——

克莱尔用胶皮管在我胳膊上绕了一圈系紧，然后拍了拍手窝内侧的地方，打出一条血管。剃刀站在床的另一边。那个穿白大褂的男人——我一直都不知道他的名字——站在检测仪旁边，手里拿着一块秒表。沃什依靠在水槽前，用那双明亮、燧石般闪亮的眼睛看着我，就好像我朝茶杯开枪那天树林里那群乌鸦的眼睛，带着好奇但又奇怪的冷漠。这时我明白了沃什说的是对的，答案不是愤怒，而是愤怒的对立面。唯一有可能的答案就是它是所有一切的对立面，就好像曾经存在的那座农舍，现在已经变成大坑。一片虚无。没有恨、没有愤怒、没有恐惧，根本什么都没有。空的。是那双锐利眼眸里没有灵魂的冷漠。

"太紧了。"穿白大褂的男人盯着检测仪，小声说。

"首先我们要给你放松。"克莱尔将针头扎进我胳膊。我看着剃刀。他别过脸。

"好一点了。"穿白大褂的男人说。

"我不在乎你们对我做什么。"我告诉沃什。我的舌头好像飘了起来，不灵活。

"没关系。"他朝克莱尔点了一下头，她拿起第二支针。

"在标记的地方植入中枢器。"她说。

中枢器？

"哦。"穿白大褂的男人说，"小心点。"他的眼睛盯着检测仪，我的心电图出现一个缺口。

"别害怕。"沃什说，"这对你不会有伤害。"克莱尔惊讶地看了他一眼。他耸耸肩。"哦，我们不过是在做测试。"他晃动手指点点她：集中注意力。

我有一千万吨重。我的骨头是铁。其他地方是石。我感觉不到扎进我手臂的针。克莱尔说："做记号。"然而穿白大褂的男人按下秒表。

这个世界就是一只表。

“死掉的自有回报。”沃什说，“此事是关于活着的——你和我——那些还有事要做的人。你愿意怎么称呼它都行，命运、运气、天意。你已经被交到我手里，充当我的工具。”

“现在是大脑皮层。”这是克莱尔。她的声音听起来嗡嗡的，好像我耳朵里被塞了棉花。我转头面向她，好像过了一万年。

“你之前也见到过。”沃什说，他的声音很飘摇，好像他离我一千英里远，“你抵达避恶营那天，在实验室里，我们告诉你有一个人受到了感染，人类大脑被外星生命体侵入。那是在说谎。”

我能听见剃刀喘气，很大声，好像一个潜水的人用氧气罩吸气。

“那其实是在你大脑的额前叶植入了一个微缩指挥中枢。”沃什说，“如果你高兴，也可以称之为中央处理器。”

“启动。”克莱尔说，“目测情况良好。”

“不是为了控制你……”沃什说。

“导入第一组数据。”针在荧光灯下闪闪发光，琥珀色的药水中间悬浮着黑色颗粒。她将针插进血管的时候，我什么感觉都没有。

“而是为了让你扮演主人，招待一下那四万多个微缩机器人。”

“体温三十七点五摄氏度。”穿白大褂的男人说。剃刀在我身边喘气。

“史前的老鼠花了几千万年，用了无数代才能到人类进化的现在这个阶段。”沃什说，“而你只用几天就可以抵达下一个阶段。”

“第一组数据接入完毕。”克莱尔说着，又俯下身子。微苦的杏仁味。“导入第二组数据。”

房间里热得不行，我全身都被汗湿透了。穿白大褂的男人宣布我的体温现在是三十八点八摄氏度。

“这种进化很不稳定。”沃什说，“发生过许多错误，也走进过许多死胡同。有的候选人并不适合当宿主。他们的免疫系统崩溃，要忍受永久性的认知失调。在外行眼里，他们就是疯了。”

我在燃烧，血管里全都是火。水从眼睛里流出来，滴答滴答滑落到太阳穴，流进耳朵里。我看见沃什的脸俯下来，贴着我波澜不惊的泪海。

“但是我对你有信心，玛丽卡。你不是要从此刻降临的火与血中重生，而是连接过去与将来的桥梁。”

“我们要失去她了。”穿白大褂的男人喊着，声音颤抖。

“不。”沃什喃喃地说，冰凉的手贴住我汗湿的脸颊，“我们救了她。”

## ——58——

再也没有白天与黑夜，只有荧光灯了无生气地亮着，而这些灯永远都不会熄灭。我通过剃刀进来的次数估算时间，他负责给我送一日三餐，保证我不会倒下。

他们控制不住我的体温，也稳定不了我的血压，更没办法止住我的呕吐。我的身体抗拒经过设计的十一组数据，每一个导入进来都要跟我的生理系统搏斗一番，每一组数据都包含了四千个信息元，也就是说总共有四万四千个微缩机器侵略者在我的血液里流淌。

我觉得像坨屎。

每顿早饭过后，克莱尔都会进来检查我的情况，用各种仪器在我身上检测，说一些晦涩不明的话，你最好快点好起来；机会的窗口正在关闭。要不然就是一些假话，我认为还是应该用那种“一个大石块就可以搞定”的办法。她似乎感应到我对她给我身上注射的这四万多个外星小机器人儿强烈的反抗。

“你不管做什么都没有用。”有一次她对我说，“这个过程是不可逆的。”

“有一件事有用。”

“是什么？哦，对。杀手锏是无法代替的。”她从白大褂口袋里掏出那个有杀人按钮的装置，把它举起来，“我已经把你的代号输进去了。我会按按钮。来吧，说，让我按下去。”

“按下去。”

她轻声笑了：“真想不到。每当我好奇他究竟看上你了什么的时候，你都会说些让人意想不到的话。”

“谁？沃什？”

她的笑容退去，眼神变得像鲨鱼一样的冷漠。“如果你自己不能调试，我们将终止你的升级过程。”

终止升级。

她将我指关节上的绷带摘掉。没有结痂，没有瘀青，没有疤痕。就好像没受过伤一样，就好像我从来没有用拳头砸墙，砸到皮肤爆裂露出骨头。我想起了沃什出现在我房间的时候也是完全没有受过伤的样子，那距离我打折他的骨头给了他两个黑眼圈才过了几天。还有苏里文，她跟我讲伊万•沃克被弹片打伤，可是，不知怎么，几个小时以后他就可以只身一人潜伏进去，干掉一整支洗脑军的故事。

首先他们抓住玛丽卡，然后把她变成杀手锏。现在他们又抓住了杀手锏，使她“升级”成完全另外的一个人。一个跟他们一样的人。

或者是东西。

再也没有白天黑夜，只有了无生气的灯光不停闪烁。

## ——59——

“他们对我做了什么？”一天，剃刀推着推车给我送另外一顿不能吃的饭时，我问他。我没指望他会回答，不过他的确想到了我会问这个问题。如果我不问的话，他一定会奇怪我怎么这么反常。

他耸耸肩，避开我的目光：“我们看看今天吃什么。哦，肉排！幸运的小鸭子。”

“我想吐。”

他睁大眼睛：“真的？”他四下寻找能接住的塑料袋什么的，拼命找。

“拜托，你把托盘拿远点。我闻不了这个味道。”

他皱着眉：“如果你吐一地，他们会把你的嘴塞住。”

“他们找谁试验不行？”我说，“为什么偏偏是我？”

“可能因为你很特别。”

我摇了摇头，假装没听出他的敷衍，认真地说：“不，我觉得是因为别的什么。你会下象棋吗？”

他意外：“下什么？”

“或许我们可以下一盘。等我感觉好一点的时候。”

“可是我更擅长棒球。”

“真的？我还以为会是游泳，或者网球。”

他扬起头，眉毛拧在一起。“你一定很难受，好像是半人类一样。”

“我的确只有一半是人类。认真的。而另一半……”我耸耸肩。这个动作骗来一个微笑。

“哦，第十二个系统绝对是他们的。”他说。

第十二个系统？这是什么意思？我不知道，不过我猜这是相对于人类身体内的十一个普通系统而言。

“我妈找到了一个办法，把它们从感染者的身体里提取出来，然后……”剃刀的声音弱下去，羞愧地看了摄像头一眼，“总之，你必须要吃东西。我听他们讨论过要不要用喂食管。”

“所以官方说法是这样的？就像幻境一样，我们是要利用他们的科技来对付他们。然后你们就信了。”

他倚着墙，抱着双臂横在胸前，哼着什么“顺着黄金路”。我摇摇头。有意思，这不是太过美丽令人无法抗拒的谎言，而是真相太丑陋，让人不敢去面对。

“沃什指挥官在孩子的体内植入了炸弹，他把孩子全都变成了炸弹。”我对他说。他哼哼得更大声。“小孩子。才刚蹒跚学步的幼儿。他们入营的时候，他们把这些孩子单独挑出来了，对不对？之前在避恶营的时候，凡是不满五岁的都被带走了，然后你再也看不见这些孩子。你见过他们吗？那些小孩子在哪儿，剃刀？他们都去哪儿了？”

他停止了哼哼，大声地冲我嚷：“闭嘴，多萝茜。”

“这也根本说不通。给一个多萝茜身上灌入外星人的高科技？如果指挥官决定要‘改进’人类为战争做准备，你真的觉得它会选那些疯了的人？”

“我不知道。他们选了你，不是吗？”他抓起我一口没动的托盘，朝门口走去。

“别走。”

他转过身，一脸惊讶。我的脸很烫，一定是又烧起来了。一定是。

“为什么？”他问。

“我想你是唯一一个还能和我说两句话的老实人。”

他哈哈大笑。笑声很好听，真实、自然。我喜欢，但是我在发烧。“是谁说我老实的？”他问，“我们不过是伪装了自己的敌人，不是吗？”

“我爸爸曾经跟我讲过一个盲人摸象的故事。第一个瞎子摸到了大象的腿，就说大象长得像柱子。另第二个瞎子摸到了大象的鼻子，就说大象长得像树枝。第三个瞎子摸到了大象的尾巴，就说大象长得像绳子。第四个瞎子摸到了大象的肚子，就说大象长得像堵墙。第五个瞎子摸到了大象的耳朵，就说大象长得像扇子。第六个瞎子摸到了大象的象牙，就说大象长得像烟斗。”

剃刀板着脸盯着我，过很久，然后笑了。笑容很好看。我也喜欢。

“这真是一个动听的故事。你应该在派对上讲。”

“我想说的重点是，从他们的母舰出现的那一刻起，我们就全都变成了摸象的盲人。”我对他说。

## ——60——

灯光不停闪烁，我通过他送进来食物的次数，来计算时间。一天三顿，两天六顿。到第十天，他把托盘放在我面前的时候，我问他：“为什么还要白费力气？”现在我的声音跟他一样了，也变成了乌鸦嗓。我浑身大汗淋漓，高烧不退，头疼得一跳一跳的，心跳加速。他没有回答。已经十七次了，剃刀依旧没有回答。他好像有些紧张不安、心不在焉，甚至愤怒。克莱尔也不跟我说话了。她每天来两次，给我换点滴，然后检查我的眼睛，给我进行反应能力测试，更换尿袋，倒便盆。每隔六顿饭，我可以用海绵擦拭身体。有一天，她拿来一副卷尺，给我量了一下肱二头肌的纬度，我猜是想看我的肌肉萎缩了多少。我没有再见过别人。那个穿白大褂的男人和沃什都没再出现，就连沃什灌输给我的死去的父亲也一样。我已经完全放弃，不想知道他们在做什么。日夜看守着我，等着看“进化”会不会杀死我。

一天早上，剃刀给我送早饭的时候，克莱尔正好在给我换便盆，于是他默默地等着她做完，然后我听见他小声问：“她要死了吗？”

克莱尔摇摇头。意思有两种：可能是不会，也可能是跟我自己想的一样，随她去吧。我等到她出去以后，才说：“你是在浪费时间。”

他看了看天花板上挂着的摄像头：“我只是按照他们的吩咐做事。”

我拿起托盘，把它掀到地上。他抿紧嘴唇，什么都没说，只是默默地清理地上那一团糟，而我躺在床上，因为刚才的动作精疲力竭，身上汗如瀑布。

“对，捡吧。这也算你有点用。”

我烧起来的时候，意识会变得模糊，我想我自己能够感觉到那四万四千个微型机器人在我的血液里成群结队，中枢芯片将它精细的二级导管蜿蜒伸进脑叶的每一处。我明白我爸爸临死前是什么感受了，他挠着自己，想要把皮肤下面爬着的那些想象中的小虫子揪出来。

“浑蛋。”剃刀蹲在地上，抬头看我，很惊讶。“滚出去，浑蛋。”

“没问题。”他喃喃地说。他趴在地上，手里拿着一块湿抹布擦拭着，空气中飘散着消毒水的味道。“我尽快。”

他站起来，脸颊涨得通红。我在精神错乱中，觉得这个颜色甚至将他的金发都映得通红。“没用的。”他对我说，“绝食是没用的。你最好想点别的办法。”

我试过了，但是没有任何改变。我脑子里什么都想不了。现在，你属于他们了。沃什是雕塑家，我的身体是土坯，但我的精神不是，我的灵魂永远都不会是。不可征服。不可摧毁。不可占领。

我没有顾虑，但他们有。憔悴，死去；或者重生，游戏结束。成为伟大导师沃什的同伴。

“我爸爸曾经最爱讲一句话。”我对剃刀说，“我们之所以称象棋是王者的游戏，那是因为，通过下棋，我们可以知道王者是怎么统治一切的。”

“又是象棋。”

他将脏抹布扔进水槽，摔门而去。

然而下一次剃刀带着托盘进来的时候，托盘上放了一个熟悉的木盒。剃刀一言不发，将吃的拿起来倒进垃圾桶，把金属托盘扔进水槽里，托盘落下，哐啷一声特别响。床嗡嗡响，我坐了起来，他把木盒推到我面前。

“你说你不会下。”我小声说。

“所以，教我。”

我摇摇头，对着他身后的摄像头说：“这招不错，你们还是用它塞屁股吧。”

剃刀哈哈大笑：“这不是他们的主意。说到塞屁股，你可以用自己的试试，不等我先获得允许的。”

他打开木盒，拿出棋盘，摆弄着棋子。“这是你的皇后、国王、弯，还有这些像防御塔的东西。为什么除了这两个，其他棋子都像人？”

“是兵，不是弯。弯的意思是大虾。”

他点点头：“我们小队就有一个人叫这个。”

“兵？”

“弯。我从来都不知道这名字到底是什么意思。”

“你把棋子摆错了。”

“那可能是因为我根本就不知道怎么摆。你来。”

“我不想。”

“你认输了？”

“弃权。我这叫弃权。”

“哦，不错。我有种预感，这招迟早能用上。”他微笑。不是僵尸那种逼人的微笑。更微妙、更讽刺。他坐在床边，我能闻到口香糖的味道。“白子还是黑子？”

“剃刀，我很虚弱，根本没力气——”

“那你说你想下在哪儿，我替你走。”

他不准备放弃。我也没真的以为他会放弃。因为瞎胡扯和胆小鬼都没有什么用，更别提什么装柔弱。我告诉他怎么摆棋，教他棋子应该怎么走，跟他讲述最基本的规则。点头和哦哦的次数都很多，但是我感觉还是表示明白的时候少，倒抽冷气的时候多。然后我们开始下棋。第一盘，四步之内我就把他逼死了。第二盘，他落子的时候开始抗议和耍赖，你不能走这里！告诉我这规则还不是最蠢的。第三盘，我已经确定他开始后悔跟我下棋了。我的精神并没有振奋，而他的已经彻底崩溃。

“这是人类发明出来的最无聊的游戏。”他喊道。

“象棋不是发明出来的，而是人们发现的。”

“像美洲大陆那样？”

“像数学那样。”

“在学校的时候，你这种女生我见得多了。”他意有所指地将话悬在这里，又开始摆棋盘。

“够了，剃刀。我累了。”

“明天我要换西洋跳棋。”听起来好像是种威胁。

不过，他没有这个意思。托盘、木盒、棋盘。这一次他把棋子摆成了一种奇怪的组合，黑棋的国王在正中间面朝他自己，皇后摆在最旁边面向国王，三个兵分别放在国王身后十点、十二点和两点钟方位，一个马摆在国王左边，另一个摆在右边，象直接放在国王身后，挨着象的旁边又放了一个兵。然后剃刀看着我，面带着天使般的微笑。

“好。”我点点头，不知道为什么。

“我发明了一个游戏。你准备好了吗？它叫……”他敲着床栏发出咚咚声。“棒棋！”

“棒棋？”

“棒球和象棋。棒棋。懂了吗？”他抛了一枚硬币扔在棋盘边。

“那是什么？”我问。

“25 美分的硬币。”

“我知道那是 25 美分的硬币。”

“下棋用的，这就是球。好吧，其实也不能算是真正的球，用它来表示球，或者是球的去向。如果你能安静一秒钟，我可以把所有的规则一口气说完。”

“我不说话了。”

“很好，你一说话我就头疼。什么名字啊，好像尤达大师那样地谈论象棋，还有那个大象的寓言故事。你到底下不下？”

他没有等我回答，只是将一个白色的小兵放在最前面，说那个就是他，击球手。

“你应该离你的皇后远一点。她是最强的。”

“所以她击球最厉害呀。”他摇了摇头。我的无视令他震惊。“非常简单，守队的一方，这个是你，先扔硬币。正面就是好球，反面就是坏球。”

“那一枚硬币不够用。”我指出来，“因为有三种可能性。好球，坏球和安打。”

“事实上，还有第四种，犯规。象棋你说了算。棒球我说了算。”

“是棒棋。”我纠正他。

“随便。如果你扔硬币，是坏球的话，可以再扔一次。不过，如果是好球，硬币就要归我。你看，这样的话我就有机会击球了。正面就是打中了，反面就是没打中。如果我没打中，就算一振。以此类推。”

“我懂了。如果你扔到反面，硬币就接着给我，看看我能不能守住。如果是正面你就出局……”

“不对！完全不对！不是这样的。我先扔硬币，扔三次。如果我打双杀，就是扔四次。”

“双杀？”

“就是造成两名队员出局。在已经是三垒安打的情况下，如果打双杀，就可以再多扔一次。在正面就是全垒打。背面的话，就是三垒安打。两次正面出局一个人。一个正面一个背面出局两个人。”

“或许我们应该先玩一盘，然后你可以——”

“然后你就能把硬币拿回去，看看能不能防住我打出潜在的一击、二击、三击，或者是全垒打。正面，我出局。背面，我上垒。”他深吸一口气，“当然了，全垒打除外。”

“当然。”

“你是在逗我吗？以为我不知道——”

“我只是想弄清楚——”

“听起来像是你已经都弄明白了。你根本不知道我花了多久才编出这些规则，是非常复杂的。我的意思是，虽然它没有王者的游戏这种称谓，但是你知道他们是怎么说棒球的，不是吗？全民娱乐。棒球被称为全民娱乐，是因为你可以通过打棒球来学会如何管理时间，或者是打发时间。二选一。”

“现在是你在逗我。”

“事实上，我是现在唯一一个逗你的人。”他等着。我知道他在等什么。“你从来都不笑。”

“这很重要吗？”

“有一次，我特别小的时候，笑得特别厉害，最后笑得都尿裤子了。当时我们在六面旗游乐场，坐摩天轮。”

“你为什么笑？”

“记不清了。”他伸手握住我的手腕，然后抬起我的胳膊，把那枚25美分的硬币，放进另一只朝上放着的手掌心里。“你只要扔一下这枚该死的硬币，我们就可以开始了。”

我不想伤害他的感情，但是这个游戏一点也不难。他打出第一个安打的时候，激动极了，得意扬扬地挥动拳头，然后将黑棋子围着棋盘走了一圈。他用沙哑的嗓子亢奋地解说着目前的赛况，好像一个摆弄玩具小人儿的孩子。

“成功冲入中外野！”中外野的小卒子滑上二垒，象第二个冲上二垒，那个小兵往后退了一点，左外野的小兵起跑，朝中外野狂奔。他一只手拿棋子，另一只手转着硬币，硬币在他手指上像是旋转飞舞的球，然后他把它慢慢地放下来，落在中左外野。这么荒唐、这么幼稚，如果我还能微笑的话一定会微笑。

“安全上垒！”剃刀声嘶力竭。

不。不是幼稚，是孩子气。眼睛兴奋得发亮，音调也激动得升高，他又回到了十岁。不是所有的东西都失去了，重要的东西还在。

他的下一记安打遭遇了大挫败，球落在一垒和右外野中间。他在我的外野手和守垒员之间制造出一个夸张的碰撞，一垒的垒包往后滑了一下，右外野往前滑了一下，然后砰！这一下撞得剃刀指关节响。

“这是不是错了？”我问，“这个球是可以接住的。”

“可以接住？杀手锏，这个蠢游戏不过是五分钟前，我用一把象棋子和一枚硬币瞎编的。”

另外两记安打，他的三垒冲上了一垒的垒包。我平时最烦的就是这种碰运气的游戏，讨厌的原因就是因为碰运气。剃刀一定感觉出我的热情渐消。他估计在滑动棋子的时候加大了力道（完全不顾我的抗议，这些是我的棋子，因为我是守方），然后又成功冲了一次左外野。另外一颗棋子摆在了一垒后面。又一次一垒守垒员和外野手的冲撞。我不知道他自己这么重复是因为他觉得这样很好玩，还是因为他的想象力严重匮乏。我心里有点觉得自己作为世界上所剩不多的象棋手的代表，被深深地冒犯了。

到第三局的时候，我彻底累了。

“今天晚上再继续玩吧。”我提议道，“或者明天。最好是明天。”

“怎么了？你不爱玩？”

“不是。很有趣。我只是累了，真的累。”

他耸耸肩好像这无所谓，其实他是有所谓的，不然就不会耸肩膀。他将硬币丢回兜里，收拾棋盒，嘴里嘀咕着什么。我听见了“象棋”两个字。

“你说什么？”

“没什么？”他避开目光。

“好像跟象棋有关。”

“象棋，象棋，象棋。象棋要动脑子。真对不起，在纯粹快感的范畴里棒棋完全比不上象棋。”

他将棋盒夹在胳膊底下，咚咚咚地向门口走去。他出门前最后呛了一句：“我觉得或许我已经让你开心一点了，这就够了。多谢。我们不必再玩了。”

“你是在生我的气吗？”

“我给了象棋一个机会，不是吗？你根本没看出来我的抱怨。”

“你没有。而且你抱怨了。很多。”

“你自己好好再想想吧。”

“想什么？”

他大声地喊：“再好好想想！”

他摔门而去。我喘不上气，浑身哆嗦，不明白是为什么。

——61——

那天晚上房门打开的时候，我已经准备好了道歉。我越用自己烧得晕晕乎乎的脑子想，越觉得我就像是沙滩上的公牛，踢到了某个小孩堆的沙堡。

“嘿，剃刀，我——”

我不知道发生了什么。门口举着托盘的是一个不认识的小孩，差不多十二三岁。

“剃刀呢？”我问道。好吧，更像是质问。

“我不知道。”小孩怯怯地说，“他们把托盘给我，让我拿着。”

“拿着。”我傻傻地重复道，“对，拿着。拿着托盘。”

他们撤掉了剃刀负责杀手锏的职责。或许棒棋的事触犯了纪律，或许是沃什收到了风声，这两个小孩儿跟两个孩子似的一块儿玩了好几个小时。绝望会上瘾，对在一旁冷眼的人如是，对正在体验它的人如是。

或许是剃刀自己捅出去的，或许是他主动要求重新安排任务，带着自己的棒棋走了。

那天晚上我没有睡好，如果能把躺在不停闪烁的灯光下面称为夜晚的话。我的体温直接冲上三十九点四摄氏度，整个免疫系统已经到了极限，拼命地反击着入侵的小机器人。我能看见检测仪上一团模糊的绿色数字一点一点往上攀爬。我滑进了半昏迷的深渊。

浑蛋！滚出去。你知道他们是怎么说棒球的，不是吗？成功冲入中外野！我受够了。管好你自己。

肮脏的银色变成了剃刀的手指。成功冲入。成功冲入。猫着腰慢动作朝外野跑去，守场员冲上来，二垒手和游击手各自归位，左边换到右边。高飞球落在一垒线上！守场员往前冲，垒手往后跑，砰！守场员冲上去，内场手回去，从右侧拦住。一垒手回防，右外野手冲上来，砰！冲垒，回防，拦截。回防，冲垒。砰。

一遍又一遍，我们看一下即时回放，冲垒，回防，拦截。回防，冲垒。

砰。

现在我已经完全醒了，盯着天花板。不行，还是看不清。最好还是把眼睛闭上吧。

中外野手和左外野手挥手。左外野手横切。

安打。

右外野手站上去。一垒手回来。

失误。

哦，不是吧。太荒唐了。你是在幻觉里。

那天晚上我带着伏特加回到营地的时候，发现爸爸蜷成胎儿在子宫里的姿势，死了。他的脸上都是血道子，那是他要把脑子里的小虫子挠出来抓破的。贱人，我出发去找能够救他的解药之前，他这么冲我喊道。当时，他还冲我叫了另一个名字，那个在我三岁时就弃我们而去的女人的名字。他以为我是我妈妈，这太讽刺了。从我十四岁那年起，我就更像是他的妈妈，给他做饭，替他洗衣，打扫房间，确保他不会干一些自残的蠢事。每天我去学校都穿着熨烫得一个褶子都没有的套装，他们管我叫玛丽卡女王，说我是在秀优越，因为我爸爸是一个半著名的艺术家，是那种大隐于市的天才型，而事实是，大多数时候我爸爸根本不知道自己是在哪个星球上。等我放学回家，他已经完全沉浸于幻想之中，而我也任由外面的人保持着他们的幻想。我任由他们误解我，就如我任由苏里文觉得她对我的解读都是对的。我不仅维持着这种假象，我还生活在其中。甚至当我们周围的世界摧毁，我依然紧紧抓住不放。但是他死了之后，我告诉自己再也没有了。再也没有勇敢的幌子再也没有虚假的希望，或是假装一切都好。但其实根本没有一样是好的。我觉得我可以通过假装得来坚强，称其为乐观、勇敢、保持头脑冷静或是其他能够符合当下的词。可是根本没有什么坚强。这是软弱的最根本定义。我不耻他的病弊，恼怒他，但是也很内疚。我完美地扮演着谎言中的角色，从头到尾。所以他冲我喊出妈妈的名字时，我没有纠正他。

在幻觉里。

墙角，空洞的摄像头，像是没有灵魂的眼睛盯着我。

剃刀说什么来着？再好好想想！

你说的不是这个意思，对不对？我茫然地看着那个空洞的、没有灵魂的黑眼睛。并不是所有都是幻觉。

——62——

第二天早上，房门打开的时候，我屏住了呼吸。

我被信任和怀疑拉扯了一整晚。我细细地咀嚼着这个全新的改变。

可能性一：棒棋并不是剃刀想出来的，正如象棋不是我发现的一样。这个游戏是沃什的作品，而他这么做的理由太多，目前还无法看清。

可能性二：出于只有剃刀自己明白的原因，剃刀决定将我的思绪搅成一锅粥。这不单纯是出于狠心或是那些摒除了人性的幸存者的报复，更多是出于悲观的反抗。每个败类都是这么干的。人渣基本上没有被消灭的可能。

可能性三：所有这些都是我自己胡乱想的。棒棋只是一个孩子编出来的愚蠢游戏，为了让我忘记我可能会死这个事实。除此没有其他任何意思，没有什么隐含的信息要通过棋盘透露。我在本没有任何信息的东西上看见的那些信息，其实是人类的大脑想要找出点什么意义的倾向，哪怕原本根本没有任何意义存在。

我屏住呼吸等着另外一种可能。如果又是那个说话怯怯的孩子怎么办？如果剃刀没有回来，永远都不回来了怎么办？剃刀很有可能已经死了。如果他尝试跟我秘密交流，结果被沃什发现了，我肯定沃什会有什么反应，而且只可能有这一种反应。

当剃刀走进房间，我缓缓吐出一口气，安稳不少。检测仪哔了一声，显示出现一个缺口。

"怎么了？"剃刀眯起眼睛看着我。他感觉到有什么东西变了。

我只说："嗨。"

他的眼睛右看看，左看看。"嗨。"这个词慢慢地吐出来，好像他不知道自己是不是跟个疯子在一起。"饿了？"

我摇摇头："不太饿。"

"你应该尝一口。你和我表妹史黛西很像，她也是一个数学上瘾者。我不是说你真的是一个数学上瘾者，只是……"脸红了，"你知道，就好像有什么东西在你体内慢慢把你吃掉。"

他按下床边的按钮。我直起身来。他说："你知道我对什么上瘾吗？酸酸橡皮糖。覆盆子味的很好吃。柠檬味的不怎么感冒。我还有点存货，如果你想吃，我可以给你带几个。"

他将托盘放在我面前。冷掉的炒蛋，炸薯条，黑乎乎的一团可能是培根也可能不是。我的胃拧起来。我抬头看他。

"尝尝炒蛋。"他提议道，"这些鸡蛋挺新鲜的。放养、有机、无化学添加。我们在营地里养的。养鸡，不是养鸡蛋。"

我说"嗨"的时候他的反应是什么意思呢？他是震惊我给了他一个半人类的问好，还是震惊于我已经看透了棒棋的真正含义？还是他根本就不震惊，而我又在解根本就不存在的暗示？

“我没看见盒子。”

“什么盒子？哦。那不过是个愚蠢的游戏。”他别过头，轻声对自己说：“我很怀念棒球。”

他静默了几分钟，我摆弄着盘子里冷掉的炒蛋。我很怀念棒球。几个字，一个失落的宇宙。

“不，我很喜欢。”我对他说，“很好玩。”

“真的？”他讶异的表情好像在说：你是说真的？

他不知道我的真心程度达到了 99.99999%。

“当时你好像不怎么感兴趣。”

“我猜可能是因为最近不太舒服。”

他哈哈大笑，然后似乎被自己的反应吓了一跳。“哦，那好，我把它放在我的寝室里了。改天我再带来，如果没有被人扔掉的话。”

话题顺着游戏自由发展。我知道了剃刀家里有五个孩子，他是最小的，在安阿伯长大，他爸爸是一个电工，她妈妈是一所中学的图书管理员，他喜欢棒球和足球，最喜欢的球队是密歇根队。他十二岁的时候，最大的愿望是能当上狼獾队的四分卫。但是他只长身高，不长体重，所以最后棒球成了他的最大爱好。

“我妈希望我当医生或者律师，但是我爸觉得我智商不够……”

“等一下。你爸觉得你智商低？”

“是智商不够。这二者是有区别的。”誓死捍卫自己的爸爸。人死了，爱还在。“他希望我像他一样，当个电工。我爸是一个大型工会里的成员，是我们那儿的代表，电工行业的代表。这才是他不希望我当律师的真正原因。他管他们叫讼棍。”

“他不太喜欢权威吧。”

剃刀耸耸肩。“‘当你自己。’他总是这么说，‘不要当别人眼里的人。’”他蹭着脚，有些尴尬，好像他说得太多了。“你老爸呢？”

“他是个艺术家。”

“酷。”

“还是个酒鬼。喝酒的时候比画画的时候多。”虽然并不是经常如此。挂在墙上的画展照片已经发黄，相框落满灰尘，学生嗡嗡地挤在他的工作室里，紧张地清洗画笔，等他走进人满为患的房间时，他们立刻不再出声，如大教堂一般静默。

“他一般画哪种垃圾？”剃刀也许以为这是一句玩笑话。

“他画的基本上都是，垃圾。”不过，也并不总是如此。他年轻时，我还很小，那双拉着我的手上总是沾满了五彩缤纷的颜色。

他哈哈大笑：“你说笑话的样子，就好像你根本不知道自己是在说笑话，这就是你自己的笑话。”

我摇摇头：“我没有在开玩笑。”

他点头：“或许这就是为什么你自己不知道的原因。”

## ——63——

在我没有吃晚饭，我们两个逼于无奈的笑话以及话与话之间隔着尴尬沉默的那个晚上之后。在从木盒子里掏出棋盘，他将棋子摆上去，我们抛硬币决定谁是守方而他赢了，我跟他说我觉得我自己可以守住，而他只是微微讽刺地说“哦，当然，来吧，姑娘。”之后。在他坐在我床边之后。在我花了几个星期学会放开自己的愤怒拥抱咆哮的空虚之后。在经过花费数年才推倒包围住痛苦和失去以及我再也不会有感觉的城墙之后。在经历了失去爸爸失去茶杯失去僵尸失去一切只剩下咆哮的空虚，根本什么都不剩之后，我默默地说出那个字：

**嗨。**

剃刀点点头：“嗯。”他的手指敲着被子，我感觉到他的手指敲在我的大腿上。

“对。”敲敲。

“不赖，不过你用慢动作来做的话会更酷一点。”他演示了一遍，“学会了吗？”

“如果你一定要这样的话。”我叹了口气，“是，会了。”我手指敲着床栏杆。“好吧，老实说，我完全不明白为什么要这样做。”

“不懂？”在被子上敲敲敲。

“不懂。”在床栏杆上敲敲敲。

下一句话隔了二十分钟才冒出来：

**解释一下。**

“我有没有跟你说过在暑期打工彻底没有之前，我打的那份暑期工？”他问，“伺候狗。知道这份工作最恶心的地方是什么吗？给狗擦屁股……”

他连连获胜。四人在垒，无人出局。

**怎么可能？**

我等了四十分钟，一个字都没等到。我有点累了，更多的是有点恼火。这就好像你跟一个一千英里之外，只有一条腿的人发短信。时间越来越慢，事情越攒越多。

**做计划。**

我不知道这什么意思。我看着他，可他只看着棋盘，将棋子放回原位，用话来填补挪子之间的小空白，用细细碎碎的声音填补谈话间的小留白。“他们就是这么说的。”他说，话题还没有离开狗，“搓，洗，搓，擦，再来一遍。特别无聊。”

摄像头那个漆黑的，没有灵魂的，一眨不眨的眼睛，看过来。

“上一局我没明白。”我对他说。

“棒棋不是象棋那种玩法。”他耐心解释，“很复杂的。非常复杂。要想赢，必须要做计划。”

“我猜你就是这种人，爱做计划的人。”

“对，我是。”

敲敲。

——64——

在我好久没有看到沃什之后，他终于又出现了。

“讲一下吧。”他对克莱尔说。克莱尔和穿白大褂的男人肩并着肩，看起来像是中学因为欺负哪个瘦骨伶仃的孩子被拖进校长室的家长。

“她瘦了八磅，肌肉萎缩百分之二十。给她服用了抗高血压药物来控制血压，二甲氨丙基吩噻嗪来压制恶心，羟氨苄青霉素和链霉素保持淋巴系统稳定，不过她的高烧情况依然没有改变。”克莱尔汇报说。

“高烧情况依然没有改变？”

克莱尔避开了他审视的目光。“好的一方面是，她的肝肾功能正常。肺部有点积液，不过我们——”

沃什挥挥手没有让她继续说下去，走到我床边。明亮眼睛一闪一闪。

“你想活下去吗？”

我毫不犹豫地回答：“当然。”

“为什么？”

不知为什么，这个问题令我撤掉了心防：“我不知道。”

“你不可能打败我们。没有人可以。就算一开始有七十亿再乘以七倍的人也做不到。这个世界是一只时钟，而这只钟已经走到了最后一秒——你为什么还想要活着？”

“我不想拯救世界。”我对他说，“我只希望自己还有机会杀了你。”

他神色不变，只有眼睛闪光跳舞。我了解你，他的眼睛说，我了解你。

“希望。”他低喃着说，“当然。”他点点头。表示他听到我这么说很高兴。“希望，玛丽卡。抓好你的希望。”他转头对克莱尔和穿白大褂的男人说：“把她的用药都撤了。”

穿白大褂的男人的脸色变得跟他的工作服一样。克莱尔刚想开口说点什么，随后却转过了头。沃什重新看着我。

“你的答案是什么？”他问道，“不是愤怒的话，那是什么？”

“冷漠。”

“再试。”

“分离。”

"再试。"

"希望。绝望。爱。恨。愤怒。悲伤。"我浑身哆嗦，我一定又烧起来了。"我不知道。我不知道。我不知道。"

"有进步。"他说。

## ——65——

当天晚上我的身体状况急转直下，一盘棒棋只能勉强打完四局。

多亏撤了那些药。

"听小道消息说，他们撤了给你的用药。"剃刀说着，用最近的那只手攥拳弹了弹硬币。"是真的吗？"

"点滴袋里唯一剩下的东西就是盐分，防止我的肾罢工。"

他瞥了一眼检测仪上的数据，眉头紧皱。剃刀每次皱起眉头，都会令我想起一个踢折脚趾的小男孩，他当时没有哭，只是眉头紧皱。可能是觉得自己已经不是小孩子不好意思哭了。

"所以你一定好受多了。"

"可能吧。"敲敲床栏杆。

"好吧。"他吐出一口气，"我的皇后要上场了，小心喽。"

我挺直后背，视线模糊。我斜倚着身子，大吐特吐，将胃里仅剩的那一点东西吐到白色的地砖上。剃刀跳起来，恶心地大喊一声，掀翻了棋盘。

"嘿！"他喊道。不是冲我，是冲我们头顶上的那只黑眼睛。"嘿，来几个人！"

没有人来。他看看检测仪，又看看我，说："我不知道该怎么办。"

"我没事。"

"可不是嘛。你没事，一点事儿都没有！"他跑到洗手池前，打湿了一条干净毛巾，然后把它放在我的额头。"没事！浑蛋！他们到底为什么要停掉你的药？"

"为什么不能？"我和强烈的恶心感搏斗。

“哦，我不知道。或许是因为停了药的话你就会死。”他瞪着摄像头。

“或许你应该把那边的桶递给我。”

他替我擦干净下巴上沾着的脏东西，重新叠好毛巾，抓过桶，放在我腿上。

“剃刀。”

“什么？”

“请你不要把这条毛巾再放回到我脸上。”

“啊？哦，该死，当然。你等等。”他抓起一条干净毛巾，放到水龙头底下。他的双手在抖。“你知道这是怎么回事吗？我知道。为什么我之前没想到呢？为什么你自己也没想到呢？那些药一定是妨碍到了那个系统。”

“什么系统？”

“第十二个系统。他们给你注射的那个系统，夏洛克大侦探。那个中枢芯片和优于其他十一个系统的四万个小伙伴。”他将冰毛巾放在我额头，“你好像很冷。要我再给你拿一床被子吗？”

“不用，我在发烧。”

“这是一场战争。”他拍着胸脯说，“杀手锏在这里，你必须要宣布停战。”

我摇摇头：“停不了。”

他点点头，握紧我放在被子下面的手腕。他蹲在地上，去捡撒了一地的棋子。发现那枚硬币怎么都找不到的时候，脏话连篇。最后他决定不能放任那些呕吐物就那么留在地上。他抓起刚才用来擦我下巴的脏毛巾，趴在地上收拾起来。门开了，克莱尔走进房间的时候，他还在骂骂咧咧。

“来得正好！”剃刀冲她喊，“嘿，你们就不能多少给她留点抗呕吐的血清吗？”

克莱尔指着门对剃刀说：“出去。”她指着棋盒，“带这个一起。”

剃刀对她怒目而视，但还是照做了。我看见他那天使般的外表下蕴含的坚定力量。当心，剃刀。你不应该这样回应。

然后就只剩下我们两个人，克莱尔仔细看着检测仪，看了很久很久，一言不发。

“你之前说的是真心的吗？”她问，“你想活下去是因为可以有机会杀掉沃什指挥官？你本来挺聪明的呀。”那种语气就像是妈妈的在教训自己犯了错误的孩子。

“你说得对。”我回答，“那件事我也许没有办法做到，但也许我有能够杀死你的机会。”

“杀我？你为什么想要杀我？”她看起来很吃惊。见我不回答，她说，“我不认为你能活过今天晚上。”

我点头：“你也活不过这个月。”

她哈哈大笑。她的笑声导致我的胆汁涌到了嗓子眼。燃烧。燃烧。

“你准备怎么做？”她轻声说。她把我额头上的毛巾拿下来，“用这个闷死我吗？”

“不，我会用重物敲击看守的头把他搞定，然后夺走他的枪一枪打中你的脸。”

她一边听我说一边笑：“好吧，那我祝你好运。”

“这和运气无关。”

## ——66——

第二天，克莱尔的预言并没有实现。

按照一日三餐推算，差不多一个月了，我还活着。

我记得的不是很多。出于某种原因，他们撤掉了给我的输液设备和检测仪，在不间断的哔哔声之后剩下的只有沉默。这个时期剃刀是我唯一可以见到的人。他现在是我的全职看护。喂我吃饭，替我倒便盆，帮我擦脸擦手，帮我翻身预防我身上长褥疮，在我没有昏迷的时候陪我下几个小时的棒棋，然后说个不停。他什么都说，从另一个角度来看其实他什么都没说。说他死去的家人、死去的朋友、他的队友、枯燥的冬令营，那些因为无聊、厌倦和恐惧（主要还是因为恐惧）而生出来的斗殴，流言说等到春天来了那些感染者会发起大规模反攻，做最后的努力来净化人类世界里的噪音，而剃刀就是其中的积极分子。他不停地说不停地说不停地说。说他交过一个女朋友，叫奥利维亚，皮肤黝黑像是混浊河流的颜色，她在学校交响乐团吹单簧管，志愿是当医生，她讨厌剃刀的爸爸因为他不认为剃刀能当医生。他说自己的本命艾利克斯的时候，发音就像埃克斯，他的教官给他起名叫剃刀不是因为他很单薄，而是因为有一天早上他刮胡子的时候割破了脸。他说自己的皮肤很敏感。他的话根本没有句点，没有逗号，没有分段，说得更精确一点，他的话就是一个长段，一个标点都没有。

只有一次他闭上了嘴，在我大吐特吐之后差不多一个月的时候。当时他正夸夸其谈说自己怎么在十五年级的科技月里用自己的作品赢了第一名，那是一个能把土豆变成电池的东西，他说到一半的时候突然停了下来。他的沉默就好像一座大厦原地爆破之后的那种静默。

“怎么了？”他专注地盯着我的脸，没人像剃刀的目光这样专注，就连沃什都没有。

“没什么？”我转过头不去看他。

“你是在哭吗，杀手锏？”

“我只是眼睛湿了。”

“才怪。”

“我从来不会哭。”

“胡扯。”手指在被子上敲着。

手指在床栏杆上敲着。“成功了吗？”我重新回过头看着他。就算他看见我哭了又怎样？“那个土豆电池。”

“当然。这可是科学，永远不要怀疑能不能成功。先做出计划，然后一步一步来，就不可能出错。”他隔着被子用力捏我的手，不要害怕。一切都搞定了。我不会让你失望。

现在再回头已经来不及。他的目光逡巡到床边放食物的托盘上。“今天晚上你把布丁都吃光了。你知道他们是怎么在不用巧克力的情况下做出巧克力布丁的吗？你肯定不想知道。”

“让我猜猜看。黄酚酞咀嚼片？”

“黄酚酞咀嚼片是什么？”

“不是吧，你不知道？”

“哦，真对不起我完全不知道黄酚酞咀嚼片是什么东西。”

“是一种巧克力口味的止泻药。”

他做了个鬼脸：“太恶心了。”

“重点就在这里。”

他微微一笑：“重点？哦，天哪，你刚才是开了个玩笑吗？”

“我怎么知道？你只要答应我不要让人在我的布丁里放黄酚酞咀嚼片就好了。”

“我保证。”敲敲。

他离开之后我又坚持了几个小时，直到营地每一个地方的灯都熄灭，深深地滑进冬夜之腹。突然，我的血压异常使我非常难受，我开始大声喊救命，朝摄像头挥手，然后翻身将胸口压在冰冷的金属床栏杆上，攥拳发疯一样愤怒地捶着枕头，直到房门砰地推开。克莱尔冲进来，后面紧紧跟着一个体型魁梧，好像大熊似的新兵，他立刻伸手捂住了鼻子。

“怎么了？”克莱尔问，随后她闻到了可以告诉她答案的气味。

“哦，见鬼！”新兵的话从捂嘴的手后面闷闷的传来。

“的确。”我喘着粗气回答。

“很好，真是太好了。”克莱尔说，她将被子和床单都掀开扔到地上，示意那个新兵过来帮忙。“干得好，小姐。我希望你能引以为豪。”

“还不行。”我说。

“你还愣着干什么呢？”克莱尔冲着新兵喊。温柔的声音已经不见了，和善的目光也消失了。“帮我一下。”

“帮您做什么，夫人？”他长着一个扁扁的鼻子，一双非常小的眼睛，脑门中间拧起一个大鼓包。他的肚子从腰带里溢出来，裤腿比别人的短了一英尺。他块头很大，差不多比我要重一百磅。

无所谓。

“起来。”克莱尔厉声呵斥我，“快点。把你的腿放下来。”她拉起我一只胳膊，巨人新兵拉起另一只，他们两个人一起把我从床上拉起来。巨人新兵厌恶的脸皱成一团的，扭曲变形。

“哦，天哪！拉得到处都是！”他轻声哀号起来。

“我觉得我可能没法走路。”我对克莱尔说。

“那就爬。”她吼道，“我就应该放着你这样不管。”

他们将我扔进浴室。巨人新兵一边咳一边喘，克莱尔不停地骂我贱人。她把我身上的连体裤扒下来的时候我不停道歉，她把衣服扔给巨人新兵，跟他说在外面等着。“别靠在我身上。靠墙。”她厉声命令。我的膝盖很软。我紧紧拽着浴帘，才能让自己站稳。我已经一个月没有用过自己的腿了。

克莱尔一只手紧紧攥着我的左胳膊，将我推到花洒底下，弯着腰不让自己沾到水。洗澡水冰冷，她根本不打算费力调节一下水温。冰冷的水哗哗打在我身上，像是响起的警报，要将我从漫长的冬眠中唤醒。我伸手抓住花洒从墙上垂下来的管子，跟克莱尔说，我觉得自己抓稳了。我应该可以站住。她可以松手了。

“你确定？”她问我，手还攥着我的胳膊。

“非常确定。”

我用尽所有的力气把管子往下拉。管子从接头的地方断开，发出一个清脆的声音，冷冷的水噗的一下喷射出来。左胳膊往上，从克莱尔的手里滑脱出来，然后我抓住她的手腕猛地将身子朝她撞过去，同时转动腰部最大化这一撞的力道，最后我将拽折管子有锯齿的那一边猛地插进她的脖子里。

我不确定自己是不是能徒手掰断一根铁管，不过我很确定一点。

我的进化完成了。

## ——67——

克莱尔跌跌撞撞地跑出去，血从她脖子上那道两英寸的伤口里喷涌而出。我对于没能放倒她的这个事实并不感到惊讶。我想到过她也应该是进化完毕的，不过我希望能好运地割断她的大动脉。她哆哆嗦嗦地将手伸进白大褂的口袋，去掏那个死亡装置。我早就想到了。我将破管子丢开，抓起用螺栓固定的淋浴杆，从支架上掰下来，将其中一头从侧面插向她的脑袋。

这一下没对她造成任何伤害。她以百万分之一秒的速度将那截管子攥在了手里，快得我的眼睛根本没看清楚她的动作。我用零点五百万分之一秒的速度松手，这样当她用力抽的时候，另一头没有拉扯的力量，于是她后退撞进了墙壁里，力道大得足以将瓷砖撞碎。我向她冲过去。她挥着管子瞄准我的头，但是这一点，我也想到了。这一幕我在不停闪烁的荧光下已经默默排练了数千个小时。

我抓住朝我挥过来的管子，先是攥到右手里，然后换到左边，双手分开和肩一样宽，然后将管子横着勒住她的脖子，同时我分开双腿稳住底盘，使出所有能够粉碎她气管所必需的力量。

我们的脸近在咫尺。我可以闻到她嘴里氰化物的气味。

她双手抓住我的肩膀两侧，在我用力勒向她的同时将我往反方向推。地板很滑。我光着脚，而她没有。我可能会在她晕过去之前失去优势。我必须要撂倒她——马上。

我一只脚滑到她脚踝内侧，往外一踢。完美。她倒在地上，我倒在她身上。

她后背着地，我压在她身上。我两个膝盖并紧，死死夹住她的身体，然后将管子用力杵进她的脖子里。

这时我们身后的门推开，巨人新兵跑进来，手里拿着枪，语无伦次地大喊大叫。三分钟过去，克莱尔眼里的光芒一点一点暗下去，但并没有完全熄灭，我知道自己必须冒一次险。我不喜欢冒险，从来都不喜欢。我只是学会了接受它。有些事你可以选择，有些事不行，就好像苏里文遇到的那个十字架士兵，就好像茶杯，就好像回去找僵尸和鸡块，因为不能回去就意味着所有的一切都没有了价值，活着没有，时间没有，承诺没有。

而我还有一个承诺要兑现。

新兵的枪。第十二系统已经锁定它，上万个迷你机器人齐心合力增强了我双手上的肌肉、筋腱，还有双眼和大脑，以消除这个威胁。在一微秒内，锁定目标，接受信息，判定方法。

新兵没有人保佑。

攻击的速度比他未进化的大脑接收速度还要快，我甚至怀疑他有没有看见浴帘杆朝他手上打过去。枪飞到了浴室对面。他也往那边扑过去，为了去捡枪。而我则朝另一边扑过去，去找马桶。

冲水箱的盖子是非常结实的陶瓷制品，而且很重。我本可以杀了他，但是我没有。我只是用力砸向他的后脑勺把他砸晕，确保他很长一阵不会醒过来。

新兵倒下去。克莱尔站起来。我将冲水箱的盖子朝她的脑袋丢过去，她举起手挡住了。我进化过的听力捕捉到碰撞中骨裂的声音。她手里的银色装置咣当一声掉在地上。她弯腰去捡，而我向前迈了一步，一只脚瞄准她伸出来的手踢出去，然后又踢了一下将那个装置踢到了对面。

游戏结束。

她明白过来了。她透过对准自己脸的枪管看过来，越过那个充满巨大空虚的小孔，看进我的眼睛，她的眼神再次变得和善，声音也再次温柔下来，这个贱人。

“玛丽卡……”

不。玛丽卡是缓慢、虚弱、敏感而痴愚的。玛丽卡是那个紧抓住七彩手指不放的那个小女孩，是无助地看着时间一点点慢下去的那个小女孩，是挣扎在无底深渊锋利边缘的那个小女孩，是用自己永远无法兑现的一个个承诺将自己身后的城堡围墙暴露出来的那个小女孩。但是我一定会兑现她对克莱尔许下那最后一个承诺，她是将我剥得赤条条，扔进现在还在咆哮的破花洒底下冲冷水的怪兽。我会兑现玛丽卡的承诺。玛丽卡已经死了，她的承诺由我来兑现。

“我的名字是杀手锏。”

我扣动扳机。

## ——68——

新兵身上应该有军刀，这是所有新兵的标准配备。我半跪在他毫无意识的身体旁，将军刀从刀鞘里抽出来，小心翼翼地割开他后脑下面那个埋着芯片的小鼓包，将芯片取出来。然后丢进嘴巴里，夹在脸颊和牙龈之间。

现在轮到我了。我割开鼓包的时候没有疼痛，只在伤处流了一点血。机器人可以麻木知觉，机器人可以修复伤口。这就是为什么我将破管子捅进克莱尔的脖子，可她却没有死的原因，也是为什么，在最初的血流不止之后，出血渐渐止住的原因。

同时也是为什么，我躺着差不多绝食了六个星期，身体进行剧烈运动之后，还脸不红气不喘的原因。

我将自己后脖颈里的芯片取出来，植进新兵的脖颈里。来追我呀，浑蛋指挥官。

水槽底下有干净的连体服。克莱尔的鞋太小，新兵的脚又太大。我只能稍后再想办法。不过，这个大个子的皮夹克或许应该带走。夹克穿在我身上大得像毯子，不过我喜欢袖子里空荡荡的感觉。

我好像还落了点什么。我环视这个小小的浴室。那个致命装置，就是它。屏幕已经四分五裂，但是还能用。一闪一闪的绿色按钮上方，亮着一个数字。我的编号。我用大拇指滑了一下屏幕，屏幕上充满了数字，这几百个数字代表了基地里的所有士兵。我又滑了一下，界面回到我自己的编号，我点了下编号，一张地图跳出来，显示我的植入芯片当前所在的精确位置。我将它放大，屏幕上亮起无数个小小的、跳跃的绿点。显示的是整个基地每一个被植入芯片的士兵所在的具体位置。中大奖了。

将军。只要我大拇指一滑，手指一点，就可以标亮所有的数字，这个装置最底部的按钮就会亮起来。只要我最后再点一下，所有的士兵都会被消灭，飞天。我可以轻轻松松溜达出去。

我可以——只要我愿意踏着上百个无辜人类的尸体走过去，这些孩子跟我一样都是受害者，他们唯一的罪就是拥有希望的原罪。如果赎罪的代价是死亡，那么对于此刻而言，善即是恶。一个毫无抵抗能力、饥肠辘辘的孩子迷失在本可以提供庇护的麦田里。一个受伤的士兵躲在一排冷柜后面大喊救命。一个误伤中枪的小女孩被送去给自己的敌人，只为了能救回一命。

我不知道哪种更非人类，是想要创造这个新世界的外星人还是那些想要按下这个绿色按钮的人类，哪怕只有一瞬。

三大群一动不动的绿点在屏幕右侧，这些是在睡觉的人。还有十几个单独地游走在屏幕边缘，是放哨的人。中间有两个，一个是脖子里有我芯片的新兵，一个是嘴里含着新兵芯片的我。另外有三四个离我们很近，就在同一层，是病患和伤者。下面一层，ICU 病房里，有一个绿点孤零零地亮着。营房、岗哨、医院。两个巡逻的绿点还在军火库里流连。我不用猜这两个人是谁，几分钟以后就知道了。

我看着破水管里源源不断喷出的冷水。

来吧，剃刀，我们走。我还有最后一个承诺要兑现。

## ——69——

“你做祷告吗？”一次精疲力竭的玩过棒棋之后的晚上，剃刀问我，他一边说一边收拾棋盘和棋子。

我摇摇头：“你呢？”

“我当然做。”他点着头表示强调，“散兵坑里无无神论者。”

“我爸爸也是。”

“散兵坑？”

“无神论者。”

“这我知道，杀手锏。”

“你怎么知道我爸爸是无神论者？”

“我不知道。”

“那如果他是一个散兵坑的话为什么你还要问？”

“我不知道。这真特么的——”他笑了一下，“哦，我懂了。我知道你想干什么，但是我不明白的是你为什么这么做。就好像你并不是想变得有趣，而是试图证明你自己有多优秀。或者说是你自以为的。其实你自己也没好到哪儿去，既不有趣，也不比别人优秀。你为什么不做祷告？”

“我不喜欢让上帝替我负责。”

他拿起皇后的棋子，审视着它：“你有没有仔细看过它？它长着一张可怕的婊子脸。”

“我还以为是圣母脸。”

“它看起来很像我三年级时的班主任，长得更像个汉子，一点女人味都没有。”

“什么？”

“你知道。真汉子，假女人。”

“她只是很猛，一个女战士。”

“你是说我三年级的班主任？”他仔细看着我的表情。慢着，慢着。“对不起，我只是再次努力想开个玩笑。彻底失败。”他将棋子放回盒子里。“我奶奶有一个信徒圈。你知道信徒圈是什么吗？”

“知道。”

“真的？我还以为你是个无神论者呢。”

“我爸爸是无神论者，而且为什么一个无神论者就不能知道什么是信徒圈？信教的人还知道进化论呢。”

“懂了，现在明白了。”他若有所悟地说，一双专注的黑眸依然停留在脸上，“你就是那种，嗯，五六岁的时候就被人用各种方式贴上了‘这个孩子真严肃啊’或者类似的这种标签，从此以后，你就觉得严肃是种很有吸引力的事。”

“那个信徒圈怎么了？”我想将他的话题转回正轨。

“这么说你什么都不知道！”他将棋盒放下，往床尾的方向推远了一点。他的屁股现在贴着我的大腿，我轻轻将腿移开一点。隐隐地，我有些期待。“我来告诉你是怎么回事吧。我奶奶的狗病了，其中一条病狗是属于见人就咬的，已经活了差不多二十年，也咬了二十年人。于是她就提出请求，希望大家一起祷告求上帝救救这个残忍的小家伙，好让它能咬更多人。她那个圈子里的老太太有一半都同意这么做，另外一半却不同意，我也不知道为什么。我的意思是，如果上帝不喜欢狗的话，也就不能称其为上帝了对吧，但是不管怎么说，针对这个没用的祷告引起了一场大辩论，最后争论的焦点变成了这样的祷告是不是没用的，然后又变成了要不要灭狗的争论。所以没用五分钟，这场争论就从是否要为一条曾经疯狂咬人的老病狗祷告过渡到了灭狗。”

“后来呢？他们替这条狗祈祷了吗？”

“没有，他们替所有在灭狗行动中丧生的灵魂祷告。第二天，那条狗就死了。”现在，他若有所思地不停点头，“我奶奶替它祈祷。每天晚上。然后她嘱咐我们这些孙子辈的人，也让我们跟着一起祈祷。于是我就替这条吓唬我、讨厌我，还送了我这个的狗祈祷。”他一条腿搭上床，拉起裤腿露出上面的伤疤。“你看见这条疤了吗？”

我摇摇头：“没有。”

“好吧，其实在这儿。”他放下裤腿，但是脚还搭在床上。“那条狗死了以后，我问过我奶奶，我非常努力地祈祷，可是小福还是死了。是因为上帝不喜欢我吗？”

“你奶奶怎么说？”

“就是胡扯了些什么上帝希望小福去天堂之类的话，这对一个六岁孩子来说根本无法理解。那条作恶多端的老病狗也能上天堂？天堂不应该是一个好地方吗？这个问题困扰了我很久。每天晚上，我一开始祷告就禁不住去思考我到底想不想上天堂去跟小福一起度过永恒。

最后我想清楚了，它肯定是在地狱。不然的话，塌陷的就是神学。”

他两条长胳膊抱着曲起来的膝盖，下巴搁在膝盖上，看着前面发呆。他又回到了过去，成为那个对祈祷和上帝有疑问，但天堂依然重要的小男孩。

“我有一次摔碎了一个杯子。”他继续说，“当时在我妈妈的瓷器柜旁边玩，那是她的结婚纪念品，然后那个小小的薄茶杯就从茶盘上掉下来了。虽然没有完全摔碎，只是掉在地上，然后裂了个口子。”

“地板吗？”

“不，不是地板。是茶——”他震惊地瞪大眼睛，“你刚才是不是也开了一个……”

我摇头。他伸出手指指着我。“哈哈，被我抓住了！女战士杀手锏轻浮随便的一刻！”

“我一直都会开玩笑好吗。”

“好吧。不过你的笑话都太隐蔽，只有聪明人才能听明白。”

“茶杯。”我提醒他。

“就是我把妈妈最宝贝的瓷器摔裂了。我把它放回柜子里，把有裂缝的一面转到后面。虽然我知道她发现不过是早晚的问题，到时候我就死定了。你知道我跑去找谁求助了吗？”

我根本不用想，我知道这个故事的走向是什么。“上帝。”

“上帝。我向上帝祈祷，希望妈妈自此离那个茶杯远远的。最好，余生都不要靠近。或者至少等我上了大学搬出去以后。然后我就祈祷，上帝能还原茶杯，把它变得完好如初。毕竟他是上帝，不是吗？他能治好凡人——那么一个小小的中国制造的茶杯算他妈什么呢？这是最佳的解决方案，而这也是他存在的意义，最佳的问题解决者。”

“她还是发现了茶杯的事。”

“用屁股想也知道她会发现茶杯的事。”

“我很惊讶你居然还会祈祷。在经历了小福和茶杯的事情之后。”

他摇头：“这不是重点。”

“还有重点？”

“是的，当然有重点——如果你让我把这个故事讲完的话。她在发现茶杯的事之后，在我还不知道她知道了之前，重新放了一个。她买了一只新杯子，把原来的扔了。一个星期六的早上——我猜是我祷告了差不多一个月以后吧——我跑去柜子前，为了证明信徒圈对没用祷告的看法是错的的时候，我看见了它。”

“那个新茶杯。”我说。剃刀点点头。“可你不知道你妈妈重新买了一个。”

他双手往空中一举。“这真是个奇迹！原本有裂口的地方裂口已经不见了！破杯子又变得完整了！上帝真的存在！我差点拉了裤子。”

“茶杯被治好了。”我一字一顿地说。

他的黑眼睛深深地探进我的眼睛里。他的手放在我的膝盖上，紧紧一握，然后敲了一下。

是的。

## ——70——

浴室里，喷出来的水变成小水流，小水流变成淅淅沥沥的水珠串，淅淅沥沥的水珠串变成了无精打采的水滴。水流速度慢下来，我的心跳快起来。我的妄想症占据了我最好的部分。我等着水流被截断，好像等了十年那么久。这是剃刀发出的信号。

外面的走廊空无一人。这点我一早就知道。多亏克莱尔的追踪装置。我也明确知道自己要去什么地方。

楼梯。往下走一层。最后一个承诺。我在门口站了很久，才将新兵的手枪塞进夹克口袋。

然后我砰地打开门，在走廊里狂奔，朝护士站跑去。我直接冲到护士站前，护士噌地一下从椅子上跳起来。

“快趴下！”我喊，“要爆炸了！”

我直接冲过柜台，朝着通往病房的两扇门跑过去。

“嘿！”她喊道，“你不能去那儿！”

随时准备，剃刀。

她按下桌子底下的锁门键。无所谓。我全速朝门撞过去，把两边的合页全都撞歪了。

“站住！”她尖叫道。

前面还有一条走廊。我办不到。虽然我已经进化了，但我还是跑不过子弹。我猛地刹住脚。

剃刀，我是认真的。现在正是最佳时机。

“双手举过头顶！快。”她上气不接下气地说，“很好。现在朝我走过来，往后退。速度要慢，非常慢，不然我向上帝发誓我会向你开枪。”

我乖乖听话，一点一点朝着她声音的方向蹭过去。她命令我站住。我站住。我是站住不动了，但是我身体里的那些小机器人可没有。她的位置已经锁定。我根本不用看也知道她所处的确切位置。中枢系统接收到了我的肌肉和神经系统发送的消息，只要接到命令就会直接执行。时机一到，我根本不用自己思考，中枢系统会接管过去。

但是我不会将我整个人都奉献给第十二个系统。抓住新兵的夹克是我自己的主意。

这令我想起一件事。“鞋。”我喃喃地说。

“你说什么？”她的声音有些颤抖。

“我需要一双鞋。你穿多大号？”

“什么？”

中枢系统用光速发出信号。我的身体没办法跟它一样快，但也达到了所需速度的两倍。

右手缩进新兵夹克的大袖子里，我抽出那把十英寸的军刀，交到左手，然后扔了出去。

她应声倒地。

我从她脖子上拔出军刀，蹭干净血渍之后，收回夹克的左衣袖里，然后去检查她的鞋子。她穿的是那种纯白的、鞋跟加厚的护士鞋。虽然大了半号，不过能穿。

走廊尽头，我走进右手边的最后一个房间。里面漆黑一片，但是我的眼睛是进化过的，我能够清晰地看见她躺在床上，睡得很熟。也可能是昏迷中。我必须要确定是哪种。

“茶杯？是我，杀手锏。”

又黑又密的睫毛颤了两颤。这一幕让我惊讶自己居然能达到这个地步，我发誓我听见了睫毛在空气中扇动的声音。

她喃喃地说着什么，眼睛依然闭着。声音太小，进化过的耳朵也无法听清，但是听觉机器人将这个信息传送到中枢系统，然后将它传递给下丘处，我大脑的听觉中枢。

“你已经死了。”

“我没死。你也没死。”

## ——71——

床边的玻璃窗在窗框里震颤。地板抖动。耀眼的橘色灯光洒满房间，熄灭，一声刺耳的咆哮之后，天花板上洒下一大片墙灰。然后，这样的顺序再重来一遍。一遍。又一遍。

剃刀引爆了军火库。

“茶杯，我们得赶紧走了。”我一只手滑到她头低下，轻轻托起来。

“去哪儿？”

“能到的最远处。”

我一只手托着她的后脑勺，然后用手掌的根部敲击她的额头。力道非常小心，不能重，也不能轻。她的身体软下来。我将她从床上抱起来。随着军火库不断爆炸，又一阵爆炸响起。我踢破窗户。刺骨的冷风闯进病房。我坐在面对病床的窗台上，紧紧地搂着茶杯。我的紧张拉响了中枢系统的警报。我现在离地两层楼高。双脚、脚腕、皮肤、膝盖和骨盆的骨骼、筋腱的力道争相增强。

我们走。

我们往下跳的时候，我整个人快速翻转，就像一只从柜子顶上跳下来的猫。我们安全落地，像猫咪那样，只是落地时茶杯的头在弹起来重重磕到了我的下巴。我们面前是医院，我们身后是不断爆炸的军火库。我们右边，正如剃刀精准提示过的那样，是那辆黑色的道奇M882。

我拉开车门，将茶杯塞进副驾驶，自己跳上驾驶席，然后开车穿过停车场，用力朝左打方向盘，直奔北面的机场而去。警报器尖叫起来。探照灯打下来。从后视镜里可以看见两辆救火车争相朝着燃烧的军火库冲过去。救火队将要面临一场硬仗，因为有人已经关掉了泵站的阀门。

又一个朝左猛打轮，现在我们朝着黑鹰巨大的身躯驶去，在刺眼的探照灯下，这些泛光的家伙就像是黑色的甲壳虫。我紧紧攥住方向盘，深吸一口气。这是整个计划最关键的部分。如果剃刀没有成功绑架出一个飞行员，我们就全都交代了。

一百码开外，我看见有人从直升机的驾驶舱跳下来。他穿着沉甸甸的帕卡大衣，拿着一把冲锋枪。他的脸有一部分被帽子遮住，不过我还是看见了脸上露出的笑容。

我从 M882 单跳下来。剃刀说：“嗨。”

“飞行员在哪儿？”我问。

他朝驾驶舱甩了下头点。“我这边搞定了。你那边呢？”

我将茶杯从车里抱出来，走进直升机。一个身上被剥得精光，只剩一件乏味的绿色 T 恤和同样颜色四角短裤的家伙坐在仪表盘后面。剃刀钻进他旁边的副驾驶座。

“点火吧，鲍勃中尉。”剃刀朝飞行员微微一笑，“哦，忘了介绍。杀手锏，这是鲍勃中尉。鲍勃中尉，这是杀手锏。”

“你们跑不掉的。”鲍勃中尉说，“他们肯定会全力追我们。”

“是吗？那这是什么？”剃刀举起一大团乱糟糟的电线。

飞行员摇摇头。很冷，他的嘴唇已经冻得发青。“我不知道。”

“我也不知道，不过我猜这些东西对正确操控直升机来说很重要。”

“你不明白……”

剃刀朝他凑过去，他脸上所有的戏谑都不见了。他那双深邃的眼眸里闪着光，好像是从里面透出来的，而我从他身上感应出来的那种螺旋上升的力量此刻喷薄而出，我真的打了个激灵。

“听我说，你这个婊子养的外星人，你最好马上让这个的玩意儿动起来，不然的话，我就——”

飞行员将双手放在膝盖上，盯着前方。进入这架直升机之后，我最关心的就是怎么能让飞行员乖乖听话。我凑到前面，抓起鲍勃的手腕，然后将他的手指往后掰。

“我会把它掰断的。”我向他保证。

“动手啊！”

我猛地用力。他的牙齿直接咬住下嘴唇，双腿用力一蹬，眼中含满了眼泪。不应该这样。我伸出手按着他的后脖颈，转头看着剃刀。

“他也有被植入的芯片，他不是他们的人。”

“对啊，当然，你们究竟是什么？”飞行员大声地叫喊。

我从包里掏出那个追踪装置，上医院和军火库周围都被小绿点包围，还有三个小绿点在飞机跑道上。

“你把你的拿出来了吗？”我对剃刀说。

他点点头。“扔在我枕头底下了。计划不就是这样的吗？是这样计划的吧。见鬼，杀手锏，是不是这么计划的？”剃刀有点惊慌失措。

我将袖子里藏着的刀滑下来，握在手里。“抓稳他。”

剃刀立刻反应过来。他抓住鲍勃中尉，将他的头紧紧锁在自己腋下。鲍勃没有进行激烈反抗。我现在担心他可能会被勒得休克过去。如果是那样，就全都完了。

光线并不充足，剃刀也没法夹着他让他一动不动，于是我跟鲍勃说最好别动，不然我可能会捅到他的脊椎，加重被掰断一根手指的疼痛。我掏出芯片，扔到碎石混合沥青的路面上，然后将鲍勃的头往后一掰，在他耳边轻声说：“我不是敌人，我也没有变成多萝西。我和你一样——”

“只是更优秀一点。”剃刀替我说完。他看了眼窗户，说：“呃，杀手锏……”

我也看见他们了。大灯照过来就像是两颗要变成超新星的行星。“他们来了，等他们赶到，就会把我们全都杀了。”我对鲍勃说，“也包括你。他们才不会相信你，一定会杀了你。”

鲍勃瞪着我，痛苦的泪水顺流而下。

“你必须相信我。”我说。

“不然她会掰折你另外一根手指。”剃刀补充道。

一声深深的、颤抖的叹息，无法控制地颤抖，他摇着自己受伤的手，血滴滴答答顺着脖子流下来，浸湿了他 T 恤的领子。“不可能的。”他喃喃地说，“他们会把我们打下来。”

我冲动地伸出手按在他的脸颊上。他没有躲避，变得非常冷静。我不明白自己为什么要按住他，也不明白我现在到底在做什么，我只觉得有什么在我心里打开，就好像新芽朝着太阳展开自己精致的小嫩叶。我身上很冷，脖子却滚烫。那种痛也令我流下了眼泪。他的痛。

“杀手锏！”剃刀吼道，“你干吗呢？”

我将自己的温暖灌注到我手底下的那个人身上。我熄灭了火。抚慰了痛。舒缓了他的恐惧。他的呼吸平稳下来。他的身体放松下来。

“鲍勃，我们真的得走了。”我对他说。

两分钟以后，我们如愿了。

## ——72——

我们升上天空，卡车吱的一声急刹车，一个高个子跳下来，他的脸色在探照灯深深的阴影里，值得好好研究一番，但是我用那双进化过的眼睛看见了他的眼睛，明亮而锐利就像树林里的那些乌鸦，只不过他是那种浅蓝色的，而乌鸦的眼睛是黑色的，这一定是光或影的把戏，他脸上似乎露出一丝小小的、紧绷的微笑。

“保持低空飞行。”我命令鲍勃道。

“我们往哪边走？”

“南边。”

直升机倾斜转弯，地上的人朝我们冲过来。我看见燃烧的军火库，还有救火车旋转的车灯，以及我们下方围聚在一起的像蚂蚁一样的士兵。我们飞过一条河，这条河在探照灯的光柱下像是泛光的黑水。此刻我们的后方，营地是黑暗冬季中一个发光的绿洲。我们冲进黑暗，掠过离树冠六英尺的上方。

我滑进茶杯旁边的座位，将她靠在自己胸前，然后将她的头发拨到一边。我希望这是我最后一次逼于无奈做这种事。一切完毕之后，我用刀柄将芯片碾碎。

剃刀的声音从我戴着的耳机里传进来：“她怎么样？”

“应该没事。”

“你呢？”

“很好。”

“差错？”

“零。你呢？”

“光滑得像新生儿的屁股。”

我将茶杯轻轻放进座位里，站起来，打开隔间的门，直到翻出降落伞。剃刀窸窸窣窣地背上，我检查着装备。

“你有什么要对我说的吗？比如，我不知道。不过还是谢谢你，剃刀，谢谢你在我揍了你，基本上表现得像个人渣以后，还将我救出来，让我免于被外星人奴役一辈子之类的？或者跟这些话类似的句子？你知道，这和在棒球场上转一下可不一样，一边玩编出来的游戏一边敲暗号，然后在布丁里放泻药，安装引爆装置偷车再绑架一个飞行员给你掰断手指玩。你也可以说，嘿，剃刀，没有你我肯定办不到。你真棒。这种话。不用非得一模一样，只要领会精神就行。”

“你为什么要这么做？”我问，“是什么让你决定相信我？”

“那天你说的关于孩子的那番话——把孩子变成炸弹。我后来的确四处去打探了一下，而我知道的下一件事，就是我坐在幻境的椅子上，然后他们带我去见指挥官，他问了我很多问题，问你到底说了什么，然后命令我不许再跟你说话，因为他不能命令我不许听。然后我越想，越觉得不对劲。他们训练我们消灭感染者，却将外星人的武器装在刚会走路的孩子身上？那么这里面到底谁是好人？然后我就开始想，我在其中究竟是什么角色。那个过程真的很痛苦，是真正的生存危机。不过，真正让我想明白的，是一个数学问题。”

“数学问题？”

“对，数学问题。你们亚洲人数学不是都很好吗？”

“不要种族歧视，而且我只有四分之三的亚洲血统。”

“‘四分之三。’你看吧？数学问题。这只需要简单的加法，因为最后所有事都加不到一起。我们是幸运的，能够把幻境程序从他们手里抢过来。就算比我们高级的外星人也有可能会把事情搞砸，没有人是完美的。但是我们不仅抢到了幻境程序，我们还抢到了他们的炸弹，抢到了他们能追踪能杀人的追踪器，抢到了他们超级先进的机器人系统，我们甚至侦测到他们的科学技术。多可笑？我们手里掌握的他们的武器，比他们自己还多！真正的逆转是从他们让你进化的那天开始的，当时沃什说他们要在我们身体里将微型机器人和人类大脑连接在一起。真叫人难以置信！”

“因为如果这是谎话的话……”

“那么所有的都是谎话。”

我们身下的大地覆盖着白色的毯子。地平线在黑暗中难以辨认，失去了踪影。所有的都是谎话。我想起环境中，我爸跟我说我现在属于他们了。本能地，我将茶杯的小手握在手里。是真的。

我从耳机里听见鲍勃说：“我听糊涂了。”

“放松，鲍勃。”剃刀说。

“嘿，鲍勃。这个名字是不是你在避恶营的时候用的？你的官职和鲍勃这个名字是怎么来的？”

一声警报响起。我将茶杯的手重新放回去，赶忙跑到前面。“怎么回事？”

“有人靠近。”鲍勃说，“六点钟方向。”

“直升飞机？”

“不是。F-15。一共三架。”

“他们进入射程还有多久？”

他摇了摇头。虽然冷，但是他的衣服已经被汗浸湿，他的脸上也全都是汗珠。“五到十分钟。”

“升高。”我对他说，“升到最高飞行高度。”

我抓起两个降落伞，扔了一个到剃刀腿上。

“我们要跳伞吗？”他问。

“我们不能正面迎上，可是也逃不掉。你和茶杯一组。”

“我和茶杯一组？那你和谁？”

鲍勃看了看我手里的降落伞。“我不会跳。”他说。然后，生怕我没听清或者听不懂，他又说了一遍：“我、不、跳。”

没有计划是完美的。我的计划本来是针对消音者鲍勃的，即是说我的这个计划最后是以我们从直升机跳下去之前把他杀了收官。现在情况复杂了。出于我没有杀死新兵的同一个理由，我也不想杀了鲍勃。杀的新兵够多，害的鲍勃够了一定数量，你就走上了和将炸弹埋进刚学会走路的小孩喉咙里那些人一样的路。

我耸耸肩，将自己的不安隐藏起来，将降落伞扔到他的腿上：“那我猜你会被烧死。”

我们此时已经升到五千英尺。黑漆漆的天空，黑漆漆的大地，中间没有地平线，四处漆黑一片。剃刀看着雷达屏，对我说：“你的降落伞呢，杀手锏？”

我没有回答他的问题。“你能在预估进入他们射程范围之前，给我三十秒的倒计时吗？”我问鲍勃。他点点头。剃刀又问了一遍。“这是个数学问题。”我对他说，“是关于四分之三的我非常擅长的问题。我们有四个人，在他们发现了两个降落伞之后，就可以猜到至少还有一个人留在飞机上。那么他们就会有一架，或者是两架继续追着这架直升机不放，起码在他们把飞机打下来之前是这样。这么做可以赢得时间。”

“是什么让你觉得他们还会紧追直升机不放？”

我耸耸肩：“因为我做的那些事。”

“你还是没有回答我你的降落伞到底在哪儿。”

“他们已经追上来了。”鲍勃说到，“命令我们降落。”

“告诉他们滚蛋。”剃刀说。他剥开一块泡泡糖塞进嘴里，然后拍拍耳朵。“耳鸣有点厉害。”他将泡泡糖的包装纸揉成一团塞进口袋。他发现我在看着他，他笑了。“从来没有发现这个世界有那么多垃圾，直到再也没有人捡垃圾。”他解释道，“地球是我的家。”

这时鲍勃大喊：“还有六十秒！”

我用力一扯剃刀的大衣。走。

他抬头看我，一字一顿地说：“你那个见鬼的降落伞在哪儿？”

我一只手把他从座位上拉起来。他惊叫一声，踉跄着朝后面走去。我跟着他，蹲在茶杯前面解开她身上的安全带。

“四十秒！”

“我们怎么找你？”剃刀站在旁边，喊道。

“朝有火的地方走。”

“什么火？”

“三十秒！”

我一把拉开舱门。呼啸的风吹进来，一把掀掉了剃刀头上的帽兜。我抱起茶杯，塞进他的怀里。

“别让她死了。”

他点头。

“你向我保证。”

再点头：“我保证。”

“谢谢你，剃刀。”我说，“谢谢你做的一切。”

他凑过来，狠狠吻住我。

“别再有第二次。”我对他说。

“为什么？因为你喜欢还是因为你不喜欢？”

“都有。”

“十五秒！”

剃刀将茶杯紧紧抱在怀里，抓住安全绳，然后往后蹭，直到他的脚跟碰到了起跳板。一个黑色的剪影，一个男孩和他怀里抱着的小孩，他们身下是五千英尺，和无尽的黑暗。地球是我家。

剃刀松开绳子。他好像不是掉下去的，而是被饥饿的虚空吞进了肚子里。

## ——73——

我走回到驾驶席，在那里发现飞行员的舱门已经打开，座位是空的，鲍勃不见了。

我本来还在好奇倒数读秒怎么停了，现在我明白了。他推翻了自己之前所有决不跳伞的想法。

我们必须要飞进射程内，这意味着他们不会将我们击落。他们肯定已经标出了剃刀降落的地点，一定会和这架直升机绑定在一起，直到我自己弃机或是飞机燃油耗尽我被迫弃机。沃什已经明白了为什么新兵的芯片在这架飞机上，而它的主人却因为头疼躺在医务室里。

我用舌尖将芯片从嘴巴里顶出来，拿在手掌上。

你想活吗?

当然，而且你也想。我对沃什说。我不知道为什么，希望自己永远不要知道。

我将芯片从手里弹出去。

中枢系统立刻做出了反应。我的想法令中心处理器警觉起来，然后计算出彻底失败的概率，随即关闭了我肌肉系统的所有基本功能。第十二系统的命令和我给剃刀下的一样。不要让她死。这个系统的性命就好像寄生虫一样，要依赖于我的存活才能延续。

我改变想法的那一瞬——行，好吧。我会抱着降落伞往下跳的——中枢系统才会放开我。只有那一刻才可以。我骗不过它，不能跟它讨价还价。说服不了它，也逼迫不了它。除非我改变主意，不然它不会放开我。可除非它放开我，否则我不会改变心意。

心焚如火。身硬如石。

中枢系统对我滚雪球般的恐惧一筹莫展。它可以对情绪做出反应，却无法控制。释放内啡肽。神经元和肥大细胞将 5- 羟色胺堆进我的血液中。除了这些生理性的调节，它和我一样恐惧。

一定有一个答案。一定有一个答案。一定有一个答案。正确的回答究竟是什么呢？我看见沃什那双像小鸟一样的明亮双眼紧紧盯着我的眼睛。正确答案是什么？不是愤怒、不是希望、不是信仰、不是爱、不是分离、不是坚持、不是放手、不是反抗、不是逃跑、不是躲避、不是放弃、不是屈服、不是不是不是、没没没。

没有。

正确答案是什么？他问道。

我回答：没有。

## ——74——

我还是没有办法动一下——甚至连眼睛都不能转动——但是我的视野非常好，仪表盘看得一清二楚，包括飞行高度和油表。我们此时处于五千多英尺的高空，燃油不可能持续到永远。被无限放大的恐惧或许可以阻止我不跳下去，但是无法阻止我的直升机往下掉。最终以这一结果宣告失败的可能性是百分之百。

只有一种选择。让中枢系统放开我，那种感觉就像是用力跑过一个足球场。我被推回到自己的身体里，恶狠狠地。

好吧，杀手锏 2.0 版。让我们看看你有多能干。

我抓住飞行员舱门的把手，熄灭了引擎。

警报器响起。我把它也关上。现在剩下的是风声，也只有风声。

几秒钟以后，飞机在现有高度上维持了片刻，开始下坠。

我被甩到了天花板上，我的头磕到了挡风玻璃。眼前冒出许多白星星。直升机一边掉一边打转。我被抛上抛下，好像骰盅里的骰子，在空中大呼小叫，寻找可以抓握的地方。直升机极速翻转，大头朝上，我被甩出十二英尺，扔进机尾，然后在飞机掉个儿的时候又被甩回来，胸口直接撞上了飞行员驾驶席的椅背。一根锋利的肋骨火辣辣地划过我的肋下：我被撞断了一根肋骨。尼龙安全带扣打中我的脸，再次被甩出去之前，我抓住了它。飞机又一个翻滚，离心力将我重新扔进驾驶席，直接撞上了舱门。舱门呼地甩开，我用脚上白色护士鞋的鞋跟钩住座位保持平衡，一半身子探了出去。我松开安全带，手指紧紧钩着门把手，然后用力推。

滚、扔、转、翻跟斗，灰黑和星星点点的白光不停变换。直升机翻转，驾驶席倒转，我抓着舱门把手倒挂起来，门砰地关上夹住我的手腕，直接夹断我的腕骨，我将手指从门把手上扯下来。我的身体弹跳翻滚地顺着黑鹰往后掉，最后撞到后轱辘上，此时机尾朝上，我直接竖着冲过去，然后像发射的火箭一样朝着地平线飞去。

我没有感觉到坠落。暖流和寒流挤压造成的上升气流里，一只老鹰张开双翼在夜空中翱翔。直升机在被我抗拒着的地心引力中翻滚打转。它撞毁的时候我并没有听见爆炸声。耳朵里只有风和血液的咆哮，在飞机里身上被撞的地方也不再觉得疼痛。我整个人陷入狂热、令人兴奋的空洞状态。我什么都不是。我的骨头比风更加结实。

地球向我冲过来，我并不害怕。我兑现了自己的承诺，我拖延了时间。

我伸出双臂。张开手指。我仰起脸朝着天空和地球相交的那条线飞去。

那里是我家。我的地盘。

## ——75——

我以自由落体的速度朝着一片没有形状的白色地方坠去，那是一片巨大的虚无，将蕴含其中的一切尽数吞没，然后炸开，蔓延着，朝四面八方，朝地平线而去。

那是一个湖。一个非常大的湖泊。

一个冻得硬邦邦的巨型湖泊。

双脚着地是我唯一的选择。如果冰层厚度超过一英尺，我就完了。就算被外星人强化过的地方全都加在一起，也保护不了我。我的腿骨肯定会摔得粉碎，我的脾也会被直接戳穿，我的肺直接就砸扁了。

我对你有信心，玛丽卡。经历过了火与血，你不会到现在才倒下。

事实上，我会。指挥官阁下。

像珍珠一样泛着光的白色世界，是一张空白的画布，是一个雪花石膏般的深渊。风墙尖叫着托着我的双腿。我屈膝顶着胸口，抱成团往下落。我必须要以垂直的姿势落地。身体展开速度太快的话，风可能会将我撞翻。但如果速度太慢，我就会屁股着地或者胸部着地。

我闭上眼睛，我不需要它们。中枢系统到目前为止表现良好。是时候给予它我的全部信任。

我放空思绪，如空白的画布，雪花石膏般的深渊。我是飞行器，而中枢系统就是飞行员。

正确答案是什么？

没有。什么都没有就是正确答案。

双腿用力往前蹬，我的身体旋转着伸展起来。我把胳膊抬起来，抱在胸前。我的头向后仰，面向天空。张开嘴。吸气，吐气。吸气，吐气。吸气，屏住。

我直立着，风放开我，我下坠的速度加快。

最终我以每小时一百英里的时速直直地击中冰面，双脚着地。

我没有感觉到撞击。

也没有感觉到冰冷的湖水。

我落入冰冷的黑暗中时，也没有感觉到湖水的水压。我什么感觉都没有。我的神经已经阻断，大脑接收疼痛的地方已经关闭。

我上方几百英尺的地方，一个小光点，一个小针孔，弱得像最遥远的星。那里是入口。同时也是出口。我用力朝星星踢腿。我的身体麻木。我的意识放空。我已经完全臣服于第十二系统。它再也不是我身体的一部分，第十二系统就是我。我们融为一体。

我是人类。我又不是人类。那颗在拱形的冰层闪耀的星升起，一种近似神的感觉在原始的深处升起，是纯正的人类，也是纯正的外星人，我现在理解了。我知道了那个不可能的伊万·沃克之谜的答案。

我正中的那颗星，从冰层的表面冒出来。

两根肋骨摔断了，一只手腕粉碎性骨折，脑门被飞行员的安全带扣划出一条深深的口子，整个人无知无感，完全喘不过气，空虚、完整、有意识。

且还活着。

## ——76——

黎明时分，我走到坠毁的直升机残骸处。坠落地点并不难找。黑鹰直接掉到了一块空地的中间，这里覆盖着刚下的雪。几英里之外都能看见火光。

我从南边慢慢接近。我的右边，太阳从地平线底下冒出来，阳光洒满白色的原野，描摹出一个璀璨的水晶地狱，就好像从天而降一百万颗钻石。

被湖水浸湿的衣服早已经冻硬了，每动一下就像引火柴一样嘎吱嘎吱响，感知重新交回到我手里。第十二系统用延续我的存在来延续它自己的存在。它呼唤着要休息、要食物、要帮忙加速治愈进程。这才是将疼痛交换给我的目的所在。

不。在找到他们之前不能休息。

天空空荡荡。风止息。烟缱绻着从七扭八歪的直升机残骸上升起，黑与灰，就好像那场屠杀过后，烧光的避恶营上空升起的烟。

剃刀，你在哪儿？

太阳爬上来，白雪反射的光芒变得明晃晃地刺眼。第十二系统调节了我的眼睛。一种和戴了墨镜毫无区别的黑色笼罩住我的视线，然后我看见西方一英里以外的白色中有一个黑点。我趴在地上，用蛙泳的动作给自己刨出来一个坑。那个黑点越来越近，黑色的剪影形成一个人的轮廓。高而瘦，穿着一件沉甸甸的帕卡大衣，背着一支步枪，缓慢地行走在没脚踝的雪地里。足足走了三十分钟。当他距离我还有一百码的时候，我站起来。他立刻卧倒，好像被枪打中一样。我叫着他的名字，不过声音不大。

我听到了他的回答，因为焦虑，分贝有些高："我 ×！"

他快走了几步，然后跑起来，高高抬起膝盖摆动胳膊好像跑步机上信心坚定的健身狂魔。他在距离我一臂之遥的地方停下来，温暖的呼气从张开的嘴巴里喷出来。

"你还活着。"他小声说。我从他眼神中看出了他的讶异：这不可能。

"茶杯呢？"

他朝身后甩了一下头："她很好。呃，不过我觉得她可能摔断了一条腿……"

我走过他旁边，然后开始用他过来时的样子往前走。他大步从我身后追上来，大呼小叫着要慢一点。

"我本来对你都不抱希望了。"他呼哧呼哧地说，"都不用降落伞！怎么，你现在还会飞了是吗？你头上的伤是怎么回事？"

"磕的。"

"哦，好吧，你看起来像是阿帕奇人。你知道，喜欢涂迷彩。"

"对，我剩下的四分之一血统正是阿帕奇人。"

"真的？"

"你说你觉得她可能摔断了一条腿，是什么意思？"

"呃，就是我觉得她可能摔断了一条腿。字面意思。你有透视眼，或许自己能够确认一下——"

"有点奇怪。"我们一边走，我一边仔细看着天空。"追兵哪儿去了？他们应该早就标记出了坠落地点才对。"

"反正我没看见。可能他们放弃了吧。"

我摇头："他们不会放弃。剃刀，还有多远？"

"再走一英里？别担心，我把她藏在了一个很隐蔽的地方，很安全。"

"你为什么要丢下她？"

他猛地看了我一眼，静止了一秒。但也仅仅是一秒。剃刀并没有词穷很久。"为了来找你。你跟我说到有火的地方找你，或者是类似的方向。你本来可以说：'到这架飞机坠毁的地点来找我。起火的地点。'"

我们又默默地走了几分钟。剃刀已经喘不上气来，而我没有。第十二系统会支撑住我。直到我走到她面前。但是我有一种感觉，等我撑不住的时候，下场肯定会很惨。

"现在我们要怎么办？"他问。

"先休整几天——越久越好。"

"然后呢？"

"去南边。"

"南边。这就是全部的计划吗？南边。还真是详尽呢，不是吗？"

"我们必须回到俄亥俄去。"

他停下来，好像撞上了一堵隐形的墙。我又走了几步，然后转过身。剃刀冲我不停地摇头。

"杀手锏，你究竟知不知道你要去的是什么地方？"

我点头："离那些大湖北边差不多二十英里。我猜是伊利湖。"

"你怎么——我们怎么——你知道俄亥俄距离这里有一百多英里，对吧？"他嘟囔着说。

"我们要去的地方，确切地说距离这里二百英里。也许我们可以像乌鸦一样飞过去。"

"飞过去？哦，不过真遗憾，我们不是乌鸦！俄亥俄有什么？"

"我的朋友。"

我继续走，跟着他来的时候留在雪地里的脚印。

"杀手锏，我不想戳破你的希望，但是——"

“我知道也许他们已经死了。就算他们没死，也有可能是我还没有走到，我就死了。但是我答应过他们，剃刀。当时我不觉得那是一个承诺。我跟自己说这不能算。也跟他说这不算。可是有很多事只有我们自己知道什么是事实，也有很多事是与我们有关的事实。”

“你刚才说的这些都是不能成立的。你自己也知道，对吧？你一定是脑袋坏掉了。你平时也这样。”

“脑袋坏掉？”

“好吧，我就是开了个玩笑”他皱着眉，“你对谁做出过承诺？”

“一个天真、愚蠢的肌肉男，总觉得自己是上帝赐予这个世界的礼物，有时候也认为这个世界是上帝赐予他的礼物。”

“哦，好吧。”他默默走了好几步，慢慢吞吞的，然后又问，“这位天真、愚蠢的肌肉男先生当你男朋友多久了？”

我停下，转身，双手捧起他的脸用力吻住他的唇。他瞪大了眼睛，充满了对如此近距离恐惧。

“这是为了什么？”

我又吻他。我们的身体紧紧贴在一起，他冰冷的脸被捧在我更加冰冷的双手中。我能闻到他呼气中泡泡糖的味道。地球是我家。我们是自一片起起伏伏、白得炫目的海洋上升起的两根柱子。这片海无边、无沿，没有尽头。

他将我从坟墓里抱起。他将我从死人堆里拉回来。他冒着自己丢掉性命的危险，让我逃了出来。转身更容易。让我自生自灭更容易。去相信那美丽的谎言而不是丑陋的事实会更加容易。自从我爸死后，我就筑起一座安全而坚固的堡垒，能够屹立千年。可这个堡垒只需要一个吻，就瓦解了。

“现在我们扯平了。”我喃声说。

“没扯平。”他沙哑着嗓子说，“我只亲了你一次。”

## —77—

我们走到的时候，乱七八糟的东西从雪地里冒出来，好像是从地底深处破土而出的利维坦。筒仓、传输带、各种桶、搅拌器、仓库和办公楼，一个比飞机库还要大两倍的巨型仓库，四周围着生锈的锁链围栏。如此情景似乎带着一点令人毛骨悚然的象征意味，在某种程度上正好契合一间混凝土工厂的落幕方式。混凝土是人类无所不在的签名，是我们在世界这张空白画布上涂抹下的典型颜料。无论我们去哪儿，地球总会在它下面一点一点消失。

剃刀将一段烂掉的围栏拨开，为我清出一道可以弯着腰通过的路。他的颧骨上有两块高原红，鼻子也被冻得通红通红，一双温柔、灵动的眼睛四处逡巡。或许他和我一样，觉得在这个空场中太过显眼，尤其处于高耸的筒仓和巨型设备的包围下，头顶着晴朗、万里无云的天空。

或许吧，只是怀疑。

“把你的枪给我。”我对他说。

“为什么？”他抱着枪紧贴胸膛，用来扣动扳机的手指紧张地一拍一拍。

“我枪法更好。”

“杀手锏，我已经四处检查过了。这里没有人，非常——”

“安全。”我替他说完，“好的。”我伸出一只手。

“拜托，她就躺在仓库里……”

我一动不动。他翻了个白眼，扬起头看了看空无一物的天空，又看回我。

“要是他们在这里的话，你知道，我们俩早已经是死人了。”

“枪。”

“好好好。”他把枪塞给我。我从他手里抓过枪，用枪托从侧面敲击他的头。他双腿跪下来，眼睛还盯着我，但是他眼中什么都没有。什么都没有。

“躺着吧。”我对他说。他往前扑倒，趴在地上一动不动。

我不认为她在仓库里。一定是有什么原因，所以他希望我进去，但是我不相信这个原因和茶杯有半点关系。我甚至怀疑她是不是在方圆一百英里之内。但是，我别无选择。微微占优势的地方是我手里有枪，剃刀昏迷过去。但也仅此而已。

我吻他的时候，他朝我敞开了自己。我不知道进化是怎么在另一个人类身体里开启移情作用的，或许是它将宿主变成了一个人类谎言探测仪，从各式各样的感官输入里采集数据，然后传送给中枢系统进行破译和分析。无论原理为何，反正我感觉到了剃刀内心深处有一个白点，一个探测不到的地方，一个隐藏的房间，我知道肯定有什么地方出现了严重的错误。

谎中谎。佯攻和反佯攻。就如沙漠中的海市蜃楼，无论你多用力地朝它奔跑，它永远屹立在远处。寻找真相就好像在追逐地平线。

我走进仓库的阴影里，有什么在里面松开。我的膝盖开始发抖。我的胸口疼痛，好像我被人当胸夯实一击。我无法呼吸。第十二系统可以提供、增强我的力量，优化我的反应，将我的灵敏度提高十倍，治好我，并且保护我抵御每一个生理性的伤害，但是我这四万个不请自来的小客人对一颗破碎的心，可是无能为力。

不行，不行，现在不能心软。如果我们变软弱会怎么样？会怎么样？

我不能进去。我必须进去。

我斜倚着仓库冰冷的金属墙壁，旁边是敞开的门，里面是黑洞洞的一片，好像坟墓一样沉重。

## ——78——

腐坏的牛奶味。

瘟疫的恶臭如此强烈，我走进去之后不得不屏住呼吸。嗅觉机器人立刻调低我的嗅觉，我的胃平静下来，我的目光清晰起来。这间仓库比足球场大出两倍，一共分为三层。底层，也就是我现在站着的这层，已经被改造成一个临时的医院。数以百计的小床、叠得整整齐齐的被子，还有倒在地上放着医疗用品的推车。到处都是血。距离我头顶三层高的天花板有部分塌陷，阳光从天花板上的小孔一缕一缕射下来，照得血渍微微泛光。地上染血的床单已经被冻硬，墙上也都是飞溅的血渍，被血浸湿的床单和枕头。血，血，到处都是血，却不见尸体。

我爬上第一组梯子，来到二层。这一层是放补给品的：成包的面粉和其他干粮，袋子全都撕开，里面的东西被老鼠和其他害虫糟蹋过，一摞一摞的罐头，一罐子一罐子的清水，还有一桶一桶的煤油。这些全都是用来过冬的储备，但是红死病的海啸先一步抓住了他们，将他们淹没在自己的血液里。

我爬上第二组梯子来到三层，一道光柱像探照灯一样穿过尘埃飞舞的空中。我已经来到了尽头，来到最后一层。这一层到处都死尸，有的地方六个摞在一起，靠下的那些都用单子小心裹好，而上面的那几个则随便扔在那里，胳膊腿随意地横出来，只剩皮包骨头的干尸骨节分明的手指七扭八歪，无助地抓握着空荡荡的半空。

这一层中间的地方已经被清理干净。一张木桌摆在光柱的正下方。在桌子上，放着一个木盒，木盒旁边，摆着一个棋盘，棋盘上已经摆好一个残局，我一眼就认出来了。

然后他的声音响起，好像无处不在又好像根本不在这里，就像是远方雷声的呢喃，无法追溯。

“我们俩的棋还没下完。”

我朝前一伸手，挥到了白王。我听见一声叹息，好像树林高处掠过的风。

“你为什么会在这里，玛丽卡？”

“这是一次测试。”我轻声说。白王躺在棋盘上，空洞地瞪着，那双像雪花石膏般深渊的眼睛看着我。“你需要在我不知情的情况下，测试一下这个第十二系统。我必须要相信整个过程是真实的。这是让我配合的唯一方法。”

“你通过测试了吗？”

“是的，我通过了。”

我转身，背对光柱。他就站在楼梯口，独自一人，脸藏在阴影里，不过我发誓我能够看见他那双明亮的、像鸟一样的蓝色眼睛在黑暗的停尸间一闪一闪。

“还没有全部通过。”他说。

我端起枪瞄准那两只闪闪发光的眼睛中间，扣动扳机。扳机声在空荡荡的停尸房回响：咔咔咔咔咔咔咔咔咔。

“你已经走到了这个地步，玛丽卡。不要现在才让我失望。”沃什说，“你一定已经知道了枪里没有子弹。”

我扔掉枪，往后退，一直退到桌边。我双手撑着桌面，稳住自己的身子。

“想问就问吧。”他命令道。

“你说‘还没有完全通过’是什么意思？”

“答案你已经知道了。”

我抓起桌子朝他扔过去。他一抬胳膊将它挥开，而这时我已经冲到他跟前，从六英尺的高空落下，用我的肩膀狠狠撞上他的胸口并且双臂张开像熊一样紧紧抱住他。我们从三层楼飞下去，落在二层。两人身下的地板发出雷鸣般的咔嚓声。这一撞迫使我松开了手。他伸出一只手修长的手指掐住我的脖子，将我甩出二十英尺，丢进一个摞起来的罐头塔。没用一秒我就站了起来，但他还在揍我，动作非常快，我眼中只能看见他扬起的动作残影。

“浴室里那个可怜的新兵。”他说，“ICU 病房外的护士、飞行员、剃刀——乃至于克莱尔，可怜的克莱尔，从一开始就处于明显的劣势。还不够，还不够。为了真正地通过测验，你必须打倒一个根本不可能打倒的人。”

他大大地张开双臂。这是一个邀请。“你想要这个机会，玛丽卡。来吧，机会就在这里。”

## ——79——

接下来的发展，和我们的棋局没有任何区别。他知道我怎么想。他知道我的力量，我的弱点。知道我下面要做的每一个动作。他对我的几个伤处特别关照：手腕、肋骨、脸。额头的伤口重新撕裂，血流如注，在零下的空气中流下来，流进嘴巴里，流进眼睛里；世界被血帘遮掩变成猩红色。我第三次倒下之后，他说："够了。待着别动，玛丽卡。"

我站起来。他第四次把我撂倒。

"你的系统已经超负荷了。"他提醒我。我现在双手和膝盖趴在地上，麻木地看着血从脸上滴滴答答掉在地上，洒下一阵血雨。"它有可能崩溃。到时候你可能会因为受的伤死掉。"

我尖叫起来，发自灵魂深处的彻底发泄：替那七十亿个被屠杀的人类发出的死亡的嘶吼。这声尖叫在海绵般的空间里来回激荡。

然后我最后一次站起来。即便我已经进化，我的眼睛还是跟不上他的拳头。就好像量子粒子，既不在这里也不在那里，无法安放，无法预测。他将我软趴趴的身子从二层挥落到下面的水泥地上，我往下坠好像掉了永远那么久，跌进比时间初始前吞没整个宇宙的黑暗更黑的黑暗里。我翻了个身趴在地上，然后撑起自己。他的脚踩住我的脖子，用力往下碾。

"答案是什么，玛丽卡？"

他不用解释。终于，我明白了这个问题。终于，我也解开了这条谜语：他不是在问我们对解决他们这个问题的答案。从来都不是。他是在问他们要如何解决我们这个问题的答案。

于是我说："没有。什么都没有。他们不在这里。他们从来都不曾在这里。"

"谁？谁不在这里？"

我的嘴里全都是血，我一口吞下。"冒险……"

"是的。很好。关键就在于冒险。"

"他们从来不在这里。根本没有东西被下载到人类的身体里，没有一个人的身体里被注入了外星人的意识。因为有风险。是的，风险。而风险是不可接受的。它是一个……一个程序，一个虚幻的产物。在他们出生之前就给他们注入意识，等到他们长到合适的时候打开开关——这是谎话，一个谎话。他们是人类。像我一样进化了，但还是人类……”

“那我呢？如果你是人类，我是什么？”

“我不知道……”

靴子用力往下踩，将我的脸碾压着贴到地面。“我是什么？”

“我不知道。控制者？主导者？我不知道。是被选中那个，为了……我不知道，我不知道。”

“我是人类吗？”

“我不知道！”但其实不是。我们已经走到了一个我走不下去的地方，这个地方的来路也退不回去。上面：是鞋。下面：是深渊。“可如果你是人类……”

“很好。说下去。如果我是人类……怎么样？”

我被淹没在血液里。不是我自己的血，是那些在我之前死去的几十亿人的血，一片无尽的血海淹没我，将我往没有光亮的海底拽去。

“如果你是人类，希望便不复存在。”

## ——80——

他将我从地上抱起来，来到其中一张小床跟前，轻轻地将我放在床上。“你现在虽然弯了，但是并没有坏。钢在铸剑之前必须要融化才能重塑成型。你就是这把剑，玛丽卡。我是铁匠，而你就是剑。”

他捧起我的脸，眼中闪耀着一个宗教狂热者般的火热，露出那种街角疯子似的传道者的表情，只不过这个疯子双手中握着整个世界的命运。

他大拇指轻轻摩挲我被血模糊了的脸颊。“现在休息一下吧，玛丽卡。你在这里是安全的。非常安全。我把他留下来照顾你。”

剃刀。我不要。我摇头。“不，求你，不要。”

“不出一两个星期，你就做好准备了。”

他等着我问问题。他对自己很满意，又或者是对我，又或者是对他此刻身体达到的程度很满意。不过，我没有问。

然后他就出去了。

过了一会儿，我听见有直升机来将他接走。然后，剃刀出现，好像有人在他脸皮下面塞了一颗苹果。他什么都没说，我也什么都没说。他用温热的肥皂水替我擦脸，为我包扎伤口。他将我断掉的肋骨固定起来。他用夹板将我粉碎的手腕夹起来。他没有多费一道事替我拿水，不过他一定知道我渴坏了。他将输液的针头插进我胳膊，然后连上输液的吊瓶。然后就留我一个人，自己则坐在敞开门口边上的一把折叠椅上，整个人缩进沉甸甸的帕卡大衣里，步枪放在腿上。到了太阳落山，他点亮一盏煤油灯，把它放在自己身边的地上。灯光骤亮沐浴着他的脸，但是他的眼睛依然藏在阴影里我看不见。

“茶杯呢？”我的声音回荡在这个巨大的空间里。他没有回答。

“我有一个理论。”我对他说，“是关于老鼠的，你想听吗？”

沉默。

“杀死一只老鼠很简单。你只需要一块过期奶酪和一个弹簧夹。但是要杀死一千只老鼠、一百万只、十亿只——乃至七十亿只——那就有点困难了。因为你需要诱饵、毒药。你不必将所有七十亿只老鼠全部毒死，只要达到一定百分比，它们就会自己搬着毒药回到聚集地。”

他没有动。我不知道他是不是在听，甚至是不是醒着。“我们就是老鼠，而下载到人类胎儿身上的那个程序——就是诱饵。一个身具外星人意识的人类和一个相信自己所作所为的人类有什么区别呢？除了一点之外，毫无区别。要冒风险。区别就在于风险。不是我们的风险，而是他们的。他们为什么要冒这样的风险呢？答案是他们根本就不会。他们不在这里，剃刀。他们从未来过这里。这里只有我们，一直以来都只有我们。”

他非常缓慢地往前弯下腰，从容不迫地熄了灯。

我叹了口气："但正如所有的理论一样，这个理论也是有漏洞的。你无法用那个大石头的问题把这些漏洞填补好。当他们只需要扔一块非常大的石头就能解决问题的话，为什么还要大费周章呢？"

现在非常的安静，安静得我用进化机器人都听不见他。"闭嘴。"

"你为什么那么做，艾利克斯？"如果艾利克斯是他的真名的话。他的整个过往都可能是沃什为了操控我设计出来的一个谎话。这是最有可能的。

"我是一个军人。"

"所以你只需要服从命令。"

"我是一个军人。"

"所以追问原因不在你的职责范围内。"

"我，是，一，个，军，人！"

我闭上眼睛。"棒棋。那也是沃什发明的吧，对吗？不好意思，这问题很蠢。"

沉默。

"沃克。"我说着猛地睁开眼睛，"一定是。这是唯一能说得通的解释。是伊万，对不对，剃刀？他想要伊万，而我是能够抓住他的唯一途径。"

沉默。

避恶营的爆炸以及从天而降的那些无人机：为什么他们需要无人机？这个问题一直困扰着我。找到一群幸存者能有多难，尤其是剩下的幸存者数量那么少，而且你手里又握着大量人类科技。找到他们的时候，幸存者抱团住在一起。他们簇拥在一起就好像蜂巢里的蜜蜂。无人机呢根本不是用来追踪我们的，它们是用来追踪他们的，用来追踪像伊万•沃克那样的人类的，进化得强大而危险，四散在每一个大洲，装备着的知识如果下载到他们身上的程序发生故障，那么整个大厦将随之倒塌——很显然他的案例就是这样。

伊万脱离了掌控，沃什不知道他在哪儿也不知道他是死是活。但是如果伊万活着，沃什就需要在内部安插一个人，一个会令伊万信任的人。

我是铁匠。

你是剑。

## ——81——

足足一个星期，他是我唯一的陪伴。是看守、是护工、是看护。我饿的时候，他给我拿吃的。我疼了，他替我缓解痛楚。我脏了，他给我洗澡。他不眠不休。他忠实可靠。我醒的时候他在，我睡着了他也在。我从来没有看见他睡过觉：他能不眠不休，但我不能；我一晚会醒好几次，而他总是从门口的位置看着我。他沉默不语、阴沉着脸还有点奇怪的紧张，这个家伙根本不愿下力气骗取我的信任或者骗我相信他。就好像我可能会想逃，而他却知道我虽然能够逃却不会逃，他知道我被一个比一千条锁链更重的承诺绑住、困住一样。

第六天的下午，剃刀系了一块布蒙住口鼻，然后顺着楼梯爬上三层，回来的时候扛着一具尸体。他将尸体搬到外面。然后又回到楼上，他两手空空时的脚步和背着尸体时一样轻重，然后他将另外一具尸体运到一层。我数到一百二十三的时候就数不下去了。他将仓库里所有的死尸都搬空，将它们摞在空场上，然后在傍晚时分，将这一堆尸体火化。尸体早就变成了干尸，遇火就燃，很快就烧起来，滚烫而耀眼。臭味几英里之外就能闻见，如果那里有人看着这里的话。火光照亮了门口，顺着地板爬进来，将水泥地变成了一片波澜不惊的金色海床。剃刀瘫坐在门口看着火光，消瘦的身影周围笼罩着一层光圈好像月食那样。他耸耸肩松掉外套，脱下衬衣，卷起汗衫的袖子露出肩膀。他的刀刃在黄色的光芒下一闪一闪，他用刀尖在自己胳膊上刻出某种图案。

夜幕降临，火光渐熄，风声呼啸，我回忆起往事心疼起来。我回想着夏令营、捉萤火虫以及八月繁星点点的夜空。沙漠的味道和太阳落到地平线底下之后，风从高山刮下来发出的悠长、渴望的叹息。

剃刀点亮煤油灯，朝我走过来。他身上有淡淡的烟味，像那些死人的味道。

“你为什么那么做？”我问。

他露在掩口布上方的双眼蓄着泪水。我不知道他是被烟熏得流泪还是因为其他。“接到的命令。”他说。

他将输液的针头从我胳膊上拔下来，然后将管子绕了几圈挂在点滴架的钩子上。

“我不相信。”我说。

“啊，真没想到。”

这是沃什离开之后，他说的字最多的一句话。我很惊讶我再次听见他的声音，居然有欣慰的感觉。他检查了我额头上的伤口，脸凑得非常近，因为光线昏暗的缘故。

“茶杯。”我低声说。

“你希望怎么样？”他没好气地说。

“她还活着。她是他手里唯一的筹码。”

“好吧。那她就还活着。”

他将消炎的膏药涂抹在伤口上。一个不曾进化的人类可能会留下好几道疤痕，但是用不了几天，绝对不会有人看出来我曾经受过伤。

“我知道他是在虚张声势。”我说，“他现在怎么可能会杀了她？”

剃刀耸耸肩：“因为当他手里掌握着整个世界的命运时，根本就不会在乎一个狗屁小孩的命？我瞎猜的。”

“在发生了这么多事之后，在你听见了这么多看见了这么多之后，你还相信他。”

他低头看着我，带着某种近似非常遗憾的姿态。“我必须相信他，杀手锏。我已经忘掉了那些，到此为止了。我是他们的人。”他点头指了指场院，那里有焦黑的骸骨叠在一起。

他坐在我旁边的小床上，拉下临时的口罩。煤油灯放在他两脚之间，灯光映照着他的脸，在他深邃的双眼下面投射出两道阴影。

“太迟了。”我对他说。

“对。我们已经都是死人了，所以根本没有什么筹码，对不对？杀了我，杀手锏。现在就杀了我，然后逃跑。跑。”

我可以在他再次眨眼之前跳下床。只要朝他胸口拍一下，进化的掌风就会拍碎他的肋骨，并且将肋骨插进他的心脏。然后我就可以走出去，走远，走进旷野中藏上几年、几十年，直到我老去、脱离支撑我的第十二系统的能力之外。我或许能比所有人都活得长。我或许会活到地球上只剩最后一个人的时候。

然后。然后。

他一定很冷，坐在那里身上除了一件 T 恤什么都没穿。我能看出他肱二头肌上干涸的血渍。

“你为什么还要在胳膊上刻字？”我问。

他拉起袖子。那几个字母刻得很潦草，很大，笔画很粗而且运笔不稳，就好像那些第一次学写字的小孩子写出来的一样：

VQP

“拉丁文。”他悄声说，“Vincit qui patitur。意思是——”

“我知道什么意思。”我也悄声说。

他摇头：“我不觉得你真知道。”他听起来不像是生气，而是伤心。艾利克斯转头看向大门口，隔着烧焦的骸骨看向冷漠的天空。艾利克斯。

“艾利克斯是你的真名吗？”我问。

他再次转头看我，我看见一抹充满嘲讽的微笑。就好像再次听见他声音时那样，我很惊讶自己居然如此怀念它。“这些事情上我都没有撒谎，只在很关键的事情上撒谎了。”

“你奶奶真的养了一条叫小福的狗？”

他的笑声很轻柔：“是的。”

“真好。”

“为什么真好？”

“因为我希望这部分是真实的。”

“因为你喜欢一条残忍、动作敏捷的小病狗？”

“因为我喜欢在很久很久以前，有一只残忍、动作敏捷的小病狗叫小福。”

他抢在我再次眨眼之前从床上站起来，然后吻住我，我闯进他的身体里，再也没有什么可以隐藏。他现在对我完全敞开，这个支撑着我的人，这个背叛了我的人，这个将我的命救回来的人，这个将我重新送回死神手里的人。剃刀也不是正确答案，不是，而且也不是恨。一层一层，我将把我们分开的东西剥掉，直到我走进中心，那个没有名字的区域，那个毫不设防的要塞，一个不知年限、没有底线的痛苦，一个孤零零的孤单灵魂，时间和往事都无法掀起波澜，在思绪之外，无边无际。

而我就在那里陪着他——我已经在那里面了。在孤单之内，一个我已经在那里。

“这不可能是真的。”我呢喃着说。在一切的中心，在一片虚无里，我发现他抱着我。

“我压根不相信你那些胡扯。”他喃喃地说，“但是你有一件事说对了：有些事情，虽然是最微不足道的，却能赢得一切。”

外面，严寒收获了烧灼。里面，他将手伸进被单里，就是这双手抱着我，就是这双手替我洗澡给我喂食在我自己无法起身的时候扶我起身。他将我带向死亡；他将我带向新生。这就是为什么他将死尸从上面的一层搬下来。他将它们搬空，一把火烧个干净，不是为了亵渎它们，而是为了祭祀我们。

影子随光一起扭动。寒冷和火互相争夺。这是一场战争，有一次他对我说，我们是未被发现国家的征服者，是一片无尽血海中间的一座生命孤岛。

寒彻骨。热逼人。他的唇顺着我的脖颈往下滑，我的手指感觉到他肿胀的脸颊，感觉到我送给他的伤口，还有他手臂上的伤口——VQP——这是他给自己的，然后我的双手也顺着他的后背滑下来。不要离开我。求你不要离开我。泡泡糖的味道、烟的味道、他的血的味道，还有他的身体压在我身上往下滑的方式，他将灵魂刻进我的灵魂的方式：剃刀。我们的心跳、我们呼吸的节奏和我们看不见的那些旋转的星星，标志着时间，测量着越来越短的中场休息，直到我们灭亡，他、我和其他一切。

世界是一只即将停摆的钟，他们的到来对此毫无办法。世界一直以来就是一只钟。就算行星会一颗接一颗变成白矮星，再也不会有光与热，而这场战争，这场同无光、无热的虚空进行反抗的没有尽头、注定失败的战争还是朝着我们冲了过来。

他的手指在背后收拢交缠，将我紧紧拉过来贴住自己。我们两个之间再也没有空隙，没有分清他我的交会点。空虚被填满。虚空遇到了挑战。

## ——82——

他在我身边流连，直到我们的呼吸平稳，我们的心跳放缓，他手指顺着我的头发，专注地看着我的脸，好像他在记住每一个细节之前无法离去。他抚着我的唇、我的脸、我的眼睑。指尖顺着我的鼻子往下滑，描摹着我耳朵的轮廓。他的脸往阴影处藏进更多，我的脸更多地暴露在阳光下。

“跑吧。”他低声说。

我摇头：“我不能。”

他从床上站起身，但是我有一种沉甸甸的感觉，好像他还坐在上面。他飞快地脱下自己的衣服。我读不懂他的表情。剃刀自己逼近我，我又被困在了空虚之间。我无法承受。它会碾碎我，这种空虚和我一起共存了这么久，可我几乎没有发现。毫无所觉，直到此刻：他用填满这个空洞的方式将这个巨大的空虚展现给我看。

“他们不会抓住你的。”他压上来，“他们怎么可能抓住你呢？”

“我知道只要她在他手里，我就不会跑。”

“哦天哪。她是你的谁，嗯？她值得你豁出性命吗？一个人怎么可能值得你献出自己的一生？”这个问题他已经知道了答案。“好吧。

你想怎么做就怎么做。就好像我在乎似的，就好像这很重要似的。”

“这就是他们教我们学会的东西，剃刀。什么重要，什么不重要。在所有的谎言中间，唯一的一句真话。”

他拿起自己的枪，甩到肩膀上。他吻了我的额头。一个祝福，一个祈福。然后他拿起灯，摇摇晃晃地走到门口，担任我的看守，担任我的看护，不休不倦也不会打晃。他斜倚在敞开的门上，面对夜空，他上方的天空燃烧着一万个冰冷的小点，标志着时间一点一滴慢下来。

“逃吧。”我听见他说。我不认为他是在对我讲话。“逃。”

## ——83——

第八天，直升机回来接我们。我让剃刀帮我穿好衣服，虽然我还有几根肋骨没有长好，一双腿尚且软弱无力，第十二系统的小机器人还是得到通知，宣布杀手锏已经痊愈了。我的脸已经完全好了，一条疤都没留下。在回基地的路上，剃刀坐在我对面，仔细研究地板，只抬头看了我一次。跑，他用口型对我说，跑呀。

白色的陆地、深色的河流，直升机用力着陆，朝着机场指挥塔冲过去，距离近得我能看清在落地玻璃后面那个高大、强健的身影。我们着陆的地点和起飞时的地点是同一个，又一个圈画完，剃刀伸出一只手扶着我的胳膊肘，领着我走进指挥塔。走去塔顶的路上，他的手飞快地握了我的手一下。

“我知道什么事是重要的。”他说。

沃什站在房间的对面，背对着我们，但是我能够看见他从玻璃窗里反射出来的模糊的面孔。他旁边站着一个身材魁梧的新兵，手里拿着一支步枪紧贴胸口，脸上绝望的神情好像一个被人用一根鞋带吊在一个十英里深的峡谷里。在新兵旁边，坐着一个人，这个人身穿标准的白色连体服，这个人是我在这里的唯一原因，是我的牺牲品，是我的十字架，是我的责任。

茶杯看见我，想要站起来。那个大块头新兵一只手按住她肩膀，将她按了回去。我摇摇头，用口型比着对她说，不要。

房间里没人说话。剃刀就站在我右边，稍稍退到我身后。我看不见他，但是他离我很近，我可以听见他的呼吸。

“如此，”沃什吐出这个词，一个开场白，“你已经解开了那些石头的谜语喽？”

“是的。”

我在暗色的玻璃中看见他拘谨的微笑。“然后？”

“只要扔一块非常大的大石头会令任务失败。”

“任务是什么？”

“让某些人活下去。”

“这又引出一个问题。你最好一口气回答完。”

“你本可以把我们所有人都杀光，但是你没有。你烧毁村庄是为了拯救它。”

“救世主。这就是我吗？”他转身看着我，“重新回答一次。难道必须是一和零的选择吗？如果目的是将村庄从村民手里拯救出来，一块小一点的石头也可以达到同样的结果。为什么要一连串的攻击？为什么还要有阴谋诡计？为什么要有被机器人进化过的、像伊万·沃克这样的虚幻宠物？一块石头不是更简单，更直接吗？”

“我不知道。”我坦白说，“不过我想这可能跟运气有关。”

他瞪着我看了很久。然后他点头，似乎很高兴：“那么现在呢，玛丽卡？”

“你要带我去他出现的地点。”我回答，“你要放我下去追踪他。他是一个异数，是这个系统无法容忍的残次品。”

“真的？一个可怜的人类怎么能够对他构成威胁？”

“因为他恋爱了，而爱是唯一的弱点。”

“为什么？”

我身边，剃刀在喘气。我前面，茶杯扬起小脸。

“因为爱是不理智的。”我对沃什说，“它不会遵守规矩，甚至也没有规则可循。爱是宇宙间唯一无法预测的事。”

“在这一点上，我必须要充满敬意地表示不能同意你的看法。”沃什说。他看着茶杯。“爱的不理智是绝对可以预测到的。”

他走到近前，身子笼罩着我，一个巨人用清澈如山间湖泊的眼睛穿透我的骨与肉，一路直抵我的灵魂最底端。

“我为什么需要你去追踪他或是别人的？”

“你失去了监视他和其他像他那样的人的无人机。他脱离了掌控。他不知道真相，但是他很清楚，如果他不停下来，就会造成一系列的损坏。”

沃什举起一只手。我瑟缩了一下，但是他的手落在我的肩头，用力握了握，脸上闪着满意的光：“很好，玛丽卡。非常、非常好。”

我身边，剃刀小声说：“跑。”

他的手枪在我耳边打响。沃什转身朝着窗户跑去，但是他并没有被打中。那个大个子新兵双膝跪倒，反冲垫架在肩上扛起步枪，但是他也没有被打中。

剃刀的目标是最微不足道却能取得一切的东西，他的子弹是砍断捆在我身上锁链的剑。

这一枪打得茶杯向后仰倒。她的头撞在身后的柜台上。她骨瘦如柴的胳膊伸向空中。我猛地朝右转身，看着剃刀，刚好看见那个跪在地上的士兵射中他的胸膛。

他往前扑过去，我本能地伸出双手去接，可他倒下的速度太快了。我没有接住他。他那双温柔、灵动的眼睛抬起来看着我的眼睛，这个不理智的结局就连沃什都没有提前预测到。

“你自由了。”艾利克斯说，“跑呀。”

新兵挥着枪朝我打来。沃什走到我们两个之间，发出一声低低的、愤怒的吼叫。

中枢系统点亮肌肉机器人，我跳起来朝着俯瞰机场的玻璃窗扑过去，跳起六英尺高、用右肩膀撞向窗玻璃。

然后我置身于户外的半空中，往下掉、往下掉、往下掉。

你自由了。

往下掉。

## ——第八章——

### 迪比科

——84——

浑身是土，五个灰色幽灵躲在树林里直到天明。

梅根和萨姆终于迷迷糊糊地睡了，虽然昏迷的可能性要多过睡着。她紧紧将小熊搂在胸前。无论需要我的那个人在哪儿，小熊对我说，我都会去。

本看着太阳升起，步枪横在膝头，他沉默不语，愤怒和悲伤紧紧地包裹住他，但最主要还是悲伤。小飞象，这个实习医生，正在自己的背包里掏有什么可吃的。而我，也被愤怒和悲伤紧紧包裹住，但最主要是愤怒。你好，再见。你好，再见。我到底要在这个怪圈里重复多少次？所发生的事情并不难明白，只是完全无法理解。伊万找到了萨姆丢掉的塑料口袋，然后吹了口气（字面上那种），他和恩典都被荧光绿色所淹没。伊万从一开始就是这么打算的吧，一个富有自我牺牲精神的、理想主义者的、外星人和人类混血的浑蛋。

小飞象走过来，问我想不想要他替我看看我的鼻子。我问他他要怎样才能假装看不见。他哈哈大笑。“你去看看本吧。”我对他说。

“他不会让我看的。”他说。

“好吧。”我说，“真正的伤口是你的魔药无法治愈的，小飞象。”

他先听到了这个声音（可能是因为大耳朵？），然后抬起头，从我肩头看向后面的树林里：啪啪声和冰冷地面破碎的咔嚓声以及枯叶被碾碎的声音。我站起来，端起枪指着声音传来的方向。在阴影深处，一个稍微浅一点的影子在移动。是爆炸中跟着我们来到这里的幸存者？还是另外一个伊万或是恩典，发现我们侵入他领地的消音者？不，不可能。不可能会有消音者发出这种致命的踩踏声，像闯进瓷器店里的公牛一样走在气沉沉的树林里——否则他们就死定了。

那个影子将双臂高高举起，我认出来——在我听见自己的名字之前就认出他来——他又找到了我，一个遵守了他不可能遵守的承诺的言而有信的人，一个我曾经用自己的血做了记号，一个用他的泪给我做了记号的人，一个消音者，我的消音者，他在冬天尾声、保证春天一定会到来的日出时分、那纯洁得不可思议的光线中，踉踉跄跄地朝我走过来。

我把枪交给小飞象。我丢下他。阳光是金色的，黑暗的树影挂着冰碴亮晶晶，以及冰冷晨曦间空气的那种凛冽。我们丢下了许多，而也有许多永远不会丢下我们。世界曾经死过一次，它还会再死一次。世界死去，然后世界复活。世界总是会重新回来。

我在距离他还有几步之遥的地方停下来。他也站住脚，我们彼此凝视，隔着的咫尺比宇宙还宽，却又比剃刀的薄刃还要薄。

“我鼻梁折了。”我说。该死的小飞象，让我变得忸怩起来。

“我的脚踝折了。”他说，“不然我就朝你走过去了。”

# ——作者感言——

开书以来，我并没有对这个作品可以获得的收益抱以厚望。我作为写作者的一大缺陷（之一，天知道有多少），就是我想要过分地深入到自己笔下人物的生活中去。我无视那些理智的建议保持超然，采取冷漠的上帝视角来折磨我自己创作出来的人物。当你写一个计划三卷的长篇来讨论世界末日的时候，我们都知道，你最好不要太过认真。不然，你就会陷入灵魂的黑夜里，以及疲劳、乏力、情绪不稳、疑神疑鬼、哭闹不安和幼稚的暴脾气之中。你会告诉自己（以及你周围的人）说，有那种四岁的孩子因为得不到希望的圣诞礼物而大哭大闹的表现是十分正常的，但是在你内心深处你知道你这是在无理取闹。你在内心知道这一点，当时钟慢下来，时间即将走到尽头，你所欠的并不是一个感激，同时还有道歉。

我要对帕特南出版社的好人们道歉，特别是唐•维斯伯格、珍妮弗•贝斯和阿里•陆文：请你们原谅我迷失在黑暗中，原来我对自己、对自己的作品太过严苛，原谅我总是因为自己的不足而怨怪他人，原谅我深陷在自己做出来的不可能的困境泥沼中无法自拔。你们那么善良、耐心，对我的支持叫人难以置信。

我要对我的经纪人布莱恩•迪菲奥说：十年前，你根本不知道卷进了什么事。老实说，我也不知道，不过多亏你一直以来的不离不弃。很高兴知道有一个可以让我随时打电话给他、随时发泄，而不必做任何解释的朋友。

我要对我的儿子杰克说：谢谢你总是会回我短信，并且不会怪我不分时间。谢谢你解读我的情绪原谅它们，哪怕你根本搞不懂。谢谢你给我灵感，推动我向前，并且总是在那些刻薄的人面前维护我。也谢谢你不介意你爸爸那些烦人的坏习惯，总是引用一些你没看过的书或者电影里的内容，然后长篇大论。

最后，我要谢谢桑迪，陪伴我将近二十年的妻子，她认可自己丈夫这个未完成的梦想，并且比他自己还要清楚要如何将梦想实现：我亲爱的，你教会了我要勇敢面对无法克服的困境以及无法估量的损失。你给我展示了正面迎视绝望，在暗无光泽的困惑时光中要有勇气，在处于笼罩在时间不够、做了无用功的恐慌阴影中要有耐心。原谅我让你忍受的孤寂时光，以及难以言喻的愤怒和绝望，和莫名的情绪波动从顶点（“我是个天才！”）直接坠到低谷（“我糟透了！”）。我见过你愉快忍受过的唯一傻子就是我自己。我毁了节假日、忘记了自己的义务，对问题充耳不闻。没有什么比和一个完全不在那里的人过日子的孤独更痛苦。我欠下了根本无望还清的债，虽然我答应过要努力偿还。因为，毕竟，如果没有爱，我们的努力就是白费，而我们的所作所为全都是徒劳。

Vincit qui patitur。

坚持就是胜利。

END

# 第五波入侵 II

ZUI Book
CAST

作者 [美]瑞克·扬西
翻译 枣泥

出品人 / 郭敬明
项目总监 / 痕痕
版权引进 / 恒殊
策划总监 / 恒殊
监制 / 毛闽峰 赵萌 李娜
特约策划 / 卡卡 董鑫
特约编辑 / 孙宾 孙鹤

装帧设计 / ZUI Factor (zui@zuifactor.com)
设计师 / 曹欣

出品 / 上海最世文化发展有限公司
官方网站 / www.zuibook.com
平台支持 / 最小说 ZUI Factor

**图书在版编目（CIP）数据**

第五波入侵．II /（美）瑞克·扬西（Rick Yancey）著；枣泥译．-- 增订本．-- 长沙：湖南文艺出版社，2017.8
书名原文：THE INFINITE SEA
ISBN 978-7-5404-8113-1

Ⅰ．①第… Ⅱ．①瑞… ②枣… Ⅲ．①长篇小说－美国－现代 Ⅳ．① I712.45

中国版本图书馆 CIP 数据核字（2017）第 114039 号



著作权合同登记号：18-2017-053



上架建议：畅销书·外国文学

DI-WU BO RUQIN II

# 第五波入侵 II

**作　　者**：[美] 瑞克·扬西
**译　　者**：枣　泥
**出 版 人**：曾赛丰
**出 品 人**：郭敬明
**项目总监**：痕　痕
**版权引进**：恒　殊
**策划总监**：恒　殊
**责任编辑**：薛　健　刘诗哲
**监　　制**：毛闽峰　赵　萌　李　娜
**特约策划**：卡　卡　董　鑫
**特约编辑**：孙　宾　孙　鹤
**营销编辑**：杨　帆　周怡文
**装帧设计**：ZUI Factor (zui@zuifactor.com)
**设 计 师**：曹　欣

**出版发行**：湖南文艺出版社（长沙市雨花区东二环一段508号　邮编：410014）
**网　　址**：www.hnwy.net
**印　　刷**：北京柏力行彩印有限公司
**经　　销**：新华书店
**开　　本**：875mm × 1230mm 1/32
**字　　数**：250 千字
**印　　张**：8
**版　　次**：2017 年 8 月第 1 版
**印　　次**：2017 年 8 月第 1 次印刷
**书　　号**：ISBN 978-7-5404-8113-1
**定　　价**：32.80 元

质量监督电话：010-59096394
团购电话：010-59320018